人行羊迹

凸凹 著

中国工人出版社

图书在版编目（CIP）数据

人行羊迹／凸凹著. —北京：中国工人出版社，2017.5
（华章书系／古耜主编）
ISBN 978-7-5008-6678-7

Ⅰ.①人…　Ⅱ.①凸…　Ⅲ.①散文集—中国—当代　Ⅳ.①I267

中国版本图书馆CIP数据核字（2017）第111370号

人行羊迹

出 版 人	芮宗金
责任编辑	傅　娉
责任校对	董春娜
责任印制	黄　丽
出版发行	中国工人出版社
地　　址	北京市东城区鼓楼外大街45号　邮编：100120
网　　址	http://www.wp-china.com
电　　话	（010）62005043（总编室）　（010）62005039（出版物流部） （010）62379038（社科文艺分社）
发行热线	（010）62005049　（010）62005042（传真）
经　　销	各地书店
印　　刷	三河市万龙印装有限公司
开　　本	710毫米×1000毫米　1/16
印　　张	20
字　　数	320千字
版　　次	2017年7月第1版　2017年7月第1次印刷
定　　价	42.00元

目录

辑一　盈满

辑三 顺生

辑 一

盈满

那时的故乡，虽然贫瘠，

但遍地是野草、荆棵和山树，

侍炊和取暖，内心是从容的，

因为老天给预备着无量数的柴薪，

无须急。

人行羊迹

祖父俊美，身形高大，面白无须。

但右腮上，却孤零零地长了一根长毛，与净洁的额面极不协调，家人说，还是拔去吧，因为它让人感到怪异。祖父说，不拔。问其理由，他说，这根长毛有说辞，它叫“玲珑须”，是仙人才有的物件。为什么独独长在我脸上？是造化让我与你们不同。

真是不同。

因为虽一表人才，本可以派上大用场，可他一生却只做了一件事：放羊。

他一九三八年就入党了，为了能顺利地搜集情报，并及时地传递出去，组织上给他配了一群羊。全国解放了，作为革命功臣，组织上给他安排了一个让人眼红的差事，让他当地区的武装部长。他居然辞了。理由是，他尽跟羊打交道了，跟羊有说有笑，跟人却谈不来。

私下里跟家人说，你们看我这双脚，脚面弓着，脚心洼着，是天生走山路的。如果不放羊，这么好的一双脚，就废了。他还说，你们不要认为放羊就委屈了人，与其说是人放羊，不如说是羊放人，是羊让人懂得了许多天地间的道理。譬如说吧，羊一撒出去，就争竞着吃草，以为只有眼前的草好，如果不赶紧吃进肚里，就失去机会了。可羊不知道，山场这么大，遍地是好草，然而羊只有一个胃，这搭吃饱了，那搭就吃不下了。为什么羊的眼里常汪着泪蛋子？因为羊拿遍地的好草没办法，觉得无奈。都说属羊的命不济，毁就毁在一个“贪”字上。他又说，村东的云上广其实跟我一样，本来都是雇农，半辈子都给地主扛长工，临解放的时候，地主低价甩地，他买进了不少。总以为近水楼台先得月，他赚了，没想到，一划成分，被划成了地主，成了专政对象。都说是地主把他陷害了，其实是他自己害了自己，因为他长了贪心。再说，土地自古以来就是大家的，属于自己的只是身后的一小座坟茔。所以，对于土地，你只需种，没必要占有。

组织上尊重祖父，依旧让他放羊。羊是集体的，给他记工分，且记最高的工分，年终结算的时候，他拿的钱就最多，日子宽裕。但大家既不嫉妒也不眼红，因为他们觉得，且不说他是革命的功臣，就是他整天起早贪黑、跋山涉水，比谁都辛苦，也自然要多拿一些。

祖父一生，育有六男二女，香火延续，半个村庄都是他的人丁。但对子孙们的生活，无论顺畅，还是艰辛，他都不过问；即便是手里有钱，对贫穷者也从不接济。每到晚间，他都要喝上一杯，仅仅一杯。他只喝一种叫竹叶青的酒，酒色青碧，略带甜香，他喜欢这种绵软的滋润。他既享受又节制，从不胡言乱语、怨天怨地，从容自在，一世清明。

祖母对他说，子子孙孙可都是你的，无论如何也应该给一些照拂，他们过得好与坏，可都连带着你的脸面。

他说，不，你看到羊没有，无论瘦肥，都是它自己在啃青草，难道他们还不如羊？

祖母说，人毕竟不是羊，人有感情。

他说，羊也有感情——你如果偏袒哪一只羊，别的羊就朝你叫，声声如怨。如果那只羊再回到羊群里，别的羊就会用犄角顶它，从此就再也不能安生了。再有，病了的羊为什么不能喂吃喝？因为你一旦喂了，它就会真的以为自己病了，撒到山上，它也懒得吃草，它对人产生了依赖，知道你不会让它饿死，到了，它会连跑山的本事都比别的羊差了，不是掉队，就是被狼撵上。怜就是害，道理就在这里。你就说这鞭子吧，它不只是为那些调皮捣蛋的羊预备的，更多的是为那些偷懒、撒贱的羊预备的，羊的勤快和矫健都是鞭子抽出来的。所以，对儿孙的不管不顾，反而是又管又顾，使他们及早懂得自立，自己活出尊严。

祖父的做法，断了子孙们的指望，他们只好咬紧牙关，在苦日子里硬撑、硬挺。到了后来，家族里的人竟都变得很有气性：个个要强，个个勤勉，个个乐观，个个本分，即便是好处就放在眼前，如国家给补贴，上边发救济，他们也懒得去领。奇怪的是，家境竟都渐渐地发达起来，且人才辈出：父亲当了村支书，老叔当了南海舰队的营长，堂兄做了石材加工厂的厂长，幺表妹是县里有名的中医……在五行八作里，都有老羊倌后人的身影。而且，当官的清正，经商的诚信，从医的仁义。家风所致，对身外利益没有兴趣，便无贪心，乐善好施，喜生自足。大家都有一个共同的信念：除从根本上做人之外，其他一切，都是多余的。

有人问祖父，看你家混得这样齐整，你是怎样调教后人的？

他捻着他那根玲珑须，得意地说，我从不调教。

“齐整”一词，在京西，是个大词，有兴旺、端正、光亮、体面等多种含义，后面的意味，便是家道中兴、广有影响、受人尊重。

所以，祖父的得意，是真得意，其中包括着对自我的认可。他真的没有刻意调教，只是按照自己的心性去做。一如头羊领走，如果它走得直，后边的羊自然就走得齐整。

我在文学的路上走过许多年之后，一个时期，突然就生出焦灼，甚至有了文学害人的念头。因为我心中有“高峰”之想，而实际上，虽苦心求成，文章发表之后，却总是不温不火，便陷入幻灭与寂寞。

祖父对我说，你能不能跟我去放一天羊？

一天下来，祖父问我，你看，羊最喜欢待在哪里？

我说，半山腰的阳坡。

他又问我，羊最不喜欢待在哪里？

我懵懂无言。

祖父说，羊喜欢待在半山腰的阳坡上是对的。但你知道是为什么呢？是因为那地方风刮得小，水分存留得多，土质也肥，光照也温暖，百草就繁茂。对羊来说，那简直是一处喜乐福地。接下来，你就知道，羊最不喜欢待的地方了，对，就是山顶。山顶之上，无遮无拦，是个大风口，风刮得那么猛，水土都被卷走了，除一片光秃之外，只生荆棘和苦草。你也看到了，山顶是瘦寒之地，绵性的羊是待不下去的。还有，羊们都知道，到了山顶，就意味着走下坡路，就意味着归栏，就意味着被关起来而远离了青草，只给它们留下一个字：等。

祖父又说，为什么关在羊栏里的羊常常咩咩地叫？那是它们在想念青草。想念是不好忍耐的，因为它是苦。

祖父虽然一句“字话”都没说，我却明白了他的用意。他让我感到，所谓“高峰”之想，无非是名利之念，与文学的本质无关。成大名又如何？如祖父所说，到了山顶，就是一步一步地走下坡路了，那可是终极的失落，才真正可怕。所以，一如羊们喜欢待在青草繁茂之处，写作者能够自由地读写，而且总是有得写，就是生命的喜乐福地了。也一如羊们只关心草，写作者只关心写作本身，心无旁骛，自然就会下笔有神，乐在其中了。

那之后，我便真正进入了自由之境——内心纯净，像有阳光；甘享文字，身体健康；文坛熙攘，无奈我何；庙堂清冷，我心为佛，安妥。

祖父在九十岁高龄时无疾而逝。去世前一天，还赶着羊群，在大山里矫捷行走，绝无老态。他是在睡眠中飘然而去的，最后的面相，妩媚安详，唇角像有一丝笑。子孙们感到他还活着，均肃然起敬。

祖父是没读过书的。站在他的灵前，我想，有文化的，不一定有智慧；有智慧的，不一定有喜乐。祖父的智慧与喜乐，得益于他终生与羊为伴，在大自然里行走。大自然虽然是一部天书，堂奥深广宏富，但它不刁难人，字里行间说的都是深入浅出的道理。只要人用心了，终有所得。如果说祖父像个哲人，那么，他的哲学主题就是四个字：人行羊迹。

所以，在动物里，我最敬重的，是羊。咩咩，咩咩……乃天籁之音。

盈 满

那时的故乡，虽然贫瘠，但遍地是野草、荆棵和山树，待炊和取暖，内心是从容的，因为老天给预备着无量数的柴薪，无须急。

但也有性急的邻人，待到草木枯黄的时候，整天到山上去，树枝和山草，都背回家里，把柴棚堆得满满的，然后懒在热炕上，衔着烟杆抽莫合烟，猫冬。

“猫冬”，是山里的说法，意即像猫一样窝在炕上，喝喝烧酒，睡睡懒觉，摸摸女人的奶子，其余什么都不干。春种、夏锄、秋收，三季忙得都坐不稳屁股，到了冬季就彻底歇了。因为这符合四时节律、大地道德，就享受得理直气壮。

所以猫冬，是一种生命哲学。

母亲也催父亲去打柴草，父亲笑着说：“不急。”

母亲的脸黄了一下，“你急什么？”

“我急我那帮小畜生。”父亲说。

父亲忙的是打猎。因为秋末冬初，猎物们偷吃了庄稼人地上的籽穗和树棵上的果品，身膀都浑圆地肥，他觉得，它们对人应该有个交代。

父亲打回来许多猎物。毛皮粘在墙上，待闲下来再细细后熟，卖到村口的供销社去，换油盐；肉坯则悬挂在空中，让其自然风干，留待正月里慢慢享用。秋后的猪獾，浑身是油脂，他每一猎得，就把乡亲们唤过来，让他们取回去用。獾油可以治烫伤，也可以用来炒菜，炒出来的菜，奇香。因为舍得，所以父亲在乡亲们心中很有位置，以至于他过世的时候，都聚拢来给他送葬。他们认为，父亲活得顺人、顺时，是个有德行的人。

天阴欲雪，父亲才不得不打了一些柴草，离盈冬之需，尚差得很远。母亲忧凄地说："你就不能多打一些，你看邻居的柴棚，满得不能再满了。"父亲一笑，说："人贪为患，那满棚的柴草一旦遇见一点儿火星，就会烧得无处躲，还是咱这样安妥。"母亲说："你尽瞎扯，我活了半辈子，也没见谁家着过火，你是在为自己开脱。"父亲对母亲说，这里也有生活的道理——他的柴棚越是盈满，越说明他心性之空，咱的柴棚虽然空，但整个山场都是咱的柴棚，你可以随用随取，而且也不担心失火，咱这才叫真正的盈满。母亲摇一摇头，说："你这个人，尽是歪理邪说。"

父亲去世之后，县上拆迁移民，母亲来到了平原。公家资助，个人筹集，我给她置备了一座小院。侍炊用煤气，取暖有蜂窝煤，过上了城市居民一样的日子。但她总是发出感叹，说，生活虽然方便了，但心里总是不踏实，感到不盈满。问她为什么，她说，虽住在了平原，但究竟是外来户，老居民都有煤气本，咱没有，做饭要烧高价气，而我又没有收入，就指望你。还有那蜂窝煤，也要用钱买，依旧是指望你。闲下来一想，原来自己成了儿女的累赘，再也活不出自己了。

我说："养儿防老，自古使然，您老不要多想。"

她凄然一笑，说："也只能这样了。"她沉吟了一下，又说，"让你再破费一次，给妈买辆三轮车。"

一辆三轮车让她找到了自己——

每天朝阳初上，她就骑车出门。街巷、旷野、田畴、垃圾场、建筑工地，都能见到她的身影。她捡破烂儿，又捡柴草，每次都不放空。破烂变卖成现钱，买米、面、油、盐，柴草则堆进庭院，不久就堆得盈满如山。后来她在小院的一角垒了一座泥灶，用捡来的柴草生火做饭，煤气炉灶干脆被她闲置了。

一天晚间，弟弟来看望她，老人家正窝在被窝里看电视，电视里正是我的一个专题访谈。看一眼西装革履、侃侃而谈的我，弟弟说："妈，我给您提一条意见——我哥是官面上的人，特别注意形象，而您整天去捡破烂儿，就有点儿不般配了，所以您还是待在家里享享清福为好。”

母亲一下黑了脸，说：“叫得再响的大公鸡，也是卵孵的；脸子要是长得白，再浑的水也洗得透亮，这个道理你哥比你懂。”

弟弟把这个情形告诉了我，对我说：“你去劝劝妈，你是老大，她听你的。”

到了她的住处，院门竟落了锁。等了很久的时刻，也未见归来，便驾车去寻。平原乡村的田间土路四通八达，不好确定方向。便循着岸树成排的地方走，果然就寻到了。

三轮车停在路旁，她正在树荫里捡落枝。落枝稀疏，要捡满那爿车斗，是要有足够的耐心的。我心里一热，她哪里是在捡拾让炊烟升起的柴草，分明是在捡拾她残余的生命时光！

我走下车来，轻轻地叫了一声妈，就像黄口小儿叫的第一声那样，既含混，又清晰。母亲分明是听见了，但没有应声，只是静静地看着我，一点儿也不感到吃惊。

我感到我们娘儿俩一下子回到了过去，内心盈满。

我望了望头顶上的树冠，有不少枯枝待在那里，便下意识地攀上树去，即便是西装革履，也无一丝犹豫。折下的枯枝，很快就装满了母亲的车子。母亲说：“咱们回吧。”我说：“回。”

母亲骑三轮在前边走，我则驾车跟在后面。年近古稀的一个老人，骑三轮的姿态竟是那么轻盈，还不时回头笑笑，一派怡然自得的样子。

母亲开了院门，对我说：“咱先把柴草抱进来，再慢慢说话。”

庭院的柴草果然像弟弟说的那样，堆得盈满如山，以至于新捡来的柴草再扔上去，也不见增长。我说：“柴草已如此盈满，您干吗还那么急切地捡？要是父亲还在，他一准儿会骂您，骂您心贪。”

“即便他在，他也是骂不出口的。”母亲说，“他那时是站在山场上说话，有盈满的底气；咱现在是站在庭院里，眼前虽盈满了，却没有身后的山场，心里的妥帖，还得靠捡。”

我感到，父母那代人，不仅活在日子里，更活在他们自己的人生哲学里，所以，我无话可说。

母亲用泥灶给我烧了开水，沏了一壶老家的亲戚捎来的用黄芩焙制的山茶。她把两只红薯放到烧水生成的炭火中，一边陪我说话，一边给红薯翻个儿。不久，烤红薯的芳香就袅袅地弥漫开来，直沁心田。不知不觉地，被世事弄皱褶了的心叶，竟情不自禁地伸张、舒展，竟至有了新芽的模样，翠绿晶莹、不挂尘埃。这时，所有的欲望都简化成一个欲望：好好品味一下红薯。

烤到一定的火候，母亲便把红薯拨到一边的冷灰里，说：“让它收收性子。”所谓收收性子，就是让烤过的红薯从焦脆返回到柔韧，托在手心里，虽体温热烈，却可以承受。红薯的口味也绵长、也筋道、也甘甜，一吃就吃得很本质了。

也许吃相有些贪婪，母亲说：“别急，两个都是你的。”

我甘心享受这种照拂，说：“知道。”

那天，我在母亲那里待到很晚。本来有一个场面需要出席，对方也不断来电话催促，我还是推掉了。

这天我突然感到，世间本简单，一个老母亲、两只烤红薯，就很盈满了。

同 谋

作为猎人的父亲，虽然猎取了很多猎物，但是，多年来他一直认为，自己尚未找到能够说服自己的价值证明，猎人的身份是可疑的。

譬如他打松鼠。因为松鼠啮啃人类的干果，被列入“四害”行列，所以每打一只松鼠，队（村）里给父亲记两分半的工分。他只需把松鼠的尾巴交到队上，证明一下即可。他虽然每天都要打十几只松鼠，业绩可观，但他依然找不到昂扬立身的感觉。因为松鼠的皮每只他可以卖上二分钱，松鼠的肉身可以剁碎了汆丸子吃，自己所得甚多，总感到有些不名誉。

譬如他打猪獾。猪獾出没在籽实饱满的玉米地里。别看它是爬行动物，只有雏狗般大小，玉米庄棵之高大，与它矮小的身量相比，就像一棵大树，但它会凭着坚忍的毅力，用臀部一点一点地把庄棵“骑”倒，直到能吃到那只硕大的苞谷。它吃得很肥，曲线优美。因为践踏人类的庄棵，便美得刻毒，人人喊打。猪獾几乎满身全是油脂，其油脂是治烫伤和哮喘的名贵药材，可以卖到供销社去换米、面、油、盐，同时还可以用于烹饪，炒出的菜奇香，味飘邈远。糟蹋的是队里的庄棵，肥腻的却是自家的锅铲，虽然并不要队里记工分，但依旧是羞惭的事情。

直到他猎到了一只雪狐，经历了一番特别的较量之后，他才获得了身份的确认：无论如何，自己是一个真正的猎人了。

一般的狐狸，都是赤色和褐色的，只有这只狐狸通体的白，夜幕之下更显得白，像雪一样，有荧光扑闪。一般的狐狸是不侵袭家禽的，而这只狐狸专攻击当地人的兔笼、鸡栏。它行为古怪，跳进鸡舍之后，把小鸡全部咬死，最后却仅叼走一只。它于夜半更深时潜入家兔的窝棚，把十数只温顺的小兔统统杀死，竟一只不吃，一只不带，空“手”而归。且在村口的石碾上，嚎叫一番，那叫声像小孩儿夜哭，刺人魂骨。它是在向人的温厚和尊严示威。

村里的猎人便都投入到捕杀行列，好像这只狐是天赐的一只价值标杆，他们的高矮就在此一举。他们埋地夹、下暗套、设陷阱，种种技法一应俱全。却全被狐狸躲过了，应验了老辈的一句俚语：人老奸，马老滑，狐狸老了不好拿。

技法失效，人心失衡，其他猎人觉得这是一只精怪，已被上天护佑了，非人力所能为，便纷纷放弃了追逐。

父亲登场。

他不用技法，用的是传统的蹲守，他把制胜的玄机交给了时间深处的等待。

一年四季的等待，与狐自然有多次相遇，但他都放过了。他要让机警的狐狸放弃机警，与他一道，同山村的夜晚融为一体。

当过分得意的狐狸站在石碾上无所顾忌地自由歌唱的时候，猎枪骤响。

受伤的狐狸，逃命时再也没有了往日的敏捷，身后的猎人反倒迅疾如飞。这是一次不对等的追逐，狐狸很快就被人撵上了。最后的时刻，狐狸拼命竖起尻尾，释放出一股刺鼻的气体。恶臭让人的呼吸窒息，父亲凝固在那里。

意识恢复之时，狐狸已杳无身影。但父亲不曾犹豫，以更坚定的信念撵了上去。狐狸现身，且陷入决然的困境——它被猎人预埋在羊肠小道上用以捕猎山羊的地夹夹住了一条腿。它回望着父亲，在黑洞洞的枪口下，最后的哀鸣，凄厉地撕破了团圆的夜空。

扣在扳机上的手指竟然迟疑了，因为它的主人突然升起一团叫作怜悯的东西。

狐狸好像感到了这种东西，它拼命地撕咬那条被衔在地夹中的腿，决然地咬断了，然后不失时机地跌进更深的夜色中。

这一幕，深深地震撼了父亲。虽然那个身影移动得很摇摆、很艰难，长久地置身于他猎枪的射程之下，但是，他把手指从扳机上挪开了。他觉得那个畜生值得活下去，因为它让他油然地生出敬畏。

虽然没打到狐狸，但从那以后，夜晚静谧，鸡兔平安，风情依旧，温厚至今。

后来，父亲总会在微醺的时候，得意于这段往事，对我说，算来算去，咱村里，就你爹算是个真正的猎人。

母亲打趣道，到手的一条狐狸都让你放走了，你还觍着脸子吹呢。

父亲摆摆手，想说什么，却又咽了下去。他生性敦厚，敦厚得有些木讷，一肚子的道理无法言说。

但是，我却真诚地认为，父亲的确是一个真正的猎人——

因为他完全有能力战胜对手，但是在人与狐狸那个不对等的关系中，他尊重了狐狸的求生意志，在放生的同时，父亲也成就了他猎人的尊严。这一行为本身是小的，却有力地证明了，人与畜，究竟是不一样的：畜道止于本能，而人伦却重在有心。人性之所以伟大，就在于人类能够超越功利与得失，懂得悲悯、敬重与宽容。也就是说，人性温柔。

这一点，再狡猾的狐狸也是想不到的，它注定是败了。但是，在尊重父亲的同时，也要给这只向死而生的狐狸送上真诚的敬意，因为它是生命尊严的同谋。

蜂擎荆旗

一如树高了，就有喜鹊筑巢；村庄繁盛了，就有猪狗；因为大山连绵，便有了遍地荆棵。

荆棵贫贱，叶小、株矮，且枝杈琐碎，既无树木之材，也无摇曳之姿，便不被人惦念，兀自生长着就是了。

然而它也开花。开得米粒大小，隐忍无形，一点儿也没有花朵的样子。

要不是有蜜蜂，它差不多就被人彻底遗忘了。蜜蜂殷勤，竟日里在荆花的微粒上采花粉，生生地酿出蜜来。因为“荆花蜜”名贵，有化瘀、止痰兼及养生的效用，卑微的荆棵，才有了一个免于荒火和砍伐，贫贱却安妥地生存下去的理由。

是蜜蜂给了它尊严。

然而蜜蜂却背负上了一种沉重——荆花之微，意味着它的劳作之艰，上百次的采撷才能有一滴蜜酿成，累死于花间，便是常有的事，颇有壮志未酬、赍志而殁的悲壮意绪。但它们从来无悔，因为，一如圣诗总是唱给受难者，它们被人类感念，获得了永生。

所以，蜜蜂虽小，却终生唱大歌，那是荆花给了它生命的底气。

日前去了一趟苏州的拙政园，得到了一个更深的体味：园中的每处景观，虽匠心独运、构置精巧，但格局都显得小，只有从整体上纵览，才看得出大园的气象。盖因景与景之间，一旦交融在一起，在相互映衬、相互依托、相互弥补之下，互为因果、互为前提，各美其美、美美与共，便有了天地间的大美。

陪同的建筑学家说，在大化之境中，其实每个“要素”都是不重要的，重要的是有没有整体的意志，有没有灵魂的统领。一旦融入整体的格局中，轻也是重的。

由此观之，荆棵之卑，蜜蜂之微，是无碍的，一旦它们走进了对方，一同呈现价值，就都高贵了。

所以，古人说，即便是人，也要敬畏自然，不鄙万物。这或许就是人们常说的大地伦理、大地道德，即在大地上，每束阳光都有照耀的理由，每一种生长都有自适的风流。

荆花是有香味儿的，一种略带苦味的药香。白日里它专心地接受照耀，静心吸纳，一到晚间它就尽情释放，满山遍野都有香气缭绕。那时，地面的热气暗自蒸发，便香得浓郁，令人心浮气躁。山里男女便欲望蓬勃，忘却了日子的穷苦，都往对方的肉里爱。

贫地反而崽多，道理就在这里了。

一如遍地广种必有收成，十里蒿草必有佳卉，柴门里的泥崽，也有聪慧者脱颖而出，走出山外，弄出一番不俗气象。所以，人杰未必是因为地灵，盖因不毛之地，了无禁忌，能自由生长。也是因为，纤草不做大树的期许，不高看自己，没心理负担，反而渐渐地长高了。

然而外人不这样看，总觉得那背后，一定有可圈可点的三二理由。

上大学的时候，因为自卑，总是躲避那些热闹的场合，众人意气风发的时候，我总是沉默。这反而引起别人的注意，遇事逼着你谈看法。一如狄金森所说，我不畏惧喋喋不休者，而畏惧那静静地待在一隅而始终沉默不语的人，因为他一开口，就不凡。即便别人有期待，我还是依旧胆怯，脸色通红，含笑不语。竟有一个女生主动示好，问其缘由，她说，你为人沉静，脸上有阳光，且唇红齿白。

女同学之间，总会有勃谿龃龉，所以，她每遇不平的时候，都要在我面前发泄一番，寻求支持。我总是劝慰她，你要宽容以待，不要斤斤计较。她说，凭什么？我说，当你能用“不凭什么”想问题的时候，你就会心平气顺，看到别人的好了。她试着做了，果然心结消解，多了愉快，而且还有了很好的人际关系。她问我说，你是从哪儿学的这么善解人意？我说，我从小就不被人关心、不被人理解，反而就学会了关心人、理解人了。

她说，我不相信，一定跟你家乡的水土有关。

到了暑期，她便执意跟我回了老家。

那时，荆花已开得异常繁盛，蜜蜂也采撷得异常繁忙，她被深深地吸引，在山野上逡巡不止、乐而忘返。天黑下来的时候，翅翼收敛，但花香迷魂，她冲动地抱紧了我，在我耳边喃喃低语，这个时候，我只想爱，不管不顾地爱。

我们吻得很深，地老天荒，来世今生，均幻化在荆花与蜜蜂之间，都想为对方给予。

但是，当我的手，触到她的胸房的时候，弹性与坚挺，有金子一般的质地，不由得想到，这样的贵重，非瘠薄山地所能孕育，属稀有之财，不到生命攸关时刻，是不能轻易花销的。谦卑的本性，承受不得暴富，我止于吻。

回到庭院，她激情难平，眼生华光、双腮桃红、声音温柔。父母私下里对我说，这个女子，有大美。

独处一室的时候，她对我说，今晚你就留下来吧，陪我。

我体恤她的似水柔情，与她和衣而卧。

炕还是那盘土炕，却多了一床用荨麻织成的凉席。荨麻多刺，直立在土地上的时候，手一触及，便刺痛难忍。但剖出的篾条却柔韧，水浸之后，褪去芒刺，再编织成席，就是很受用的床具了。躺在上面，虽沁凉如水，却感到了一丝心酸，因为我第一次发现，粗鄙的父母，无所用心的表情背后，居然有细腻之爱深深地潜伏着，一经察觉，就重。

她说，我就说嘛，你家水土一定个别，你看，蜜蜂殷勤、荆花拂性，你自然多情，懂得爱。

我说，也许。

她说，那你就开始爱我吧，我由你。

我知道她之所谓“爱”的含义，心中的不安便乘隙而生，婉言说道，你累了，早点儿歇吧，属于我们的日子还多的是呢。

她说，不，我就要眼下。

我对她说，你看见我父母的房间没有，那盏灯还亮着，他们是在等我，我不回去，灯会一直亮下去。

我回到父母的房间，对他们说，她说了，我很久才回来一趟，让我好好陪陪你们。

父亲看了一眼母亲，说，这女子好，不仅有大美，还有大德！

后来，由于分配到不同的区域，相距遥远，而我们又没能力调动，便没有最终走到一起。但是，虽然分离，却没有伤怨，有的是绵长的牵挂与惦念。

用她的话说，因为你保全了我，也就保全了你自己，在我心中，你依旧完整。

她的话，让我很受用，给了我一种做人的庄重。以至于在一些人生的关口，我都能给自己的来路保持尊严：山地人虽率性，但绝不放纵。

对她的思念，也化成了一种深厚的东西——对美好情感，始终有不疑的信念。

呃，开不败的荆花，永不停歇的蜜蜂！

虽大地如诗，涵养心灵，但生活有生活的逻辑，总有本心之外的重重诱惑。为了不迷失自我，须一刻也不能放松做人的警觉。所以，一路走来，我也有了一丝生命的疲倦。但是，一如蜜蜂，是那种无怨无悔、不轻不贱的疲倦。便虽然薄霜涴鬓，却依旧是唇红齿白。自己看重自己。

山村夜话

山村的暮色来得早，一如晨曦来得迟。均因大山耸立，使时空幽闭。

即便是陷在夜色中，也不掌灯火。那时照明的线路尚未拉到山里，仅靠一盏油灯。煤油须钱，豆油须磨，獾油须猎，都是贵的，均让勤俭的山里人心中痛惜。在庄户人眼里，一入夜，人就是闲的，也就是说说话、拉拉家常、熬熬时光，若再弄得灯火通明，就有些不会过日子。索性就猫在夜色里。

秋冬时节，因为天冷，人们猫在土炕上。一炉煤，几把柴草，那土炕整夜都热着，便诞生了一句俚语："穷忍着，富耐着，睡不着瞎眯着。"一个"眯"字的背后，是温暖、慵懒、知足和经济的日子。也因为此，不管是时势艰难，还是世道和顺，山里人都能伸展自如。"隐忍"之下，苦、难、惊、恐，都不存在了。笛卡尔说，我思故我在，换在山里，便是我忍故我在。一个山里的秀才，喜涂抹，画了一只土龟，题款写着：我慢故我在。在他的意识里，缓慢、守成、寡欲，这些缺少思变色彩的东西，恰恰成就了山里人的生活。

到了夏天，山风清爽，人们便普遍猫在庭院里，名曰：纳凉。瓜棚豆架，蝶蛾乱飞，玉米吐穗，猪狗无眠，都呈现着盎然的生机。如此节令，人自然也是不睡的。庭院里，坐满了人。蒲席、杌凳、石头，甚至几捧青草，都是人们的坐具。有的干脆就坐在土地上，还有的为了显得跟别人不同，竟坐在树杈上，垂下脚来晃动。

与白日里不同，坐在中心位置的，往往是女人，汉子们反倒蹲坐在角落里。婆娘话多，男人寡语，女人自然要坐在好说话的地方。汉子们低头抽烟袋，夜色中一明一暗地弄出萤火。也是因为黑，他们抽得坦然，苦烟叶也抽得甜，烟气袅过来，明明是呛人的味道，婆娘们闻了，竟也觉得是香的。就放任他们。男人不抽烟，还算什么男人？黑夜给了婆娘们豁达的心情。

葫芦花乘夜色开得恣肆，暗香浮动，招蛾蝶尽来。放在素日，拈花惹蝶，一如招猫逗狗，都是很不正经的生计，搁在眼下，就很正经了。没有蛾蝶做媒，上下忙乱，哪有秋后的满架葫芦？男女们都默默地欣赏着，以为好。

栏里的羊们可劲儿地倒嚼（反刍），有节奏的声音反而使夜晚更寂静；柴狗们把躁动捂在嘴里，化成温柔的呜哝，因为它们识趣，知道夜晚不适宜啸叫，既惊了人，也吓坏了自己。只是鸡公偶尔叫一声，人的不眠，让它们对时序感到困惑。

这一切，都让婆娘们感到兴奋与惬意，她们悉数登场，话语稠密。

母亲说，一转眼，已经是三个崽儿的娘了，就是上边不允许，要是允许的话，还想再生几个，猪羊满圈，儿女满堂，也不枉做回女人。

伯母说，你是好了伤疤忘了疼，每生养一个，都一如过了一次鬼门关，身子和心坎都是悬着的。

母亲说，嘁，你又不是没生过孩子，把事情弄得那么玄乎。生第一次，是疼；生第二次，是怕疼；生第三次的时候，连疼的影子都找不到了，就一如进了一次茅厕，排了一次屎尿。

伯母说，你说得太粗糙，不过情景是对的。一如这日子——刚成家过日子的时候，觉得这日子缺这少那，很是难挨；再往后，觉得难日子，只要挨一挨，也是能过的；到了最后，已经习惯了，难在难中，反而不觉得难了。倒是好日子连续地来了之后，心绪竟不稳了，总觉得像是假的。也许是咱山里人本性贫贱，苦在苦中，才感到实在，才感到妥帖。

母亲说，你说得一点儿不假，日子过得太顺遂了，不但让人感到心虚，还让人无事生非。就说这夫妻吧，过苦日子的时候，还能往一处算计，一如冷在野地里，身子挨着身子，两个人都感到暖。一旦天天温饱了，身子却往远处跑，不是嫌弃，就是吵闹，一如地闲了就长草，人闲了就分心。真应了老辈人说的，乡下人心性浅，可共患难，不可共厚福。尤其是男人，好在好中，反而不觉得好，总觉得在别处才有更好。

母亲一边说着，一边猫了一眼在角落里的父亲，透出额外的意味。

父亲做着村里的支书，常接待外边来人。刚接待过一个下乡巡演《杜鹃山》的剧团，对扮演柯湘的女演员很是惊羡，毫不遮掩地对人说，你看人家多美艳，拿自家女人一作比，就只有一个字了：完。

婆娘们会心，就笑。起初还忍着，之后就乐翻了身膀。笑浪之中，父亲顿生尴尬，很想发作一下，但想到自己支书的身份，矜持地欠了欠身，只是轻轻地咳了一声。

夜风不知何故，突然就止了，婆娘们感到闷热，索性就光了身膀。其实光身膀是山里妇人们的一个习性，只要生育过了，事情就没那么严重了。一如水流过了，自然要露出石卵；地收过了，自然要秃。甚至还是有繁衍之功的女人的一种荣耀和资格。男人的眼光也不躲闪，也不黏滞，坦然得一如不见裸。

伯母扫了一眼母亲，故作惊讶地说，他婶，你可真是皮实，都是三个崽儿的娘了，奶子依然是肿，肿得没皮没脸。

母亲说，肿也没用的，不过两包土。

这里的含义，只有山里的人懂。山里人说，没过门的女人是金奶子，过了门的女人是银奶子，开了产门的女人就是土奶子了。在他们眼里，再金贵的东西一旦实用了，也就落草如泥。美只是预备着看的，是无用之用。所以，山里女人并不太看重美丑，在无得无失之中，身心健壮。

伯母说，也是呢，金银再贵重，也当不得饭吃，还不如土，能够长庄棵。

话说得入心，情感就融洽，虽夜色渐深，也不贪恋床，只觉得自己像永远醒着的精怪，自得之下，不停地笑，笑得有些傻，一如幸福的模样。

话头就接着往下延续。

母亲说，就说咱山里的物产，譬如花椒。花椒耐旱，不挑水土，只要有一小块土，就能长很大一棵植株，山里的花椒树多，就是这个道理。花椒可也真的金贵，苞皮壳能做调料，素菜蔬也能弄出肉味，里面的籽粒可以榨油，可以做酱，香乎人的嘴。可是这宝贝东西却生着怪脾气，满身芒刺，人一采摘，就扎你的手。咱山里女人的手，为什么斑斑点点、粗粗拉拉，十有八九就是它做下的。

伯母说，你还不能怨它，它叫人明白，得到好处，你一定得付出代价。你也知道，你轻易地给人好处，往往不被珍惜，要不然怎么会有好心变成驴肝肺的说法。给人恩惠，要慢些出手，要有尊严地给。这花椒身上的芒刺，就是它的尊严。这不是要价，也不是要人家感恩，是要让人明白，恩德的背后也是艰辛。

母亲说，还有那荨麻。为什么都管它叫蝎子草，因为它虽叶面油滑，但叶背就是密密麻麻的刺，人不小心触上，就疼得钻心，一如蝎子蜇。就是这样不招人待见的物件，它秆上的皮却是最好的麻，可以纳鞋底、缝口袋、织睡具。也多亏了它，即便是咱山路费鞋，也不担心鞋缺。这叫什么，叫看人看事，绝不能看表面，一如牛粪蛋再光鲜，却不是药丸；臭椿树再高挺，喜鹊也绝不会去筑窝，因为它味道难闻。

伯母说，就说咱这里特有的磨盘柿，通红的软柿子总是长在树顶上，即便是借了夹杆，也难以够到。嘴馋的人认为它终究会熟透了自己掉下来，就仰望着在树底下等。等来等去，也不见它掉，以为还需些时日，就抬脚远去。可一转眼的工夫，它竟掉下来了，碎在泥里。你说这叫什么，这叫得与不得，成与不成，大多都不在于前面你费了多少力气，在于你有没有最后的那一点点耐心。

说到好像无话可说了，婆娘们静了一阵子。伯母突然打破了平静，说，咱说得这么热闹，怎不见他小婶子来？母亲说，你这是明知故问——她开的私药铺子，净卖假药，且多卖给亲戚里道。亲情是一张纸，都碍着面子，也就不好意思戳穿她。但人心究竟不是铁，即便是有了殷实日子，她心里也是虚的，没了清明坦然的心情。既然没了清明坦然的心情，她哪儿还会清明坦然地坐在这里。伯母说，看来人还是本分一点儿好，不单为别人，更为自己。

夜实在是深了，父亲不得不又咳喘了一声，说，都说婆娘是夜的眼，一点儿都不假。白天迷糊，晚上清醒，好像天下的道理你们都懂。不过还是早点儿歇吧，究竟是白天的清醒更有用。

这是变相的夸赞，让婆娘们很受用。她们说，你知道就好，省得你天一亮了，就不知道自己点的是几钱几两油的灯。

父亲说，别给鼻子就上脸，其实你们的那点儿清醒，还不是因为有一座座的大山——满山遍野到处都长着道理，你不用去问书本，也不用去问旁人，只要不傻不呆，总会有几分明白。

父亲的话点到了实处，婆娘们心虚了一下，暗色之下，也能看到脸上的羞红。都是几个崽儿的娘了，还有女儿一样的羞，这一点很让他感动，他觉得，对岁月中的婆娘，他还是爱的。

起身的时候，突然看到几只萤火虫低低高高地飞过来，给了夜色一个充分的证明。婆娘们也心有感动，对父亲说，其实这人有时还真不如鸡虫，你看这萤火虫，在暗夜里走路，自己就带着一盏小灯笼。

隙地

所谓隙地，是空闲之地，是耕地之外，不被看重的荒疏或废弃之土。隙地之上，不作“正经”的种植和多余的期许，却生长独异的秉性，一如小镜不上妆台，却也能照见容颜，修整额面，趋于净美。

其中故事也多，择其隽永者而叙之。

祖父过世之后，他留下的那群羊，须遴选一个继任的主人。不出三日，那人就选定了，是村西的一个光棍儿，大号叫李立广。一如他这个人，从一生下来，就很边缘，他的大名也是被湮没的，人们只知道他叫广儿。无论长幼，无论老少，都广儿广儿地叫，好像他是公儿子一般。他均答应得脆断，无计较之心，便更被人漠视：见了他才想到有这么一个人，背过脸去，就把他忘了。然而他实在，即便被人漠视着，上工的时候，也不知要奸偷懒，耕、耪、锄、种，精细不苟，好像身后有多少双眼睛盯着，从不糊弄。他便比别人疲累，后背上的汗碱也洇得比别人阔大。这一点，也是被做支书的父亲猛然间想到的，他对支部一班人说，羊就交给广儿吧，他连庄棵都不糊弄，就更不会糊弄羊。大家居然都同意，直让人生出感慨：还是做老实人好，即便素日里被视而不见，关键的时候，立刻就见了。

广儿因为年轻，侍弄羊的时候，并不费力气。也是因为老羊倌调教得好，羊驯顺，懂时序，知深浅，也认识路，即便是换了主人，也依旧找得见好草，经得起风雨，膘肥体壮，勤勉繁衍，队伍壮大。广儿被赞许的时候，嘿嘿傻笑，头反而放得更低。在他看来，好光景全是因为前人留下了一份好基业，至于自己，不过是顺势栽下了几株好庄棵而已。

也是因为年轻，多余的力气让他心痒；也是因为不糊弄庄棵，即便是远离田埂，也作庄棵之想。他有一颗种植之心，感到满山遍野到处都是好土，处处都可以种些什么。因此，他左肩挎着干粮袋，右肩挎着种子袋，在山路上行走，其肖像，与祖父大有不同。

在山根的水处，他用荆棵插了一个棚架，植了一架葡萄。三二年身起，满藤满蔓，都是沉甸甸的葡萄。摘下之后，送到队部，对父亲说，让大家来甜甜嘴。父亲说，是你自己卖下的辛苦，还是甜你自己吧。他说，我光棍儿一条，留那么多葡萄干吗，独自甜来，反而伤心。有个贪人，不满足于与人分享的甜，索性背着荆篓径直去采，以期独占自享。遇到广儿的阻拦，他说，既然你种了就是送给大家吃的，干吗还拦阻呢？我自己动手，既称了你的心，还免了你“送”的那一份辛劳，你应该是乐的。广儿说，我的一送，是公；你的一来，是私，这里的性质不同。

他在山脚的荫处，种了一排排的黄瓜，且春、夏、秋三季的品种兼而有之。他的用意是要让果实结得长久，依时序源源不断地惠及路人。果实一茬一茬地结，却一茬一茬地空，即便是有大量数的收成，轮到他自己时，却已是收成之尾。有人笑他傻，不经世故，说，常言道，无利不起早，无入就无出，你凭空就出了，你图个什么？他说，我什么都不图，就图个乐意。你看，从这里路过的，是赶山的、拉脚的、谋生计的、种庄棵的，全是辛劳之人，他们走得口渴，正遇上一些瓜果，是不是立刻就有了一份喜乐？我得到的是喜乐之上的喜乐，你看，我是不是就比别人得到的多？再说，最让人感念的常常是那些傻子，忒精鬼的人反而让人躲闪，多得之后，未必就是舒坦，一如羊吃得太饱，一准儿会得病，挤挤撞撞的争抢之后，一准儿会发蔫。

在山顶的不毛之地，广儿垦荒，种下蔓菁。此地的蔓菁叫地萝卜，个小，耐旱，不挑风水，能顽强地生长。因此，它不欺哄种子，只要种子下地，就有收获。也因为此，它水分少、纤维多、味道苦涩，稀罕它的人不多。但是，它的短处，正是它的长处，放在菜缸里腌渍，无论放置多久，也不腐臭，且越是腌渍得久，越是清凌光鲜，好像在盐水里它也能生长。在无别的菜蔬烧制的时候，把它捞上来，辣椒油泼之，便可下饭，且能开胃口，让人吃得多。更要紧的是，遇到荒年，粮食断档，以它当饭，也能给人以饱。也是因为它的随意品性，再无手艺的婆娘，也能腌渍得好，便让她们看到了不稀罕中的稀罕，便动员男人，也自己动手，在房前屋后、路边坡头，在所能利用的隙地之上，广种蔓菁，给荒年储备，给不时之需存蓄。无意之中，广儿开了风气，有了羊倌之上的价值，被人尊重了。

但广儿从不滥用这份尊重，即便是父亲动员他当个村民委员，也被他婉拒。他说，我不过是一个放羊的，多余的一点本事，也就是种种隙地，说我是好人还可以，说我是能人就差了。他还说，马大有人骑，狗大可入席，但这人一大了，可就不知道供在哪儿好了——供在庙里，他是肉眼凡胎；供入祖坟，他又还多着一口气。你还是把我搁在旁处为好，矮着心性，我能找到自己。父亲说，你真是赖狗扶不上墙，麻绳提不起软豆腐。他嘻嘻一笑，支书，你说得好，我爱听，我赖着、软着，你省心，我也不费力气。

都以为不稀罕尊重的人，就再也得不到尊重了，日后，广儿却出人意料地做了一件让人不得不更为尊重的事情。

前几年，村里有一个暴发户，钱多了之后，在外边养了小，便对婆娘厌弃，常欢悦于外，旬月不归。即便归来，必裹以酒气，对婆娘大打出手。父亲虽为支书，虽也心中不平，但总觉得那是人家的私事，若出面干预，一遇尴尬，就不能退身了。其实，有钱人混横，不尿小吏，父亲心中胆怯，怕失面子。

在又一个大打出手的夜晚，在妇人锐利的哭号声中，广儿出现在那人的厅堂。把瘫倒在碎器物中的女人扶上座位，替她揩净了颜面上的血迹，对那个男人说，好男人不打女人，好女人不打宠物，你既然不管不顾地打，就说明你不但不好，还恶。恶人再有钱，也只能买个好棺材，棺材之上，也不会有人给你打经幡，这一点，你应该懂。

那人一愣，接着就啸叫，哪个婆娘的裤腿没扎紧，流下来你一个私生货色！

广儿一笑，说，你是欺负我没爹娘，埋汰我。但人可埋汰，天良不可埋汰，雷公可是一直醒着呢。

那人说，天公再圣明，也不管私事，一如裤兜子抹黄酱，不是屎也是屎，私事就是这种说不清楚的事。所以，我尽管打，打到什么时候，外人也拿我没办法。

广儿又是一笑，说，你说得对，不过，你还是不够爷们儿，够爷们儿，你就把她往深处打，狠处打，打折，打残。

你是什么意思？

你一旦把她打折，打残，就会被法办，你那娇贵的相好，就会卷起你的那些钱财理直气壮地去嫁个好人家。她享用着你的好，还不念你的好，你信不信？

恶人的气焰立刻就暗淡下来，说，我也不想这样，跟她说过多少次了，既然过不到一起了，就好离好散吧，可她总是执意纠缠，一路下来，情分就光了，只剩下烦。

广儿点点头，笑着转向女人，说，你也是的，人不能在一棵树上吊死，得看光景料理日子，譬如这男人，他要是稀罕你，即便他是穷的，过的也是有钱人的日子；他要是不稀罕你，再有钱，你的日子也是穷的。你都穷得这般光景了，还留恋他什么，离了吧。

女人一愣，说，也想过跟他离，可跟了他这么多年，整个人都被他用糙劲了，还有哪个男人能要？一如好堰田遭逢了泥石流，不成地块了，还有哪个庄户人能稀罕种呢？

你这就错了。广儿说，好的庄户人，从来就不挑剔土地，不管是沙地、壤地、整地、碎地、山地、平地，还是荒地、隙地，他们都毫不嫌弃地种。因为他们知道，只要是地，只要能承受种子，都能长出庄棵，都能结出果穗。譬如你吧，如果没有你的精干，你男人能富到今天这个地步？这一点大家都心知肚明，许多男人都暗自稀罕。譬如我吧，做梦都想娶你这样的媳妇。我光棍这么多年，比谁的心都急，你要是今天跟他离了，过不了三天，我就会托人来提亲，不信你就试试看。

妇人凄楚的脸上忍不住地露出了笑容，那个男人也不阴不阳地笑了，说，我说你怎么敢夜闯豪门，原来你是别有用心。

广儿适时地退出那人的厅堂，听到那人在身后嘟囔了一句，我家的一块好田地，你想来种，你配吗？门儿都没有！

他耸肩一笑，心里说，不关配不配的问题，是关做人的问题，一如我种了那么多的隙地，结了那么多的果，是为了自己吗？与我作比，你真穷！再说，管别人的闲事，也一如种植隙地，收就收了，荒就荒了，无刻意的悲喜。

那家的战火果然平息，近于破裂的家庭终究得以维系。虽然其中也有无声的波折和苦乐，依山里人的观念，团圆着，总是好。

那个有钱人也不忘记这种好，通过自己的关系给广儿张罗了一门亲事。虽然是一个拖油瓶的寡妇，广儿也满脸喜色。他由己及人，心中豁达——既然自己在隙地上的播种，是为了惠及别人，别人送来的果实，自己也应该安享。从善处说来，施恩与承恩，都是一样的，都会让人亲密。也是这个原因，那个有钱人，还出资帮他办了一场很像样的婚宴。广儿既不拒绝，也不言谢，在他看来，经过了那个不平静的夜晚，花那个人的钱与花自己的钱，其实都是一样的。

山腔响远

一如有痛苦的地方就有呻吟，有疲累的地方就有歌声，古风流长、人情摇曳的山村，自然就有自己的戏剧。

故乡的戏剧，雅训的名号叫“京西梆子”，本地人的称呼则是“山梆子”。

山梆子一说，更接近品性，便被叫得普遍。山里人率真、耿直，戏曲的腔调就纵情、高亢。唱段一起，就弄高声，好像把整个人都狠狠地甩出去，撞到山壁才往回折，然后再哼哼唉唉。哼唉的背后，是回味无穷的人生快乐。

山里的戏场多在传统的节日，大戏则放到春节。腊月热场，初一开锣，整个正月就唱得绵密连台。锣、鼓、梆、琴整日里吵得焦脆，人心也就热燥难耐，都想倾诉，都想登台，上不去台面的，也冲着山岚自吼，歪腔歪调，也自美，也痛快。

唱山梆子，多在村庙里的大戏台上。台眉上挂着长长的大红绫绸；台帮上镶着灿黄灿黄的雕纹楠木。戏未开锣，就觉得红火，就觉得富贵，就吊高了心气。对山里人来说，年节若没有梆子戏，就觉得过得窝囊憋屈。便形成了一个生活信念：宁可穷了地窖子，也不能穷了戏台子。

唱连台戏的人，就是村里人自己。戏里有生、旦、净、丑，村里有老、少、男、女；还犯得着请外人吗？就投入自己，就兴奋自己。

对唱戏最上心的，自然是妙龄男女。山里人本来就长得清秀，若再施些个粉黛釉彩，着一袭戏装，在戏台上一走，就好看得要死，就惹台下的男女倾慕。于是，村里的青年男女，都会唱一些个段子，都会走一两场的步子，唱连台戏时，就都要争个扮相子。还有，素日里，老人们对自己的儿女看得极严，倾慕的男女若想凑到一起，就得费些个周折。而唱戏的时候，人群熙攘、热闹如沸，老人们自己已沉浸其中了，就忘了别有觊觎的儿女，彼此倾慕的，就顺势聚在一起。由此看出，戏剧的本质，是给被禁锢的心灵以伸展的自由。

五叔是唱小生的尖子，与他搭对的，正是与他痴恋着的刘玉芝。初二晚上，五叔和玉芝唱“哭郿子”《寻夫记》。其中，玉芝有长长的一段大哭腔——

一更的一点月牙儿高，寻夫佳人泪花儿飘；盼夫盼到年关到，见一见我儿的父哇（哎咳哎咳哟哟哟），不枉走一遭，不枉走一遭。

二更的二点月影儿明，寻夫佳人泪珠儿盈；身靠寒衣当被褥，一阵阵北风儿吹哇（哎咳哎咳哟哟哟），天气冷似冰，天气冷似冰。

三更的三点月影儿残，寻夫佳人泪道儿涟；乡路黑斜身子软，孤苦一人远狗吠哇（哎咳哎咳哟哟哟），身世可怜，身世可怜。

……

玉芝唱着唱着，就想到了素日里与五叔聚会之难，便酸水浸了心肝，涕泪便汹涌遮面，一念二叹三咳咳，把个寻夫的寡女唱真切了，惹得台下老少便呜哇成一片。

戏自然要演到团聚，五叔在幕后已被玉芝“哭”得泪眼婆娑了，上场时，依然真情荡漾，便与角中的玉芝死命地抱在一起，成一团浑然的抽搐。

台下，玉芝的爹顿觉出个中滋味儿，便吼，个孽畜，演戏就演戏，还娘的真抱嗟！

台下便有些乱。台上的司鼓就急了，冲玉芝爹呵斥道，你捣的是哪门子蛋呢，再不住嘴，就把你轰出去嗟！

玉芝爹便矮了身子，将头扎在人群中，半羞半恼，也恨也怨，暗骂道，娘的，最能乱性的，就是这酸倒牙的戏了！

戏虽散场，玉芝和五叔的爱情却爆发得不可收拾。两人已顾不得老人的感受，拼命地跑到村西的谷场，将身子双双地扔到谷秸之上。不久，那一个松软的、大大的谷秸垛，便簌簌地坍下去了……

由此看出，生活孕育了戏剧，戏剧推进了生活。并且，由于生活的难与苦，使无能力改变现实的这群人，更愿意在戏里生存。

一如糖甜到深处就感到酸，山梆子唱到酣处自然就感到了缺陷。它最明显的缺陷就是硬，缺少跌宕与委婉，振聋发聩有余，余音绕梁、耐人回味不足。也不迁就嗓子，吼过几场之后，就嘶哑，使人感到遗憾，快乐尽管快乐吧，为什么还附以苦？

幸运的是，这里毗邻河北省涿州，那里行世的戏剧叫河北梆子，是全国闻名的剧种。它的唱腔，既高亢响亮，又哀婉悠长，种种的好处，耳朵是听得出的。村里的有心人就常到涿州去看戏，一是享受，二就是偷——偷一些调门，回来嫁接。有心人中有个更有心的，叫李成存，因为他看上了一个唱青衣的角儿，柳棉桃。柳棉桃主演的《大登殿》《秦香莲》他都耳熟能详，且每个唱段他都能接着茬口唱下去，便把韵味带回村里。

因为是常客，柳棉桃也认识他，戏外相遇，忍不住朝他嫣然一笑。这一笑，让李成存失魂落魄，回到村里连续几天都窝在炕上。

一如乱世只有刀剑，唯有盛世才有琴弦。内乱开始，梨园封闭，柳棉桃也因出身不好，被戴上了“反动戏子”的帽子在大街上游斗。竟至有一天被心理阴暗的造反派架到高凳的高处，玩“坐飞机”的把戏。斗得性起，踹翻了板凳，她跌了下来。跌得颜面出血，一条腿也折了。李成存冲进人群，把她抱起来，一直抱回村里，把她“藏”在家里。

柳棉桃的不幸，正是山村之幸——虽然村里的戏场也被叫停，但村里的干部朴实厚道，既不上纲上线，也并不阻止生活中的唱。村里戏迷就纷纷前来，听她唱念，并心仪为师，谦恭地学下来。渐渐地，山梆子的硬，得以软化，愈加好唱、好听。

柳棉桃一早一晚都要在崖畔上练嗓。一如是溪水就自然要流淌，是花朵就自然要开放，练着练着，她收束不住内心的冲动，整段地唱起来。山村静寂，山风清越，她的唱腔就显得格外妖娆。村里人说，到底是专业剧团的，开口就是一个清亮，能把心中的疙瘩唱舒展了。便把她的唱，当作日子的一部分，如果哪一天没有听到，就一如好菜蔬里没有放盐，寡淡得难以下咽。

伤愈之后，人们不忍她走，认为她本来就应该属于这个村子，不然怎么会一个陌生的山外人，一走进这里，就在心窝子里留下感情的根须了呢？便撺掇李成存有个动作，把一棵游走的树，栽在山里，使其繁花满树，悦人眼目。

村里人的愿望，增添了李成存的勇气，他向柳棉桃表达了心意。好像柳棉桃是一扇门，就是预备着被推的，她居然就接受了。倒弄得李成存有些不好意思，说，我这是不是有点儿乘人之危？柳棉桃说，成存你可别这么说，你也知道，涿州那地界正乱着，已无我的容身之地，戏已然是唱不下去了。再说，戏唱得再好，终究不是日子。戏是听的，而日子是过的，对女人来说，有日子可过，才是她的人生幸运，所以，我柳棉桃还得谢谢你。李成存慌乱地说，不，不，你这是给了我李成存一份大恩德，容我日后慢慢报答。

李成存的报答，是把她当成墙上的画、台上的角儿，供起来。但是，越是不让她操持家务，她越是缝缝补补、浆浆洗洗——所有的粗活，她都样样动手。直至把一双用来抖兰花指的纤纤妙手，弄得跟山里的婆娘一样粗糙多皱。越是不让她蒙受生养之累，以保持身段，她越是恪守妇道，延续香火，一连给他生了三个儿子。以至于身膀肥大，抬手投足间，与村妇无异。

李成存痛惜不已，说，是我害了你。

柳棉桃说，既然是生活，就要进入角色——我粗了手，却精细了日子；我臃肿了身子，却清爽妥帖了本心。戏究竟是戏，不能拿戏里的架势表演生活，你一旦不能分辨戏和日子，就不快乐了。

李成存感到，多亏了她是演戏的出身，戏文的教化，戏韵的濡染，使柳棉桃内心温柔，更懂事理，更热爱生活，也更像个女人。因为敬重她这个人，他更加敬重戏，酝酿着，一旦时运改变，他一定为戏做点儿什么。

这一天到来的时候，李成存反而内心不平，满面愁容。因为唱戏须闲，养戏须钱，虽立下过誓言，但他眼下的境况只有一个字：穷。

一如是柳树就绿，是桃花就红，此时的柳棉桃一听到胡琴声，身膀就动，随口就唱出戏段，且板眼依旧方正，不改当初的好。

一个好字，让李成存做出了决断，他对柳棉桃说，邻村在挖煤，我要去走窑。

柳棉桃一愣，说，当矿工的都是一些青壮，然而你已老。

李成存说，但是钱可不管老幼，只须挣。

柳棉桃自然知道他挣钱的用意，但若执意反对，会伤了男人的尊严。伤了男人的尊严，也就伤了自己的脸面，因为他们两个的缘分是来自戏，戏的背后能让她真切地感受到一样东西：爱。

李成存的辛苦钱，让柳棉桃更感到戏曲之重。不仅竭力调理声腔、修练身段，苦苦找回昔日的自己，还延续自我——在村里组建了一个团队，担纲排练，废寝忘食，日日精进，颇弄出一些声名，竟至走上了全县地方戏的表演舞台，得以一展风采。

演出那天，李成存就坐在一个能被柳棉桃看见的位置，心里既抱着往日在涿州时那样的原始期待，也渴望着能找到自己价值的最后证明。

他很紧张。

柳棉桃登台之后，从容唱念，如入无人之境。身段妙然如初，唱功炉火纯青，把戏场的气氛弄震惊了。震惊之中，李成存彻底放松了，回归到了一个纯粹的观众。柳棉桃把陷落之痛和新生之喜匝入唱腔，声声慢，声声也激越，西风烈，西风也祥和，一如戏与生活。加之京西梆子的高亢与河北梆子的哀婉无缝隙地融合，戏一出口，也新奇，也熟悉，一如既可回归，也可远望，大美无痕，却处处入心，使观众得到了一种从来没有过的感动。便全场鼎沸，金奖披身。

当奖杯和鲜花盈满于怀的时候，柳棉桃看了一眼李成存的位置，人却不见了。

这时，李成存正走在县城的矮桥之上，望着桥下无声的河水，他忍不住号啕大哭。因为大恩报过，他的心彻底空了……

山石殇

家族里，在我这一辈人中，继承了祖父的俊美和高大的，有两个人，一个是我，一个是堂兄——学。我们同庚，命运却不同。

伯母和母亲同年有孕，一同来到祖父跟前，求他为未来的孙嗣起大名。祖父捻着他的玲珑须，沉吟良久，开口道，好说，先来的叫学，后来的就叫义。

两房儿媳走了之后，他对祖母说，那个叫学的，日后是个种庄稞的，有三次婚姻；义则是做学问的，即便是多有杂念，也只娶一次。祖母说，亏你还是个党员，也搞神迷六道，简直是个经不得官的老不正经。经不得官，是京西的一句土语，意思是说，这个人言谈举止鄙俗猥琐、轻浮荒唐，上不了官面（台面）。祖父笑笑，说，我也就是随便说说，不可当真。

祖母是个快嘴儿，把祖父随口说的话传布出去了。两个媳妇觉得这可不是一件随便的事，因为对公公敬重，所以笃信。两个人之间就生出薄怨，再见面的时候，就都指着对方的肚子打趣，你也是的，连怀孩子的事也一起凑热闹。便都不跑不颠、小心谨慎，都想生在后头，生出个“义”来。

人算不如天算，那个“义”字终究是冠到了我的头上。

不过，两个人同年出生，一同长大，同样俊美高大，不分彼此，两个生母就都欢喜，觉得祖父的话，真的不必当真。

我们俩更不当真，觉得祖父虽有威仪，毕竟只是个放羊的，不是那种未卜先知的角色。在成长的日子里，我们形影不离，如同一人。以至于伯母和母亲也被感染，也和好，也亲密，觉得学和义是分不开的，学就是义，义就是学，如同己出。

然而，学好动，义好静，渐渐就有了区别。

上学的时候，义亲近书本，学习专心，学则以学为苦，上课的时候，致力于把前桌女生的长辫子拴在椅背上，静等下课时，女生的一声尖叫。即便是这样，那个女生还喜欢他，整天跟他黏在一起。别人认为那个女生轻贱，我则看到了人的复杂之处，觉得人性很是莫名其妙。

我单纯，一进书本就忘我；学早熟，陷在青涩的情爱之中。虽然在学业面前，我们有了很大的差距，但都不以为然，因为各自有各自的喜乐，都欢悦。

他变得越来越爱惜容貌，小小的年纪就梳了分头，凌乱时，会吐口唾液，用手在头发上抿一抿。他爱穿白色网球鞋，一有脏污，就用粉笔偷偷地涂一番，鞋子依旧白。我则不讲究穿着，灰头土脸，形象猥琐。女生笑我是书呆子，男生则嫉愤，常欺负我，并质问：凭什么你学习好？每到被欺负的时刻，学总是及时到场，怒斥道，他就是爱学习，碍你们蛋疼！

高中毕业，我考学出山，学则回家务农。他依旧有说有笑，说，你读你的书，我种我的地，都好。但送我上车的时候，他小声地说了一句，我知道，将来你会比我混得好。然后无所谓地笑一笑。但我还是看得出，他的笑中有一丝隐忍的忧伤。不见他人影之后，我忍不住哭了。因为都说义和学是一个人，却终究分离，看来，在时运面前，再好的感情，也不能自己主宰。不能主宰，便忧伤。

一如早熟的果子常常会掉落，他与那个女生的感情也终于不果。因为那个女生也考出山外，距离间隔了话语，也离间了心。

一如山里的太阳也是太阳，回乡务农的学依旧保持了阳光本色。他学会了开汽车，开了一家石板厂。他说，大山有上好的石材，却一直沉睡，若想要一见天日，须我。颇有天生我材必有用的豪迈意绪。

他的石材销路很广，即便是新西兰、澳大利亚，都有他的出口份额。他走上了富裕之路。

荧光之下，钞票的额面上也有奇采。伯母点着儿子挣来的大把的现钱，乐而忘忧。钱、学问，在她眼里，后者是轻的。在义与学之间，还是义的忧烦更多些，因为义毕业之后，当了一个小干部，每月薪水是很有限的。倒是母亲生出一丝辛酸，对我说，你看人家学，发了。我说，这很好，我祝福学。母亲说，你倒想得开。我说，是人家学先就比我想开了。

在我眼里，义和学，是没有贵贱的，只要能活出自己，都好。

日子殷实了，自然就有人找上门来。一个远房亲戚主动给他保媒，介绍了一个女子。因此就生出变故，影响了他日后的生活。

那个女子，家境一般，长相也很普通。见过面之后，学不置可否，无动于衷。但不知为什么，她博得了伯母的好感，执意要学依从。学是个孝子，不愿拂逆母亲的意志，也就半推半就了。

这就铸成了大错。婚后，他一直找不到感觉，对那个女子很冷。他心中有自己的度量，度量衡就是那个相好过的女生。横比竖比，总不能一比，便虽同在一个屋檐下，却异常陌生。那个女子虽处弱势，但却异常自尊。既然你不对我好，我也就不悉心侍奉，以至于学疲惫地归来，家里也是屋冷、灶冷。学很愤怒，妈了个巴子，老爷们儿在外奔命，你连个热汤、热饭都不弄，即便是养条狗，也会对主人挤个媚眼摇个尾，也会让你心里暖烘烘的。

女子说，然而我是人。

学说，既是人就做人事，我这里不养闲人。

女子说，那好，我走。

学说，你说得倒轻巧，为了娶你，我又盖房子又送聘礼，婚事也铺张，我是花了大价钱的。

人毕竟不是狗，狗吐出来了，还可以吃进去，人一旦伤了，表面的伤口虽然复原了，心里还是痒。他们之间没有一天的温馨日子，女子即便是有孕在身，也没有温厚之念，头疼脑热，专挑孕妇忌服的药物，孩子生下来，即是脑瘫的残儿，只好悄悄地处理掉了。学冲动之下，大打出手，把女子打成了残废，最终离异，赔偿了一大笔钱，人财两损，伤了元气。这之后，一个阳刚的汉子，有了忧戚之色，常一个人枯坐，恒久无语。

伯母说，都怨这个媳妇。

学说，怎么能怨人家，横竖是自己的选择，再说，她这个人贱而尊，倒是应该被敬重。

学本心板正，后悔于对无辜的伤害，所以，他的忧戚中，潜藏着一层很重的自责。

多年之后，他到唐山去送板材，遇到了后来的媳妇敏。敏是唐山地震的孤儿，一直寄居在做石材生意的叔父家里。学每次去唐山，都是敏侍候家炊，给学做很精致的菜肴，殷勤温厚。敏相貌端庄，语调婉约，让学喜欢。更重要的是，行止间有那个女生的余影，更让学心热，便很自然地走到了一起。

娶到家门，果然好合。敏，一如悯，她知冷知热，很悯惜男人的辛苦，变着花样给丈夫侍弄吃喝。不管学归来的多晚，她都耐心地等，且待男人拿起了饭筷，很适时地斟上一杯酒。学感到很甜美，恨不得马上就到床上去，爱她到肉里。爱到床上时，敏一切都依他，怜他，宠他，学欢快得像个孩子，叫她小母亲。外人问敏怎么好，学羞然一笑，说，她很女人。

有了敏，学就不像原来那样不管不顾地做生意了。尽可能少出门，尽可能早回家，不愿让生意拴住自己，而冷落了爱情。在他眼里，钱与恩爱，前者是轻的。他进入了知足常乐的境界，常说，挣钱为了什么？是为了过好日子，既然好日子就在眼前，抓紧了过就是了。他的意思是说，他可不愿做那种为了多余的钱而耽误了好日子的傻事。

学不仅过好了日子，也想到了住在平原的义。那时义住的是周转房，难在冬天的取暖。他便每近冬季就送一车原煤下来，他觉得义的日子过得好不好，跟他有关。每次见了义，学盈于口的话语，都是对敏的称赞。义被深深地感动了，爱上了爱情，并为爱情祈福。

敏给他生了一个女崽，他给取名叫檀。檀是京西名贵木，且有淡香。学开始有了寄情于娇儿绕膝的兴致，常用短髭贴檀的嫩脸，惹檀且笑且咻。净洁的庭院里，葫芦花开得当时，粉蛾也游弋得多情，而立于此间的人，学俊美，敏端庄，檀娇艳，如花美眷，只天庭方有。那次我回家看母亲，见到了此番情景，不禁慨然生叹，不妒之心，居然也生出一丝妒意。

好日子也是要传的，学想要个儿子。敏虽身形高挑，但体质是弱的，怀孕之后，整个人都“锈”了。到医院胎检，医生也说，敏患贫血，产龄也大了，存有高危，你们要慎重。一如阳光普照不虑屋漏，志得意满不察逆旅，学觉得自己的日子如花似锦、顺风顺水，生活给他预备的皆是幸运，便一笑而过，不以为然。

不幸，像赴一个邀约，果然来了。敏难产，继之大出血，去了。临走前，抓住学的手，纸白的脸上，露出一丝歉疚的笑，说，她爸，对不起，我不能陪你了。

学轰然倒下，昏去三日。醒来时，敏已进了坟茔。由于先殁于本夫，依京西规矩，不能归入正坟，便葬在祖坟旁处的一个小山包上。荒草蔓茂，一块小小的墓碑，马上就被湮没了。敏生前团圆，死后孤单，学百感交集，抱着墓碑，大哭三日，形貌为之改观，不见俊美模样，一如拾荒者。

接下来的时日，他不思茶饭，只饮酒。酒后絮语敏之好，说，不如也死。因为只有夫妻双亡，才能并骨，才可迁入祖坟，有祖先照应，他与敏还是好合的。

伯母说，你得挺起腰来，因为还有檀。

学病恹恹地说，好吧。

但是学再也无心打理生意，托人经营。经营不善索性把产权卖了。伯母痛惜不已，说，你真不像个男人，敏不过是个小小的女人，家庭的前景才是江山，才是大。学说，您老不懂，家境再富裕，如果没有圆满的人，也是穷的，既然我已经穷了，就不怕穷了。

伯母说，然而檀怕穷。

他说，檀也不怕穷，手中这点儿积蓄，足可以给您养老，足可以给我送终，也足可以把她培养成人，到钱财散尽的时候，檀就有自己了。

伯母认为学满嘴胡话，是中魔怔了，无奈之下，只有听之任之了。

待檀考学离家之后，学的庭院里，就再也不见炊烟了。他向隅呆坐，终日只泡两碗方便面。到了冬天，也不生炉火，冰天冰地，直挺挺地躺在床上，不忌生冷。对家人的规劝，他只是凄然一笑，说，你们到底不是我，只有冷在冷处，我才能感觉到我。

学也不收拾额面，胡须凌乱，指甲脏长。檀每次回家，都要坐在父亲的腿上，给他刮刮胡子、剪剪指甲。他听之任之，面带微笑，像在敏面前那样乖巧。他对檀说，都是爸害了你妈，在好日子面前不知道节制，心里太贪，等醒悟过来，已为时过晚。檀说，然而妈也是贪的，他想让爸过得更好。

父女俩有共同的思念，同病相怜，便爱得很深，无人处，常相拥而泣，互问暖温。旁人窥得，心酸难耐，怨老天昏蒙。看来，学之所以还能继续自己的日子，全因为檀还有淡香，还有最后的一点点滋润。

学虽然吃得少，但每天三顿酒，而且喝的是塑料桶散装的劣质酒。

节日相聚，我对他说，我也不劝你戒酒，只是想劝你喝就喝点儿好酒，年纪也不小了，身体要紧。

他说，好酒、赖酒，在我这里都是一样的，不过是在恍惚中，见一见敏而已。

除夕之夜，几家人聚在一起，大杯小盏，纵情畅饮，说见闻，话亲情，共论家族兴旺。学也陶醉其中，一如霜梅开出艳花就扎眼，他的笑便格外引人注目。大家顿生宽慰之情，认为那个俊美的学，又回来了。

但就在大家酒酣情浓的时刻，独不见了学的身影。欲分头去寻找，伯母说，不用找了，他肯定是去坟地了。

学坐在敏的坟前，一张一张地烧着纸钱，且嘴里念着，泪水流着，令人的心起皱。纸烧过，人也不归，躺在坟前的山石上，索性睡下了。夜深风寒，山石阴冷，都说把他劝回来，伯母说，依他吧，他有他的团圆。

以为年关增想念，依就依吧，伯母却说，不是的，他每天都这样——上半夜还睡在床上，到了子时，就去烧纸，然后就躺在那块石头上，一直到鸡叫，魂灵不得不回去的时候，他才蔫头耷脑而归。

伯母说完，竟嘿嘿地笑，好像她的叙事，是别人有趣的传奇，与自己无关，我便惊在脸上。伯母瞥见，说，你也别纳罕，我被他弄得都不会哭了。

学的行径，弄得大家惊恐无眠，均唏嘘不止，感叹生活之沉重。

我觉得，义对学是有责任的，便单独找他谈了一次。自然是晓之以理、动之以情。一番苦心之后，他竟说，你说的道理我都懂，都懂的道理就不是道理了，所以，说什么对我都没用。倒是我要劝你几句——

他说，小时候你用功读书，别人就眼气，就欺负你，现在也如是。你事业有成，名气大了，未必人人都服气，都敬重，所以你千万要自知、要节制、要低调，别太看重自己。一如爬上高处，千万别推倒梯子，上去了，得想着怎么下来，得给自己留着后路。听说你现在正跟弟媳妇闹生分，这是不对的。因为以前尽听你说她的好，而现在却不再听到你说她的好了，肯定是你不好。好媳妇是用来稀罕的，不是拿来抛弃的，除非你从来就没有看上过，不是你自己的选择。

一个伤在爱中的人，再说爱的事，声音是有重量的。我被他"劝"得面红耳赤，半天喘不过气来。我只好说，依你就是了。

你还得依我一件事，他说，等我不在了，你侄女檀你要把她当亲闺女看。

我说，年纪轻轻的，不兴说这么老暮的话。

他说，鬼的事，其实人是懂的，到了一定的地界，你就知道了。

他弄得我毛骨悚然。觉得学阴气太重，虽然依旧生在阳光之下，却早已半截子入土了。

我说，我们能不能说点儿轻松的话？

他说，就说说咱们的祖父。你别看他只是个放羊的，可天底下的事他都懂。一些邪怪的事发生之后，大家都惊异，只有他不惊不奇。他整天在老山老岭里转悠，那里就藏着事理。还有，旷野寒山里，除了兽，包括狐仙，就是游魂野鬼，他每天都跟他们打交道，自然就通了心曲，身上就有了神性，能预见未来。为什么祖父满脸净洁，唯独右腮上孤零零地长了一根长须（玲珑须）？那是仙人的貌相。譬如，他说咱俩的前程和婚姻，岂不就准了。悔不该把他的话当儿戏，如果早一点儿放在心里，且谨慎处世，或许会往如意里变的。

我说，你怎么又开始弄玄虚？其实祖父的预言也是不准的，譬如他说你有三次婚姻，事实上，你不过两次迎娶。看现在的情况，你已无心再娶，他的话便不会落到实处。

已落到实处，学说，那个女生虽没正式过门，在我心中，也是娶了的。只不过凡人都目盲，看不到本质。再譬如说你吧，祖父说你只娶一次，那肯定是注定了的含义，如果你执意改变，或许就会招来灾异，应好自为之。

他的话，真的对我发生了作用，这之后，我摒弃杂念，善待婚姻。虽多有龃龉，也能忍耐，一如熟透了的麦穗，自然就退了麦芒，只有籽粒，渐渐地，竟能和谐相处，多了眷恋，相看不厌，类似甜蜜。

人总是能疗治别人的伤痛，一到自身，就混沌了。学依旧不能放下心执，依旧整日里喝他的劣质酒，冰冷的山石上，依旧是他热的身影。

他期待着一个日子。

那个日子终于如期而至——去岁的一个冬夜，他心脏病突发，抽搐中，从床上滚落在地，磕破了额头。他挣扎着站起身来，想扶着墙壁走出门去。然而不能，依着墙壁，慢慢地委顿下去。在那个过程中，他蘸着额血，从上到下写了三个敏字。字迹从大到小，从清晰到模糊，一如他生命的气息。

去见他最后的遗容的时候，我惊呆了。仅一年不见，那个高大身形竟小得像个儿童，一味地收缩，瘦得像魂灵。

他仅仅四十八岁，刚进入生命的旺季。伯母说，其实他早就有心痛的毛病，但就是不去医院，也不备下自救的药物。他觉得自己经得住磕碰，因为感情的磨难尚未到头，最后的幸福还不属于他。

檀不哭，只是一直站在学的面前，默默地望着他，好像父亲刚刚睡下，不忍惊扰。檀白皙、净洁，有庄重之美。她已是二十几岁的大姑娘了，但一直不动婚嫁之念，因为她害怕，既怕嫁给不爱的，又怕嫁给太爱的。

想到学给义的托付，我也不哭。拍拍檀柔弱的肩膀，告诉她，接下来，该我们自己怜惜自己了。

檀点点头，叔，我懂。

补记：学的故事，即便真实，以人类的情感历史衡之，也很老套了。但是，放在重物轻心、重利轻义、重性轻情的世风之下，便不啻一阕反拨今人的爱情挽歌。一如主人公学所说，“家境再富裕，如果没有圆满的人（爱情），也是穷的”，贫穷但是有爱存焉，也是能够承受的，因为感情能够涵养人，生出自足而强大的心力。这虽是老生常谈的浅显道理，但是浅显的道理如果常说，便深刻了，便成了人的价值取向和行为准则。要紧的前提是，今天的人已经很久不说。不仅不说，反而认为迂阔。学的故事还告诉人们，爱情是机缘，婚姻则是命运，是神秘的存在。因为神秘，所以神圣，一如敬天敬地，我们要庄重把握，心存敬畏、敬惜和敬重。人心不古，世风浇薄，而我人微，爱着爱情，顿生忧伤，便感慨系之。

喜乐

祖父问我，在咱这个地界，哪个时辰大家都喜乐?

我左思右想，也找不到确切的答案，便对他说，你说。

纳凉和赏月的时候，大家都喜乐。他说。

为什么?

他说，你看，月挂高空，风吹阔地，空阔的地界，容不得小——没有哪个人能独自私昧起来，好风景被大家公有着，贪占之心就去了，就径直享用，不生妄念，就没心没肺地乐。

祖父又说，这意味着什么?意味着只要去掉一个“昧”字，也就是说不私取好处，不私藏秘密，一切都放在公处、放在明处，一如老爷儿（太阳）一旦直照到头顶，立马就消失了阴影，就人人温暖，处处喜乐了。你要是不信，你且留心看吧。

一旦留心了，祖父的话，竟在许多地方都得到了验证——

譬如，西坡上有一片杏林，结的都是水杏。所谓水杏，就是果肉鲜美、甘甜，可径直入口，给胃以抚慰。因为是美味，大家自然都关切，村里就作了一个规定，到了杏林之下，可以大快朵颐，即便是涨坏了肚子，不停地放屁，也是允许的，但就是不允许装在兜里带回家去。水杏大家共享，心情就敞亮，话语就稠密，大家有说有笑，其乐融融，且都盼风调雨顺滋润树木，让杏子多结一些。如此一来，虽光阴荏苒，大地荣枯，但那片杏林却至今依旧茁健繁盛、果实累累，无一丝衰相。我不禁感到，公德心不仅喂肥了乡情，还涵养了树木，喜乐也。

再譬如祖父房后的那群蜜蜂。本来祖父是羊倌，无心做蜂匠，但老天偏偏赏赐，给了他一群蜂。那天他赶羊归栏，走到村口的大槐树下，见到村里老少都围聚着，指指点点，嘁嘁喳喳。上眼一瞧，一群野蜂绕树飞翔，一如乱云飞渡。祖父说，它们失了蜂王，不认识回家的路了。有人问，您老精明，可有法子收束？祖父不紧不慢地圈好了羊，到了村部的库房，那里有一个闲置的蜂箱和几页蜂坯，他借了出来。他瀣了一碗白糖水，涂在蜂坯之上，举到大槐树下。野蜂居然都飞来落脚，竟至伏贴得密密麻麻。把蜂坯依次放入蜂箱，搬到房后，就成了一群家蜂。起初人们惊奇，再后人们阴沉。人们说，蜂飞在野处，是大家的，入了你的蜂箱，就是你的了，是不是有些不公平？祖父一笑，说，俗话说拔腿才看两脚泥，你们真是心性小，连拔腿出水的耐心都没有，请你们记住了，日后，这蜂还是你们的。

祖父把放羊之余的时光，都给了这群野蜂。耐心调教，悉心喂养，把它们侍弄得驯顺了。待荆花繁盛的时节，它们拼命地酿蜜，给人以回报。摇下蜜来，祖父对村里人说，你们且拿碗来。蜜分到人们的碗里，好像也把喜乐分进人们的心田，他们品尝着意外的甜蜜，心中的纠结解开了，感到蜂箱虽然放在祖父的屋檐下，好处却放在众人的心坎上，喜乐之余，对祖父多了敬重。祖父也乐在其中，添置了新的蜂箱，把蜂群繁衍得壮大了。他说，众人皆大欢喜，我岂有不喜？既然人人皆喜，只管放开饲养就是了。

还譬如乡村的鸡蛋。

在贫寒的往昔日子，平常见不到现钱，老母鸡便是庄棵人家的银行。因为鸡蛋可以换回日常生活的油、盐、酱、醋，也可以换回小学生的纸、笔、橡皮——一枚鸡蛋，一如一枚金币，是重的。而农家的鸡都是散养的，指望它们到山场草丛中觅吃食，腹中之卵，自然就担心丢。婆娘们一早起来，便有一个习惯性动作——抠鸡屁股——确定一下鸡在当日是否有蛋孕育。一旦确定，婆娘们会把信息私密起来，兀自看管，兀自留心。但是，即便格外小心，因山场广阔，人迹熙攘，鸡蛋依旧会丢，便大呼小叫，怀疑邻里，惹大家人人自危，乡情生疏、空气凝重。丢来丢去，婆娘们倒生出一丝豁达——不怕贼偷，就怕贼惦记，要是有人生了贪占之心，你怎么防备，也是没用的。再说，母鸡自己就长着脚，走东走西，也不由你，如果它自己弄丢了，你还偏偏朝人群里寻觅，岂不是白白败坏了邻里关系？横竖就是一枚蛋，何必弄得那么私密？再抠过鸡屁股之后，索性公然宣布：我家的母鸡今天是会下蛋的，至于下在哪里，我就不知道了。奇怪地，不加小心之后，鸡蛋反而丢得少了，甚至干脆就不丢了。探寻一番之后，我明白了：私家消息，一经公布，就变成了公共信息，大家就都觉得，母鸡腹中这枚蛋，是跟自己有关系的，承担一份责任，是应该的。所以，无论那枚蛋下在哪里，发现的人，都会自觉地帮助捡回来，放在主人的手心里。即便是有点儿贪念的人，一想到人家已把话说到明处，类似给了你一份信任，再不收手，就对不住良心了。如此一来，鸡依旧散养，鸡蛋却不再担心丢了——母鸡自在，婆娘自在，邻里自在，被疏淡了的乡情，渐渐地又浑厚起来。

村里人享受到了透明的好处，索性就连门楣都敞开了——出工在外，或走亲访友，家门也不上锁。即便是上了锁，放钥匙的地方也会让邻里知道。类似鸡蛋的事，让村里人有了豁然的醒悟：贼一般都偷上了锁的，因为锁背后的神秘，反而是一种深重诱惑。再说，屁大的一个小村庄，进出的都是些厮熟的人，一把锁，反而离间了乡里乡亲的感情距离。一如庙门大开，来的都是善男信女；柴门不锁，换来的是邻里真心的照拂——你且放心远行，乡邻的眼神就是不锁之锁。有友人从远方来，看到整个山村，家家没有院墙、户户没有栅栏，惊异不已，说，山人厚朴，心中无贼。

对的，我说，环境就是造化，一如十个人中有九个君子一个贼，相处得久了，那个贼也会变成君子，善在善中了。

一天，祖父又问我，你看咱家里谁最喜乐？

我说，自然是您。

祖父摇摇头，说，你这是在拍马屁，其实你也知道，咱家最喜乐的人是你奶奶。她一辈子不会算计、不长私心，占一点儿便宜就脸红，吃多大亏也傻笑，什么人在她眼里都是好人，进了家门的人就都当贵客，也不管那人是不是能给家里带来好处。她常说，旁人走近，就是预备着让你爱的，一如猪狗进家，就是预备着让你养的，不需要更多的说法。就说那年八路在咱这里打游击，小队长张成银受了重伤，昏迷中说了一句话：我就要死了，多想吃一碗炖猪肉啊！你奶奶听后，转身就进了猪圈，把一口预备着过年的半大猪崽立马就宰了。把张成银揽在怀里，一口一口地喂他炖猪肉，肉下了肚子，张成银居然活了，新中国成立后还当了大干部。后来他带着警卫员回来看你奶奶，进门就跪下了，说，老嫂子，我是张成银啊，是来报救命之恩的。你猜你奶奶说什么？她说，谁，张成银？这个人咱压根儿就不认识。好说歹说，就是不认，张成银以为她糊涂了，悻悻地走了。人一走，你奶奶就乐了，说，我还不知道你是张成银，细细的脖子，大大的脑袋，打你一进门我就认出来了。咱为什么不认你？这人一讲恩德就远，一谈回报就重，咱就一个小脚老太太，没有多余念想，承受不了远和重的东西，只图个心里轻松。你看你奶奶心里多空阔，空阔得能跑一挂马车，这样的一个人，怎么会不喜乐？都说你奶奶没心没肺，其实她是不给自己多长心肺，一个从不把自己看得太重的人，自然就喜乐在别人的喜乐里了。你看她都七老八十了，还长着一张娃娃脸，黑俊黑俊的，那是老天爷长眼，让喜乐的人有了不老的岁月。

师 表

月明如洗，弦音升起。

而山环幽闭，容不得细声，二胡的曲调，就悠长如曳，似怨、似喜，撩人心地。已躺到土炕上的山里老小都知道，这是陈老师在拨弄心曲。

陈老师有腿疾，高考落榜之后，被照顾到村里的小学当了代课教师，从此就白天教课，晚上弄弦，好像不能与人言说的种种话语，都说与了手中的那把二胡，既喂养了自己的寂寞，也生动了山村的生活——因为山村的夜晚清寂，一如死，有弦音入耳，山里人才感受到一种叫感动的东西，才有绮丽的情感入梦，在贫寒中多了滋味。所以，村里人喜欢陈老师的弹奏，不叫其止歇。他们感到，有陈老师的琴音回旋在枕畔的日子，才叫真好。

陈老师身形小，无月的时候，他湮没在夜色里；有月的时候，他湮没在月华中，总之不显现他自己。但一如微盐可以咸水、滴油可以浑锅，大家都能感到他的存在。不仅他的琴声能撩拨人们的情绪——《喜洋洋》让人心欢，《江河水》让人心悲；即便是他平时的举动，因为有着与众不同的板眼，也让人好生掂量。

三岁那年夏季，他突然发起了高烧，父母以为是受了风寒，捂一捂被子就会好。然而久烧不退，父母就慌了，只好去医院问诊。医院在四十里外的一个小镇，且不通车辆，父母便把他放在一个背篓里，轮流背着，急切地赶路。走到中途，大雨忽至，山洪暴发，把他们困在一处高岸。但雨总是不停，且洪水越来越湍急，父亲望了望漫无涯际的汤汤大水，从牙缝里挤出一个字：蹚。折一树枝探路，冒死前行。其间几次遇到浪卷，险些被冲走。或许是向死而生的决绝感动了天地，他们终究是走出了困境。到了医院，医生说，孩子得的是脊髓灰质炎，若再晚来一步，就没救了，但究竟来得晚些，错过了最佳的治疗时间，命可保住，却落下了残疾。

长大之后，有人闲话道：你落到这个地步，都是父母给耽误了。他说，父母生育了我，是给了我第一条生命；把我从死亡线上拉回来，又给了我第二条生命——他们只是两个普通的农民，又生在这么一处僻地，没有回天之力，能够做到这个地步，就已经很了不起了。所以，我没有权利怨，只能报以真心的感激。

一如淬过火的钢铁反而坚韧，被刀斧修过的树木反而长得直，受过磨难的陈老师反而比一般人更懂事理。上学的时候，懂得用功，小学、中学、高中，成绩都出奇地好，高考落榜，也只是因为身体。村支书找到他，说，你功课这么好，不派上用度就太可惜了，当个代课的先生怎么样？就是薪水有些少。他说，能让我当这个代课的先生，已是乡亲们给予的恩德，而恩德不衡以金钱，很好。

一个跛腿的先生走在校园里，学生们感到很新奇，管不住顽劣的心性，总是在他的身后学他的跛。他只是笑着摇摇头，并不报以恼意。相反，他居然说动了校长，把学生们的体育课也代了。他教同学们列队、齐步走。他训育的要领很周正，但一示范就歪斜了，学生们就嬉笑着学他的歪斜。他虽然面色铁青，但依旧堆着微笑，说，既然你们愿意这样走，走就是了。走了几遭，学生们自己就停了。问其缘由，学生们说，累啊。他说，这就对了。你们本来长着健全的腿脚，是用来周正地走路的，偏要走得歪斜，岂有不累？再说，即便我的腿是残的，也还努力往周正里走，你们幸而有好腿，却不走周正，你们亏不亏、愧不愧？学生们懂得了惭愧，再也不好意思要顽劣了。后来，学区里搞队列比赛，陈老师辅导的队列，不仅走得异常刚劲、异常齐整，而且带出虎虎的生气，自然是拿了第一的名次。听说是一个跛腿的老师训练的，大家都很惊异，感慨道，人究竟不是机器，立身的首要，不是外在的技巧，而是能不能立心，让其懂得做人的道理。

陈老师虽然腿跛，但他的乒乓球打得出奇地好，不仅学生，即便是整个学区的老师也没人能打得过他。他的手像长着眼睛，总是把球控制在腿力所及的范围内。而且他的腕力劲狠，球一旦扣过去，能把案板砸出碎音，没有什么人能够轻易地把球救起来。问他功夫何来，他说，无他，只因为跛。见旁人不解，他说，其实人和自然万物是一样的——不长稻米的地方，必然长大豆、高粱，不长粮食的地方，必然要长冬虫夏草，总之都要长。还譬如动物，黄鼠目盲却嘴尖，能咬得住木笼里的鸡；兔子腿短却善翻滚，能躲得过猎人的追；雏狗身小却健旺嗅觉，能察觉几十米开外的动静。总之此消彼长，各有一技，都能生存得好。所以，优长与缺短、健全与残疾都是相对的，明白这一点之后，身体的残疾就无所谓了，有所谓的是自己的内心是不是盈满——心灵强健，何残之有？心力不旺，就会残在残中，就真的残了。

于是，放学之后，我们很愿意留下来看陈老师打球，因为从他的手起手落之间，能感受到他的乐生与自尊，小小的心灵里就会升起一种肃穆的东西，会感受到自己在渐渐地长大。

陈老师虽然残疾，但精神饱满，毫无颓相。他的头发总是梳得一丝不乱，颜面也修理得很白皙，他特别注重衣着，即便是旧衣衫，也穿出净洁和熨帖的效果。他好像每天都要洗澡。整个人显得那么清爽，身上有隐隐的暗香。

相比之下，学生们却普遍趋于脏——脏头垢脸，且衣生虱虫。陈老师在课堂上说，学生学生，首先要干净。

我们反驳说，我们没有肥皂。

陈老师说，然而我们有皂荚。

皂荚，我们自然是知道的，它是皂角树的果实。虽然村西就长着两棵，但平时却很难想到它们。因为它们长得虬曲丑陋，满身芒刺，一点儿也不美，而且一到深秋，叶子和皂荚纷纷掉落，凌乱了甬路，还得烦人扫。

陈老师说，给你们布置一项课外作业，放学后就去捡皂荚，像捡宝贝一样捡回家里，晒干，收存起来，且节俭地使用。

取几枚皂荚放到清水里，慢慢地水就变得一派浑黄。我们皱一皱眉头，疑惑地问陈老师，你的这张白脸，真的就是靠它洗出来的？他点点头，说，一如粪稀可浇出脆嫩的瓜果，皂荚的药黄正可以除去脸上的油垢并使皮肤得以舒展。这叫什么？叫品质之善，不在容貌，贵在有净洁之心。

皂荚真的就洗白了我们的额面，洗净了我们的衣衫，且不生虱虫，同学接近，都能闻到对方身上散出的淡淡的药香，生出亲切温馨的感觉。以至于成年之后，喜欢身上有淡香的姑娘，觉得她与大地上的植物相近，不务虚华，有质朴之美。

学校的讲台上，是有座椅的。老师们往往是坐在椅子上照本宣科。但是，在我的印象中，腿脚不好的陈老师却从来没有坐过，总是站着授课。他还特别勤于写板书，他说，板书可以把课业传授得准确，不贻误学生。他写的是标准的楷体，一笔一画，整齐、俊朗、好看。因为他的身子是斜的，长久周正地写字，是很累的，我们便体恤地说，老师，写明白了就齐了，没必要那么认真地写。

他说，为什么？

我们说，字写在黑板上，很快会被擦去，写得再好，也是白费力气。

他说，昙花刚一开放就凋谢了，然而它依旧仔细地开，难道人还不如昙花？

他的话，我们虽然似懂非懂，但那个认真的精神却感染了我们，在本子上，我们也往好里写。到后来，他教过的学生都能写一笔好字，被周围人看重。譬如我吧——有了一点儿名气之后，在一个雅致的场合，人家早预备了笔墨纸砚，要求留下题词，推辞不过，只好硬着头皮写。墨猪成列，自知乖丑，不期竟博得喝彩：写得好，写得好，您是不是练过书法？我含笑不语，心里忖道：鄙人从未握过毫管，不过是从陈老师那里习染来的一点儿老底子而已。由此想到，为什么在浮躁的世风之下，我还能葆有一种不敷衍、不乞巧、不糊弄、不欺世的做事风格，还是陈老师那不苟的板书使然。板书的字迹易擦，然而留在心中的印痕是不灭的。

都说残疾人精明，且多才艺，这不仅在陈老师身上得到了验证，而且得到了格外的验证。他不但会拉二胡、打球、写好看的板书，还识百草——山里有的药草，他既能叫出名字，也知道它们的药性，所以，他除了会授课之外，还会给村里人看病。邻居的女崽腹胀得像一面小鼓，被折磨得连说话的力气都没有。他上眼看了看，说，取二十粒皂荚籽来。他把皂荚籽在热锅上爆炒，然后擀成细末，叫女崽喝下去，二日之后，腹胀居然就消了。二大伯腿上的风湿滞重，都不能下炕了，陈老师选了冬天的日子，把白糖水涂在他的膝盖上，然后把饿过的蜜蜂放出来，在上边叮咬，冬日一过，二大伯居然能走了。

陈老师便多了一层神奇，被村里人毫无保留地信任，因而他看好了的病人比正经的医生还多。问他怎么就识百草，他说，无他，是因为寂寞。他解释道，寂寞是个巨大的空洞，需要有东西填补，他就以看药书填补，渐渐地就多了这方面的知识。我们说，陈老师，您别谦虚，您天生就有过人之处。他依旧说，不是谦虚，譬如你们吧，只要用心，只要坚持，就会有足够的学问，一如瞎猫始终蹲在洞口，总会逮着耗子。他横竖把自己往低处说，不让我们觉得他神秘。

但乡亲们还是把他看得很神秘，敬重之心日日深甚。竟至被他看好了的病人，病愈之后，都会倾其所有，给他送重礼。他总是坚拒不受，笑着说，你们可千万别这样，你们一这样，就是对我有太多的期待，要我做得更多。然而我只是一个小花朵，只能散发出那么一点点儿微香，不可能贡献得太多，所以，我既不能自不量力，你们也不能过度依赖，这样，咱们都轻松。

但是，陈老师到底是得到了回报——多年后，代课教师被整体地辞退了，然而他很快就被县中医院聘为门诊医师。他白天在闹市里坐诊行医，傍晚就到城外的河畔公园拉他的胡琴，拉的多是时尚的曲目，且拉得陶然忘机，直至月上中天。让人感到，他这个人，真懂得生活，活得很入世、很顺生，也很自在。村里人得知，都说，上苍究竟是睁着眼的，对有德行的善人，始终就给他预备着幸福的日子。

明媚

故乡的太阳出得迟，但鲜艳，红彤彤的，耀眼；故乡的月亮落得早，但洁净，白嫩嫩的，养眼。与之相对应的，是分明的四季，有毫不含糊的季节特征——热就热，冷就冷，雨则雨，晴则晴，清明爽利，不叫人费心揣摩。于是，人也就有了与之相对应的性情——质直、率性、透亮，爱憎分明。

譬如老姑。从记事起，就分外地明白事理，穿得破旧，吃得寡淡，也从不抱怨。因为她知道，故乡的所有不过是瘦山与薄地，自然穷；其中所产不过是玉黍和小米，自然饿——既然都是没有办法的事，自然要安于忍。所以，她为人处世，一直是心胸坦荡、随遇而安。譬如夏旱，吃水紧张，洗漱类的用度，自然是厨炊后的剩水，她则安心享用，无额外忧烦，她说，只要脸子长得好，污水也能洗得白。譬如秋涝，田堰冲垮，玉米伏倒，众人哀号，她却从水里捞上来泛青的苞米，放在柴草上烧烤，吃得近乎忘情，红唇之上沾满炭灰。她说，已然是涝了，不如捡回来一点儿快乐的心情。

到了上学的年龄，祖父找她商量：摆在你面前的有两条路，一是混学堂，二是随你母亲伺候猪狗。她脖子一梗，响脆地说道，当然是混学堂。她知道父亲的心思——他内心深处重男轻女，觉得女娃子早晚是别家的人，花钱上学纯属白搭，不如早点儿务农帮衬家境。把一桩堂堂正正的事体，用一个“混”字形容，他的意思已经再明白不过了。绝不能让这种不公得逞。她想，该上学就上学，该嫁人就嫁人，人生一世，应该过的日子，都应该认真地过，绝不能人为地节省。

初中毕业，就“运动”了，各地学生扔掉书本到处“串联”。她自然是随潮流而动，去了南方的几个圣地。但不久，即便是全国山河一片红，她还是悄悄地回到了家乡，安心地务农。问她缘由，她说，原因很简单，即便是动机很动人，但坐车不给钱，吃饭不给钱，住店不给钱，还理直气壮，咄咄逼人，大道理背后就没道理了。之于她个人，高声大嗓背后，感到的总是内心的不宁。

祖父干干地一笑，说，不叫你混学堂，你偏要混学堂，混来混去，只混了一个造反有理。老姑只是摇摇头，沉默无语。然而她甘心务农，无论是刮风下雨，也不休歇，直至被评为“五好社员”，乐在疲苦之中。

那时节，天天有最高指示发布，大队（村）部便配备了一台半导体收音机。为了落实上级“传达不过夜”的硬性规定，便先由村干部收听一下，然后再站在山的巅处，向村落里吼。也是因为山偏地远，收音机里的声音总是被杂音遮掩，一天，村干部吼道：社员同志们，伟大领袖就是跟咱贫下中农心贴心，跟咱山里人一样实在，他说，路上有根桩，桩是木桩。就是说，要想抓革命、促生产，就是要把拦在路上的木桩彻底拔掉才行。

老姑闻之，咯咯地笑个不停。祖父说，有什么好笑的，难道老人家说的不是实在道理？老姑说，经是好经，可惜被歪嘴和尚念歪了，人家那是：路线是个纲，纲举目张。一经解释，祖父说，我说的呢，领袖是站在高处的高人，怎么会讲像废话一样的大白话？原来是村干部自己编排的哩咯隆啊。

老姑适时地给了祖父一句：说什么混学堂，你看见没，这混学堂的跟不混学堂的，到底是不同。祖父无言以对，白了她一眼。他始有所悟，一如山里的太阳太鲜艳，月亮太洁净，这柔顺的女娃子心里也藏着绝不温暾的刀锋。

由于老姑有文化，数算得准，字也写得好，大队（村）就让她当了库房保管员。有个叫栓子的青年，看上了老姑，便常常编排个理由来库房里找她。老姑也喜欢他，每一见他来，总是笑脸相迎。喜欢的理由很简单，因为栓子清洁——即便是家境贫寒，衣着破旧，但总是收拾得清清爽爽，而且身上总是有淡淡的皂荚的香味。她认为，有这样的外在，必有洁净的内心，他尊重自己，必然会尊重别人。她对栓子说，来尽管来，别再编排什么不咸不淡的理由。栓子说，这么单刀直入，多不好意思。老姑说，连表达感情都这么曲里拐弯的，生活的路，也不会走得直。

多亏了当着保管员，给了他们爱情发育的空间，月明星稀的时辰，他们不必寻觅与躲闪，能自自然然地“黏”在一起。但爱情如火如荼，肚腹却饥肠辘辘，那时节天公刁难，口粮歉收，总是不给人以饱。看着库房里的种子粮，栓子总是若有所思。终于在一次温存之后，栓子把心中的用意明确地表达了出来——他把裤腿扎严了，灌上灿黄饱满的玉米。但当他走到库房的门口时，老姑叫住了他，请你把裤腿里的东西倒掉。栓子说，我不是为了自己，而是老妈年迈，不耐饥。老姑说，这我自然知道，但孝道的背后，应该是干净的人心。栓子有些恼，说，我把整个身心都给你了，还不值你几粒玉米？老姑说，你的身心是私，库房里的玉米是公，不能混为一谈，要公私分明。

这虽然让栓子顿生尴尬，但还是依了。只不过临走前说了一句话，我以后就不来了。老姑一笑，说，你敢！隔了数日，栓子还是来了。不是因为惧怕，而是因为敬重。因为他不来老姑这里，自己就辗转难眠，折磨了自己一番之后，他突然大悟：这个女子内心周正、能辨曲直，有靠得住的好，假如日后有爱情之外的爱情，她也是不会动心的。

果然就是那样。

当栓子到十三陵修水库，旬月不归的时候，有一个人总是编排一些借口，不请自来。那个人是村里的队副，也是一个有堂皇颜面的人。老姑知道他的用意，却也不点破，因为她知道，每个人都有脸面、都有尊严，她尊重尊严。那天那个人喝了酒，说起话来语无伦次，老姑虽然心生厌烦，但还是笑容以待。到了后来，那个人连无伦次的话也不说了，只是不停地在老姑身后踅来踅去，终于从背后抱住了她。

老姑果决地挣脱了他，说，你也是有身份的人，哪能这样造次？

那人说，谁让你长得这么好看呢，我就是管不住自己，不管不顾地想。

老姑抄起一把利剪，毫不含糊地说，那好，你既然管不住自己的卵子，那我就替你管一管。

那个人吓坏了，落荒而逃。

一如太阳落了，还会升起来；月亮缺了，还会圆——再见到那个人，老姑还是晴朗无云，微笑以对。因为她有的是日月性情，不挂阴霾。那个人也就很快恢复了原有的自在，悄悄地对她说，本来是想报复的，把你的保管给抹稀（撤掉）了，但看到你依旧是尊重的表情，我自然也就找回了自重与敬重，咱还是相敬着做一辈子好兄妹吧。

日后，那个人果然为人周正，不仅对老姑好，也对乡亲们好，虽经商发了大财，但也无暴发户盛气凌人的样相，而是很谦和地为村里修了一条水泥马路，走进人心里去了。

叙述至此，我心中有光，不禁想到，好的日月，自然要孕育出好的人。换句话说，透亮孕育透亮，明媚孕育明媚，在温暖的作用下，暧昧和阴冷，是难以存在的。

布 鞋

去岁初秋的一个梦中，我突然梦到年轻的妻，盘腿坐在一方土炕上，就着昏黄的一盏老油灯，极专注地绱一双布鞋。她满脸通红着，汗也津津地下；而那绱鞋的麻绳极绵长，任妻纳满了针脚。梦中的我，似就睡在她身边，偶尔把呓语喃出来，惹妻笑得甜蜜而羞涩。这个梦就传统得很、温馨得很。

醒时，将梦境述给妻听，边说边有余味儿在嘴角回甘。

妻竟说："丑死了，你把人家做家婆想了。"

我就纳罕了，怎么做布鞋穿的女子，在年轻的妻眼中，竟成了家婆呢？！

高跟鞋的妻终于咯噔咯噔地走了，偎在椅窝中的我，却依然想梦里的布鞋。

想了好久好久，我到底是有些明白了：这一切，不正缘于穿布鞋的童年吗？

就想童年的布鞋。

那时，在垭里鞋的世界里，几乎就只有布鞋。道理极简单，仄僻的山村与外边的世界隔绝着，鞋的文明到村里自然就迟一些。其实，村里人是祖祖辈辈穿布鞋的一群人，布鞋是一种根脉，随人丁的延续而绵延着，人不绝，布鞋亦不绝。到后来，球鞋（胶鞋）和皮鞋也传进村里了，但穿惯布鞋的汉子却说："球，一双鸟鞋就十多二十块了，婆娘两晚上做一双，一分不花！"节俭中度日的村里人，花恁多钱去买一双鞋来穿，那颗心是颇放不踏实的，于是，即便今天了，布鞋仍有它不桀不骞的命运。

布鞋的做工是颇反映一些精神的。

素日，婆娘们将做衣裁下的边角、布头收起来——这种边角、布头，有个很有趣的名字叫“铺陈”，也有叫“铺扯”的，反正读起来，陈旧破碎的韵味都在其中了。待“铺陈”有一定的积累了，便用热火调稠稠的一锅面浆，在饭桌的面上，将一张张破碎一层一层地粘完整；然后，拿到太阳底下晒、放到热炕上煲或者在火炉上烘。待把案面上那层物质弄干了，就小心地从一头揭下来。那揭下来的，敲一敲要咯咯作响的一张完整，便是村里的“袼褙”。上边那一套工序，自然就叫打袼褙。

在村里，若哪一家打袼褙了，他家就要做布鞋了。

做鞋之前，要按脚的大小用纸剪出“鞋样子”，将“鞋样子”缝在袼褙上，才剪出“鞋帮子”，“鞋帮子”上要包上光鲜的一层新布，且细细地纳密了，才是正式做鞋的“鞋面子”。

所以，鞋子显家底、显身份的地方，当然就是“鞋帮子”外的那层包布。因为再好的“袼褙”也是“铺陈”打的，而“铺陈”总是一些五彩缤纷的碎布头，便不管干净的手还是不干净的手，打出的“袼褙”皆一团杂色。

一般人的鞋面包的是一层老青布，簇新的鞋也显得旧。

家境好一些的就包一层“灯芯绒”，鞋子就极上眼、极大方。

我家是猎户，自然有用熟好了的兽皮做鞋面的资格。兽皮面的鞋子，虽未必就光亮，却是看上去就结实的，就多少要招一些羡慕。但猎户的鞋往往是那种笨拙的“踢死牛”，底子纳得要厚，敲时要传出梆梆之响，绱鞋时就极费力；所以，别人也只是羡慕一下，并不嫉妒。

好面料尽管被人羡慕，却并不被人看重，真正被人看重的，是手下的功夫。

其中之一就是在鞋面上绣花。

童子布鞋上，绣花是必然的。燕子、蝴蝶、蜻蜓、猫、兔、虎、豹、狐、狗……山里有的动物，都会被婆娘们缝到鞋面上，让童子们牵着走。笨婆娘自有笨婆娘的主意，在圆圆小小的鞋尖上，绣两只猫眼、鱼眼，虽显简单，但鞋子放在地上，也像会动起来一样。

姑娘们给自己做布鞋时，自然就多绣鸳鸯。绣鸳鸯跟绣鸳鸯可不一样。手巧的、心细的、多情的，绣出的鸳鸯也会眼目流盼、娇羞温柔；这样的鞋若再衬以小脚纤纤，汉子心中那把琴，哪怕再古意、再沉滞，也会被拨弄得咚咚响哩，流韵悠长。

在光棍儿房里，翻出一只、数只绣花鞋来，便是极自然的事。

后来，姑娘们觉得绣鸳鸯已忒不够味儿了，就开发别的。什么花什么朵的，还有别的什么鸟什么雀的。但花是宿花，鸟是宿鸟。双栖双宿，是一方春啊！

世上，每个女儿有每个女儿的心事；在山里，每个女儿也有每个女儿的喜爱。于是，女儿的绣鞋是她自家心性儿的一面镜子，就不为过。

记得是一个秋后的夜晚，一伙老少到一户独院捉奸。情报是确凿的，但屋里屋外却找不到女子的身影。然而捡到了一只绣鞋。第二天，在村中古槐下，那只绣鞋便高高地悬着，由村里的一名至尊，执鞭而抽。

树下围满了人。那鞭子虽响，而人群却默默。他们知道是抽谁，是抽他们心中的一位好姑娘。

那绣鞋上，绣着一对翠羽的画眉。

而能绣出这样的画眉的山里人，就只有不爱吱声的美丽的幺姑。后来她就死了，死到村边那口老井里去了。

……

在鞋面上绣花是亮给别人看的，是鞋的一张脸，梳弄得美一些，便很好理解。

但不可理解的，是倾注到鞋底子上的细心。

那底子的料，当然源于“袼褙”。剪成形的底子“袼褙”，要三五层叠起来，然后用麻绳（麻线）密密地纳。

纳底子的麻线，要选好麻匹子打。打麻线时，婆娘们喜欢凑在一起，于村中的槐树荫下，不疾不徐地上演一出独异的景致——

婆娘们皆坐于小小的杌凳上，把裤腿挽上去，露出自家的腿杆子。便有婆娘叹道：“你看人家的腿子，白得很哩！”就有人赞同；“是哩，人家也一天天屋里屋外的，竟还恁细皮嫩肉的，咋整的呢？！”那一个细白腿子便喜不自禁，波—波地用唾液将掌心弄湿了，啪啪地拍腿子上的麻匹子，麻线就打得极柔韧了。腿子黑的，脸上的颜色却也不见黯淡下去，因为心中存着一种自信，自信自己的腿子比白皮肤色的饱满。这种饱满是一种力量，山里人很金贵这种力量。

山里婆娘的腿，就都美得很。

但山里的青石板路很窄很冷清，婆娘们的美便极寂寞。

纳底子的情景是著名的，影视中常有这种经典的镜头：无非是把线抻得俏皮而流利，然后再到发缝里去光一光针。然而，这只限于一种视觉，是视觉上的轻松。山里纳底子用的是麻绳，而绝非凡常的线，针便只能用大号的针。在把麻线抻动的时候，指掌间便颇要尽一些个力气。是婆娘们纳得熟了，那种力被暗暗地消隐在娴熟的指法上了，便有一种轻松娴雅的美，让人悦目。

尝尽苦头的人，反而笑得更美，也许就是这种道理。

纳底子时的针脚密得惊人，一针挨一针纳下去，针针不苟。但针脚却有很繁复的变幻，依着婆娘心中的图案。有的纳出朴素的席花，有的纳出星斗罗天，有的则纳出碎梅点点……于是，布鞋的底子便是一种缜密而精妙的境界。

然而，这么精妙的世界却要踏到脚底去，美丽诞生之时，便是被埋没之日，竟连一声人性的短叹，都来不及。

还有那鞋垫。

女儿在薄薄的鞋垫上，倾注了浓浓的心血，然后再送给意中人，是山里的古风。

我在未恋爱的年龄便走出了故乡，便得不到这么一副情感的鞋垫；每一想及，不免生出淡淡的一丝憾。我有时竟对那时的山里的汉子生出一些个怨，因为这样的鞋垫，他们竟毫不犹豫地垫入脚下去污损；若是我，会作为一份珍爱，小心地埋入箱子的深处，把情意绵延给岁月。（其实，这是文人的一种病，事实上，送鞋垫的女儿，只管把情意送出去，其余的一切，也是不会再计较的。她们都做得这么潇洒，我为什么不能呢？！）

那时，若有闲暇，去问一个婆娘：“闲下来干什么呢？”十有八九会得到这么一个答案：“纳底子呗。”

再问：“不兴干点儿别的？”就马上疑惑起来：“不纳底子那干啥呢？”

这便是一种答案：对于山里女人，白天的、夜晚的闲暇是极富裕的，那么，不纳底子又何为呢？于是便纳底子；纳来不精又何为呢？于是便纳得精。

所以，美的产生，未必需刻意；生成的美，未必都去寻什么价值。来有来的由头，去有去的道理，还是超脱一些的好。

想童年的布鞋，当然就要想到蜡黄的窗纸上，被油灯放大了的母亲的身影。

作为猎户之家，鞋子自然极费，母亲的鞋就做不完了。

白天祖父和父亲去打猎了，地里的活计撂给了母亲，母亲做鞋就只有在晚上。

到了冬天的夜晚，屋里的火炕烧得热，挨上去登时就舒坦，心里滋润着，若喝了热热酽酽的东西，腰肢便软软地弹下去，就早早地睡了。于是，冬日的小山村，嗜睡的娃娃，只要能在热炕上躺倒了，便不再有别的奢望。

在这样的夜晚，在我们都眠入热乡的时候，窗前的母亲，却兀自被油灯弄影。

窗纸薄脆，尖冷的北风便执着地从细碎的罅缝中钻进来。油灯摇曳，便噼啪，一股腥臊便弥散得浓。那是一盏獾油灯。

夜醒时，仍见坐着的母亲——那个任北风涴鬓、任腥臊拨撩却不知孤寂的母亲。眼窝便濡湿，心头便奇热。

劝母亲睡来，母亲却只报以无声的笑。

便再也睡不着。就知道，灯油热爆的噼啪是极响的，麻线抽动的窸窣是极温柔的。我屏息而听，觉得胸膈里的泥土气，渐渐跟着或清亮或缥缈的声音袅荡为薄烟、为轻云了。

有这样一个母亲，无眠的夜，也舒服。

那年暑期的一个晴爽的夜晚，清风徐徐地吹，山及天空极清旷，那轮山月便若新浴，触之轻滑。同我一道回来的女同学便如酒醉，立于庭中，口中呢喃：“山里的月光好清啊！”便久久地与月光温柔着，玩味得沉迷。

借着月光纳鞋的母亲就极诧异了："今儿晚上，月亮怎啦？！"

女同学便愕然。

我对她说："碧天银月亘古如斯，山里好月更是无数，母亲却没专门看过一次月亮。"

女同学便低声唏嘘："稀见好月被如数辜负了，惜甚，惜甚！要知，明月清风不需钱啊！" 我的心便阴郁了。这时的母亲毕竟还依然年轻，也正是造一些个爱月眠迟的佳境，温款她自己的劳心的时候啊！

然而，她却顾不上。

现在想来，母亲身处月下，虽皎洁而不睹皎洁，但她的身心却被月光浸透了，她已与月光交融，与月光同在了——她手中那总也拽不断的麻线，莫不是她心中的月光吗？这种月光已无形无声地浸润了祖父、父亲、我和母亲的所有亲人；在亲人的肌骨心田中，这月光会缠绵到无限。于是，母亲虽辜负了月光，而我们却万万不能再辜负了母亲！

……

想起布鞋居然想了这么多，可见我之迂阔。后来，竟希望妻也学做一下布鞋，因为我觉得，不会做布鞋的女儿，总让人存一些个疙瘩在心里头。但妻至今也不去做什么布鞋，高跟鞋依旧咯噔得气壮，我便悻悻然，更觉得自己迂阔了。

毕竟不是那时的光阴了。对于布鞋，很温馨地想一想，就作罢吧。

年关志略

近些年来，年关虽然到了，但心里却极漠然，好像年节是一桩可有可无的事。这或许是小城生活给我留下的阴影。因为，城市对年节很麻木：楼墙栉比，铁栅毗连，洋洋的喜气，均被挡在一幢一幢灰色的空间里了，街衢上是显得很冷清的。城市当然也有串年门子的，但那只是礼节性的，来得仓促，去得匆忙；早早地关了自家的门扉，只家里人围个热锅子，弄一番全家欢。所以，城市的年节是封闭的，是个体的，温馨虽温馨，但不热烈，有血性的汉子便受不了。

而山里却不。

山里过年过得极开放极群体；大家乐在一起，其情也切，其气也昂；暴烈的节日气氛，欲将山壁撑裂。

所以，山里过年才叫真过年。

一进腊月，碾砣子就将昼与夜碾成连襟。家家都碾黄面，家家都蒸枣子年糕。没有枣子糕的年，在山里不叫年。腊月里还有一桩最兴盛的，便是腌腊肉。素日里，山里人抠鸡屁股换钱花，日子节俭得要死。过节时，却嘶地就杀一头几百斤的大肥猪，成方成块地在大锅里煮，用满缸的卤盐水腌。除夕晚上，将缸里肥白的肉方捞上一块来，在黑乎乎的案板上，用长长的猪刀切成又大又薄的卤肉片子，就大碗的老酒，所有人没有不喝舒坦的。

腊月十八那天，是山里吃糕的日子，都把盛满枣子糕的蒸笼敞开盖子，稳在灶膛的温火上，任香润的雾气于室内缭绕。街坊邻居们便一个一个地上屋来，从蒸笼中取一片糕子吃。吃过，便说一声好，再到别的家里去吃一两片。这一天，你要登所有村人的门。尝所有村人的年糕。即便平日有些隔阂的人家，你也要走到，走到了，便一切淤怨都得以化解。这叫怨艾不过年。当然也有褊狭的人，故意不登你的家门，让你哭笑不得。对此，山里人自有处理的办法，便是将属于那人的一块年糕，扔到院中去，口中喊一声："就当喂狗了！"便不再挂牵那一方恩怨。

山里的除夕是通宵醒着的。男人们都簇在村中的老槐树下，烧硕大的一堆柏枝火，这叫守岁。而"柏"谐"百"，是企盼人人都眼对眼地活到百岁，谁也不离开谁。所以，除夕前，每个男人都自觉地砍好多好多柏枝回来，让那堆冲天的篝火烧不断档。青苍的柏枝在火上烧，柏油就烧得流溢，火焰便芬芳无比，众人的鼻翼便都张得彻底，通体清爽。还有，那柏枝燃烧时，会吱吱地叫繁迭，便把一颗颗质朴的心撩拨得不再平静，就跳，跳一种杂沓的韵律。

烧柏枝火的同时，谁也忘不了在自家屋檐下，将长长的炮辫子舒舒展展地朝一只洋铁桶中顺下去。待熬到午夜，便呼地奔各自的屋檐，千年封闭的古村落，便在瞬间炸开了花。小村的山就颤抖，小村的天就颤抖。这是一种绵绵的颤抖，一直颤抖到在垭口娩出一轮崭新的太阳。

在鞭炮的热浪中，会有一排排更高亢的巨浪掀过村庄的山头。那便是祖父那一班猎人放出的一阵阵排子枪。祖父带着那班猎人，站在高高的垭壁上，齐刷刷端平了猎枪，对着无边的一片青苍，宣泄出一道道的轰鸣。祖父大声喊着：

"伙计们，莫吝惜那一点儿狗屁不值的火药，平时，咱是为了那帮畜生活着，今儿个，为的是咱自己！"

这是一种无遮无拦的野性，让人感到一种甜蜜的畏惧。

初一早上，数稚童们最忙乱。要依次到老人们的房中去，给老人们拜年。山里人对亲人的感情是执着内向的，很难让他们在亲人面前说几句亲热话，一切皆在无言之中。这一切，当然深深地濡染了山里的童子，他们在长辈面前，就亦显得拘谨，讷讷地，把句子弄得很疲皱。但过年了，火药把山里的沉闷驱杳了，人的心里都流淌着一泓春水。稚童也自然被兴奋陶醉着，觉得年关里不该有什么顾忌，平日里不好意思说出的对长辈的那几分敬意，应该痛痛快快地道出来。所以，稚童们很愿意给老人们拜年。进入老人的房中，道一声“给您老拜年了”，便咕咚跪下去，一丝不苟地磕几个响头。炕上的老人早已满眶泪水，速疾地挪下来，把童子扶起，且从灶洞里抓两把热热的糖炒栗子，将稚童的希望装充盈。童子便偎进老人的怀中，热热地叫几声，撒一些个娇嗲；惹老人咯咯地乐起来，童子一般痴。

正月里，山里第一等要事就是唱连台的梆子戏。其盛情、盛景在拙文《山腔响远》里已叙述得淋漓尽致，在此就不再赘述。

山里过年，当然也有手上的娱乐把戏。老太太们玩一种纸牌，类似平原的“打千分儿”。老太太们围簇在热炕上，有一搭无一搭地拆对牌，是一种安分，是一种古韵。但汉子们却玩得俗了，就是“搓”麻将。

山里人“搓”麻将，起初是极规矩的：几个人围一方小桌，噼噼啪啪将牌摔得精响，其实也只是要的一种阵势。玩得久了，觉得太温暾，就要比个高低，也只是点相同的数十只玉米粒子，输一盘，给出一个；结局时，粒子剩得多的，自然就很荣光了——呵呵地笑过一场，也就很快扔到脑后去了。但玩儿到后来，觉得这样是自己糊弄自己，不如来真的痛快。有人就说：“还是挂点儿什么吧，哪怕少挂点儿。”有人便应和：“也成。”玩儿时就挂些零星的角票子。这无伤大碍，却大大地刺激了汉子们的玩儿兴，就玩儿得越来越尽兴。但尽兴得久了，情致就又木钝了，便有冒险的招数出笼了，就是“挂”大的，就沦入赌博。

我不讳言，儿时的故里年关，赌博之风曾一度盛过；但后来，却悄然淡下去了。这全因了一个女人。

这便是二婶。

二叔是村里赌兴最盛的一个，彻夜泡在牌局上，正月的饺子，他也品不出一点儿好滋味。二婶颇好言劝过，但二叔那时正输得败兴，劝是劝不退的。二婶就只有偷偷地落泪。

后来二叔的积蓄输光了，就去借钱。借的钱也输光了，眼圈便红了，便对牌局上的对手生了仇怨。在暗影里，就听到他磨刀的声音。

那日，二叔去牌局了，二婶便尾在身后；二叔在牌桌旁坐定了，二婶也倚在他身边坐下了。

两局下来，二叔就又输光了。对手便撤身欲走；二叔则死拽着不放，恨恨地说："接着来！"

那人说："你连本都输光了，再来，你还输个什么？"二叔的嘴唇便胀紫了，回手朝腰里摸。腰里的家伙已不知去了哪里，只有二婶温温地笑。

二婶对那人说："他叔，莫瞧不起人呀，不是还有我吗？"

桌旁的人就都愣了。

二婶拍拍愣怔的二叔："掌柜的，同他来，俺把私房钱都给你带来了。"

对手便糊涂了，呆呆地坐下，不敢再走了。

二婶就给二叔看牌。

二叔依然是一盘一盘地输，二婶却温温地笑着，一笔一笔地给二叔还账。二叔脸上的汗就淌得全无了遮拦。二婶却依然笑，用帕子给二叔撣汗。

二婶的私房钱终于输光了，二叔和对手就都僵在那里了。二婶却催二叔说："怕什么，同他来呀！"那个赢家便感到情形尴尬，嘻嘻地涎笑着，说："得了嫂子，赢他的，都还给他还不成吗？"

二婶歪一歪头，笑着说："他叔，你把你哥看瘪了不是？你哥他不趁别的，不是还趁你这个嫂子吗？"

赢家的汗便哗地倾洒下来了。

赢家便糊里糊涂地将牌打下去。但牌居然还是打赢了，他不愧是山里独一无二的高手。

他再也坐不下去了，翻身下了牌局："不打了，说什么也不打了，再打，就闷死了！"就急急地奔门而去。

"你站住！"身后传来二婶温柔的一声喝。

二婶近前来，从腕上捋下两只银镯子，轻轻地敲一敲，便有玲玲的玉音儿颤进满屋的耳朵。

"这是俺做银匠的爹留给俺的，今天，它们是你的了！"

那人惊惶地推挡着："嫂子，饶了，饶了！"便落荒逃了。

但二婶那双银亮银亮的镯子，却飞快地追上他，"当"地落在他脚下。他噔地站住了，犹豫了片刻，还是朝前走了。

"你还算不得一条硬邦邦的爷们儿！"二婶噙着泪，低声说与那一只模糊的背影。

从此，那条好汉与二叔都不再摸麻将了。垭里的麻将，也回归到了以往的纯朴，只是年节时，拿它逗一逗乐子。

但那两只银镯子，却依然躺在青色的石板街上，执着地闪着清亮清亮的光泽，若一双不倦的眼。

……

蛊医

在故乡，有的事是极怪异的。

二臭坐在柿树底下晒太阳，无意中，扫见树顶有一只熟透了的红柿，孤寂地鲜艳着，就目不转睛地看，直到那软柿子终于自己掉下来，自己将自己弄稀烂了。柿子掉下来，二臭就觉得极无聊了，便踅进屋去，想在土炕上好好睡一睡。突然那眼就疼得难耐，嗷嗷地叫了一宿，第二天便瞎掉了。

四叔早间上地去遇到一只白狐狸在前面挡他，心性就很有些怯怯，于是就停下来。但他停下来，那狐也停下来，就只有走。他走狐也走，四叔就有些疑惧，捡一粒石子，投过去。听到狐吱的一声尖叫，终于跑得没影儿了。中午歇晌，他骑在一株老核桃树的横枝上，睡得梦象接踵。梦里竟又有那只狐蹀躞了来，且狰狞地与他作梗，就吓醒了。睁开眼，老核桃树下，那只狐果然犬般坐着。四叔大骇，从树上跌下来，从此就再也不会讲话了。哑了的四叔至今还活在故乡，只是活老了，活得只剩下干干的几块骨头。

幺表姑与米柱儿私奔，生下小幺姑。小幺姑后来夭折了，便找人埋。山里未成年的崽，是入不得祖坟的，且又是一个私孩子，就在一处漫坡上草草地埋了。第二年，漫坡上的草木竟全枯了。

……

这些事，若悉数写来，会写出一叠册页来；但因为太诡秘，写出来也不会有人相信，还是把笔墨经济一下为好。

这一切，却弄得山里人极不安起来，不少人扪心自省，省自己的忤逆，省自己作下的孽障，且努力把自己的念头和行为弄规矩了，以防晦暝之中，那尊眼尖的什么东西，施以报应。

但令山里人不解的事，还是随时都发生着，并不理睬这里人的淳厚、诚挚、善良与精纯。

就有请巫来一来的必要了。

外请的巫，多是游民懒妇，极诈伪。环村落巡视一番，便说山里多秽事、多不孝，屈死、冤死者众，因而邪气便蒸腾得浓，必要好好行一行巫事。

山里人皆懵懂不明，任巫信口雌黄，自家只是兀自地颤抖。

行巫时，设一神坛，放一平斗，斗内放陈谷、新谷各半，谷上插一把剖羊羯子（山羊）用的且细且长的刃。行巫者在神坛前的专座上坐定，用青布麻衣覆面。定定地坐一时辰，突然就若有神附体，语言神气皆骤变，或唱或闹，或哭或笑，天上地下，无所不谈，最甚者，便是谈村里人长短，揭村里人的男女私情，斥村里人的道德是非。于是，在村人眼里，此时的巫已为真的神体，因为他（她）讲的，多确有其事，且言之凿凿，都有依据。听者就唏嘘不止。有不少人便瑟缩得难耐，砉然哭出声来，匍匐于神坛之前，道出自家的隐情，作掏心之忏悔。

那一年，一介女巫行完巫事，酒喝到半醉，说："弄我们这行，不叫巫婆，也不叫神汉，更莫说什么跳大神，叫蛊医。"

怕别人听不真，便问身边的一个崽："说，我们叫啥？"

那崽先是一愣，却很快答出来了："叫蛊医。"

女巫就母鸡般乐仰了。之后，她说："外请的蛊医，救得了眼前，救不了长远；若图年年月月，月月日日皆安定，有你们自己的蛊医才好。"

村里人皆曰有道理。

然而，巫者多诡，且身怀奇技——能呼风唤雨者，可为常人吗？！村里蛊医的人选就不好找。

后来，老实忠厚、沉默寡言的二奶奶竟当了蛊医。

就讲一讲二奶奶做蛊医的故事。

素日，二爷爷极霸道，抽长筒的水烟袋；稍有不如意，便将烟袋的杆子敲到二奶奶身上，二奶奶的白皮肤就常常青肿。那日，二爷爷又向二奶奶发威，身边却没有烟袋，只有一只盛着热粥的碗。那碗就有机会朝二奶奶飞过来了。二奶奶绝望之中，当然会用手去挡。粥洒了，碗竟挂在二奶奶的食指上。

二爷爷就怔住了。

二奶奶也怔住了。

苦难的二奶奶终究反应得快些，干脆用那食指转那碗子。碗子果然转得出人意料。二奶奶怯怯喘息，嘴上却厉害了："瞧见没，俺会一些个。平日里，忖磨你是俺男人，不露给你，怕吓你个三长两短；今儿个，你忒不把咱当人了，咱就什么也不在乎了！"

二爷爷脸极灰，"崽他娘，可别动真格的啊！"

待二奶奶把碗子收了，二爷爷便有资格，朝脚下软软地瘫下去。

以后，二爷爷便不敢在二奶奶面前肆虐。二奶奶却因此把自己诞生了，成为村里的第一任蛊医。

二奶奶随山外的巫医行了一年巫事，学了一些手艺，回到村里之后，就正式坐位子了。

二奶奶做蛊医之后，行的第一件巫事，便是在村子的周遭放蛊。

后来，我读沈从文的《湘西》才知道，沈从文的老家也是有放蛊的。湘西的蛊是毒蛊，包括蚂蚁、蜈蚣及蛇的活身；放蛊的方法是将蛊类放到果物中；放蛊的目的是复仇，让仇家的女人、小孩因中蛊而得病。这不免有些阴损，盖因那时的湘西，正是生活着蛮族的苗裔。而二奶奶放的蛊却是善蛊，取以毒攻毒的意绪，用以驱妖辟邪。蛊罐里，当然也有蛇、蝎、蜈蚣类，但更多的，却是女人的经血。蛊罐在阴处放的时间极久，便有一股腥秽的异臭，喷射而出，叫人的鼻息于瞬间幽闭。

二奶奶正是提着这样的蛊罐，在村子的周遭环环形而走绕着，一丝不苟地放蛊。

蛊放完了，二奶奶便趴在土炕上不动弹，昏沉一如死。

数天后，方走出屋来，面色如土，眼窝深陷，若活扒过一层皮。

但二奶奶无怨。

作为蛊医，二奶奶当然给人看病。二奶奶看病不是明里来明里去的，而是先在神龛前，蒙上盖头，呼一阵风唤一阵雨，再定定地烧几炷香几吊纸钱。这是大家熟知的蛊医的伎俩，村里的二奶奶自然不会例外。临了，从龛后取出药粉，送给病人一些个希望和安慰。

蛊医二奶奶，果真治好了不少病人。

其实，这有什么惊异的呢！蛊在低智识的人眼中，无异于一种宗教，是一种精神——蛊力在心，信心在怀，小疾小难便自愈自解了，这乃情理中的事。另，为蛊之人，引别人迷信，自家却极清醒；即便攲斜癫狂，为的是引旁人的真癫狂，容巫者于癫狂的云雨隙罅之间，去审时度势，拆对穿凿。正因为蛊者极清醒，便私下里备一些小单方，把真正的药力糅在香灰之中——蛊者欲立其身，就不会一味作假，亦真亦假，亦阴亦晴，与身份相宜。

二奶奶既迫不得已被推为蛊医，她自然就不能不懂这些道理。

但蛊医二奶奶的的确确有自己的特点。比如，治"撞克"。

"撞克"，是村里的语言，其实就是癔症之一种。患者在劳累、惊吓、愁抑、伤感或思虑过甚的情况下，随时可发作。病人发作时，两眼发直，浑身抽搐，不久便挺倒了，僵成一根棍，就须疾速抢救，不然，便会因心力衰竭或窒息而死亡。抢救时，掐人中，扎针灸，做胸腹按摩。重者，要首先将僵挺了的肢体强力盘曲；不然内气散尽，醒来便迟。轻者，可向额面喷些冷水，意在给沉迷的意志以刺激；但也要杂以其他手段，以期速效。

"撞克"，在村里被认为是鬼魂附体（"撞克"一称，本身就很形象），因为患者被救转之后，往往神智癫狂，生人代死人语。就弄得居家皆惊，老少皆恐。于是，"撞克"就非请蛊医治它一治不可。

村外蛊医，对"撞克"行巫时，亦先用扎、掐、捏、折诸法，把病人弄还了阳；待病人替死人胡言乱语之时，蛊医便也烧纸拜神，呼风唤雨，陷入冥世，与之口角。

两个人激烈地说着阴间的事体，周遭之人便感到阴风阵阵，自家也有死去之感。

口角久了，病人疲累而昏沉，渐渐睡去，蛊医便跳转入世，曰：得胜回头。

病人睡去，凡三天两夜方醒，有的干脆就永远睡去了。现在看来，蛊医是对患者做精神上的折磨，生生将其整虚脱了。恶甚！

二奶奶便不。

病人在那里谵语连篇，她则不吵不闹、不惊不乍，而是从其尾间开始，一丝不苟地行针，直至扎到病人的虎口。行针时，边捻动针柄边低沉斥道："恶鬼，扎着你了！扎着你了！"

她是在驱鬼。

当鬼被驱到病人虎口，二奶奶便搭上一只手，她的手便颤抖不已，之后，她的腕上竟起了一只会游动的包。她从发髻上拔下一根缝衣的针，狠狠地朝包上刺去，且一针紧过一针，那包便渐渐小了，只绽着一星星紫黑的血。

"莫怕，鬼被我收了。"二奶奶豁然地笑着。

病人登时便清明了，知道自己的病状，面色极赧然。

（二奶奶治"撞克"，扎在病人身上的针，针针有穴，是为了医道；而扎在自己身上的针，针针就虚，为的是蛊道。）

二奶奶就神得了不起了，在那时的山里，名气盛极。

那年，二奶奶的爹得了杂病，针、汤、蒸、药皆用尽了，病亦不见好。老爷子躺在床上，奄奄地说："你不是会给别人求药吗？怎就不给爹求一服呢？！"

"嗯，求。"二奶奶应着，但眼角却有泪光一闪一闪。

就设神坛，就烧香纸，为爹求了一服药。

喝下去了，精神像好了许多，就安然地躺下了。但夜半，二奶奶的爹便喘如旱牛，浑身抽搐了。

二奶奶便张皇得没了办法。

然而，她看到了那片神坛。

她感激地看了一眼神坛，就倾注了终生的虔诚跪下去，烧了一炷炷的香，焚了一吊吊的纸钱。她从热的香灰中，抓起那把东西时，她的灵魂，竟突然温暖起来。她确信，手里攥的，真真切切是一剂灵丹妙药。

“爹，药来了。”然后，很温柔地为爹灌下去。

太阳出来了。爹死了。二奶奶疯了。

村里便消失了，第一个和最后一个蛊医。

喊 河

村里就一条河，一条逶迤的瘦瘦的小河。

河里的水草很纤细，河滩的石子很浑圆，是一条干净得让人心疼的河。

“水至清则无鱼”是极对的，这条河里的鱼就总也长不大，清秀苗条的几尾，悉然可数。

但村里人并不感到遗憾，他们爱的是河本身，有水清凌凌地流着，还奢求什么鱼之类的呢？

但村里人爱河有山里人自己的方式，人们好像并不珍惜河的清澈，而是拼命地享受河给自己带来的实惠——淘米、洗菜、浣衣、沐身及刷牲口的毛……均在河里做。外人便极不解，这里的人怎竟这样？其实，山里人有山里人的逻辑：日月依旧是变幻，河依旧是流淌，你拿它没办法，就趁流在身边的时候，使劲儿地享受一下吧，对河，也就不枉流一遭了！

这跟山里人的性情有关。

比如，爱自己的女人。男人要舍得打她，打得她满地翻滚，打得她呻吟不止，一如在土炕上，那夜里的呻吟。只有这样，女人才觉得已真正被自己的男人疼起来了，在男人面前，或娇嗲或撒泼，皆有了心安理得的资格！于是，在村里，对女人太温柔了，却常要惹起女人的疑心，女人会想一些个有效的办法去激怒男人，让男人在愤怒中暴露其真性情。那时，女人疼的是皮肉，熨帖的是心灵。也许，山里女人从漂流而来的岁月里得到了一个启示：那情和仇其实是一个东西，爱得不深，就不会生仇；仇得不深，就不会知爱——情情仇仇，仇雠爱爱，相互依衬，且相辅相成。

饮食男女的这番情状，自懂事以来，在现世的别处，我未曾见到。就只在书本上见到过一次，就是多米尼加的胡安·包什笔下的那篇《女人》。那个女人被自己的男人打得奄奄一息，并丢弃在路边。一个善心的过路男人救了她，把她送回家。她的男人仍殴打她，那个善心人便替她给那个不讲理的男人施以了一番教训。关键的，是最后一幕，当善心人把野蛮人压在身下时，女人却捡起了石头，朝善心人的头上砸去：

"他是我丈夫！"

接下来，胡安·包什沉痛地写道：

> 奇科（善心人）顿时松开了对手的脖子，双腿一蹉，双臂一字张开，无声无息地仰面倒下。身下的泥土不断地吸吮着汩汩涌出的鲜血，血泊上闪着幽幽的粼光。

这的确令人沉痛，但流这样的血，其价值何在呢？

有人说这是族性的落后和人性的麻木。我却认为，这是情仇之外的局外人的无谓的牺牲。

懂得了这个道理，就会懂得山里人对河的那种特别的情爱。

村旁有个小河埠，河埠上有大大小小的卵石裸列。细心观察，便可见到在一些大的卵石上，均有相像的凹痕；人若坐上去，两瓣臀叶便与凹痕极吻合了。这的确是臀子磨出的痕迹，是那些辛勤在岁月中的大臀子女人的杰作。她们坐在卵石上淘米、洗菜，她们坐在卵石上濯足、洗衣，把污浊交给了小河，把洁净收拾给了自己。于是，只要看一眼凹痕，就知道山里女人对河爱到何种地步了。

有一桩事，本来不该写在这里，但不写，心里总有些梗介。那就是晨昏时刻，在河里涮那些带着尿碱的尿罐。

脏衣、脏袜在河里洗了，尿罐子也在河里涮了，那瘦瘦的河脉，竟无一日浑浊，总以透底的清澈迎迓人类那探寻的目光。河就是以这样的赤诚，接受着山里的人群，颇像个痴心女人，无怨无悔、没心没肺地爱着。

而山里人对河水的赤诚，也是极令人感动的。走到河边，明知那水洗过衣袜、涮过尿罐，却无一刻犹豫，俯下身去，喝个肠肚饱满。山里人世代饮着河里的水，不洁的字眼，从来就不属于自己的河流。

但山里人对河的态度，却容不得山外人依此而为。对这，下放来的南先生，是有亲身感受的。那日他与二叔从山外背盐巴回来，走到一处背人的河湾，二叔突然想尿一泡，就尿到河里了。南先生也想尿一泡，二叔却让他转过身去，尿到岸上。转过身去，就有走动的男女，南先生就拉不下脸，只有再转过来。二叔就嚷："你不成！"

"就你成？！"

"嗯，就我成！"

"凭什么？"

"就凭我生在这里！"

南先生就不敢再争。他明白，山里人是把自己的命脉与河的命脉摽在一起的。摽在一起的跟不摽在一起的，当然是不一样的，一如打女人，自己的女人能打，别人的女人，你能打吗？！

然而，山里的河，流得忒平静、忒清澈，这与喜欢在艰苦的劳作中，较量膂力的山里人极不协调。山里人渴望河里卷起一些个风浪，卷一些个泥沙，再将自己扔进去，做一些浑然的力的厮磨，那样，则淋漓酣畅、荡气回肠，一如劫后新生，是大快乐啊！但除了暴雨过后，卷一阵转瞬即逝的激流之外，其余的时刻，河依然温暾，依然慵懒。山里的汉子就骂：

"娘的，像个大懒娘儿们！"

于是，一到夏天，山里人对河水的情怨，便爆发得不可收拾。便是喊河。

晚饭吃得肚圆了，烈酒喝得醺然了，汉子们便招呼着："走哇，泡娘的河去！"

到了河边，找一方高起的岸，于瞬间把自己扒得精光，精赤赤地站在岸石上，放开嗓子喊：

“噢——噢——！”

“噢依——噢依——！”

“啊啊啊——！”

……

这是野性的释放，喊得音韵不齐，喊得毛骨悚然。河谷里就荡起久久旋回、似要永不飘逝的回音。

人们在喊得热汗蒸腾、喉嗓火燃的那个当口，便纷纷跌下河去，在河里打滚，在河里蹦蹿，恣肆出能想得到的一切花样。那时的河面，大浪、小浪、浑浊的浪，搅成一团，挤成了疙瘩，热气冲天迷漫，一片天昏地暗。

山里那过剩的活力，那征服迎头而来的一切的欲望，把河煮开了！

当汉子们从沸水里爬出来的时候，已精疲力竭；他们把自己瘫软在温热的卵石之上，懒得看一眼极清秀的满天星星。河水渐渐地平息下去，汉子们的鼻鼾渐渐地停匀起来，远远地望去，那群汉子已融化在河岸之上，是一块块光滑的、活着的卵石。

河，便彻底被汉子们拥有了！

夜深了，汉子们静静地爬起来，静静地走向自己的家门：“娘的，舒坦得要死啊！”

谁不想舒坦得要死呢？

于是，到后来，来喊河的人便不仅仅是汉子，还有老少，还有年轻的女人。

而离村近，岸势好，且河底宜人的河段就那么一两处，就有男女争地盘的情状出现。

当然是男人得到好地盘的机会多，女人就极懊恼。后来女人们的犟劲儿上来了，场面就闹热了。

那日，幺姑接了姐妹的众托，抢先到河边去占地盘。到了那个好河段，果然还没有汉子们的影子，就高兴得不得了。她站在高高的岸石上，遥盼着姐妹们快些来。终于盼到了人影儿，近了，却是年轻的后生米柱儿。幺姑心里着急，说：“米柱儿，别过来，这儿俺已占上了。”米柱儿一笑：“邪了，这儿一直是我们爷儿们的地界，凭什么就成你们的了？”说着就要脱衣下水去。这时，一群姐妹已过来了，见到这番情景，边跑边喊：“幺姑，别让他下水。”米柱儿脱得更快了，边脱边说：“谁先进得水去，河就归谁了。”

幺姑急了，骂一声：“个经不得官的，怎恁招人厌呢！”

那骂声未落，幺姑的衣服已经脱净了，白润腴美的线条就无遮无拦地迸射着。米柱儿回头一看，“呀”地就蹲下了，紧紧地捂牢了双眼，浑身颤抖。山里的汉子，虽蛮野在嘴上，却真纯在心上，不敢看这样的阵势。

“哼，就是要让你知道知道姑奶奶的厉害！”话音未落，幺姑“哗”地就跃入水里去了。

那群姐妹就笑得极恣肆了，纷纷把一团团白影化到水里去了。下到水里的女子便成精了，把大团大团的浪花掀到老实巴交的米柱儿身上，生生将羞怯的汉子驱走了。

走着走着，身后就传来了女人们尖厉的、光滑的呼喊，那声音撕裂了整个天空，一如群妖突降。

不知是委屈还是感动，米柱儿竟将泪子悄悄地滚下来了……

我当然也有喊河的经历，不过，最后那次喊河把我吓坏了。在岸上“噢噢”地喊完了，我便随着人群跃进水里了。刚露出头来，就见我的叔伯弟弟燕在跟前呛着水。燕是不谙水性的，却也来喊河。我便去救他。不期竟被他死死地抱住了脖子，就不容分说地与他一同沉入水底了。我在心中失声叫道：完了。我当时是那么地惧怕死，就死命地掰他的手。指甲都掐到肉里去了，就是摆脱不掉他。我的手就四处乱抓，竟抓到了一束杂草。心中突然闪出一线光明，就索性沉下心来，屏了呼吸，一束一束地拽那杂草。最后，竟拖着那个沉沉的身子，从水底爬上来了。当脚蹬实了岸边的卵石时，我便悠然倒下去，什么都不知道了。

这是我人生的第一次冒险经历。所以，我记牢了家乡的河。

现在，我竟常常想：真不如当初就死到河里去，那样，就成了河的贞淑未凿的、最纯洁的儿子了。一如污浊之后，渴望清澈，执意的回归，会以最极端、最强烈的方式。

对 酌

故乡的父亲们喜酒。

故乡的儿子们喜酒。

故乡的父子，往往是一对一对的酒父子。

这跟故乡的水土有关。

故乡的水过于清冽，人怎么喝也喝不够，往往喝得满肚满腔的，竟至腰都弯不下去了，久久地立在那里喘粗气。肠胃被凉水浸得久了，自然就有阴沉的感觉。于是，将装有陈酒的瓿甑打开盖子，把盏饮几盅，瘀气便驱得净净，肠腹便化得柔柔，便有给个皇帝也不做的感觉。

这是故乡的水。而故乡的土过于贫瘠——并不是山里的土天生就薄，而是因为这里的雨水太勤。山里的灌木多，落叶就厚，厚厚的落叶，自然成就膏腴的腐殖土。但只要山雨来，沟坎坡梁上的水便汹涌四溢，便把膏腴的腐殖土冲得很薄。但这容不得村里人叹息，因为人们都知道，光叹息不会有玉黍；而村里的玉黍所浴的是未经污染的清氛，所沐的是极原始、极淳朴的阳光，味道就好吃得要死。面对贫瘠的土壤，就只有想办法将其培育得肥沃起来，于是就开山，就扒土，就垒堰，就拼命卖身膀。晚间依在炕头，肉身疲惫，就觉得死活要饮些个酒，觉便睡得真格的舒坦。请不要怀疑这种体验：肉身太疲惫之后，当然会很快睡去，但睡得太昏沉，隔日就醒得迟，即便起来，也觉疲软昏乏，打不起精神；若饮些个酒再睡，就不一样了。所以，村里人遇到累过了劲儿的人，会说："用酒给他醒一醒。"

村里人喜酒，还跟山里人的性情有关。

山里人的性情极温厚、极憨朴，遇事皆让人三分，从不紫了唇口涨了脸子红红白白地与人争持。但梗介在心中自然是有的，郁气也在腔子里聚得浓浓的。就喝酒。喝得眼前皆为软物，醉拳砸到硬邦邦的土墙之上，也觉得疼的是那墙，而不是自家的手。于是，郁气在村里人的腔子里就不会结得太久，冤仇便极少作下。在红日头之下，黄土地之上，赤膊的依然赤膊，流臭汗的依然流臭汗，抗争的是命运，而不是人。

温厚憨朴的另一面，便是怎么抹也抹不掉的那几分迂讷。素日里闲侃，也能侃出黄云紫雾；但切莫到了关口，到了关口就要陈述，就要求人，就要论出子丑寅卯。对村里人，这就像让善心人动干戈，不是心性儿怯懦，而是下不去手。便一退再退，一躲再躲，弄得婆娘们都满脸羞臊，浊浊地骂一句："个经不管官的窝囊废！"这一声骂，如一记重锤，砸出了汉子的自尊，便低沉地吼道："没娘的过不了的鬼门关！"便揭开坛子喝酒。喝得飘然忘我，便去找该找的人，说该说的话，虽踉踉跄跄，却也是铿铿锵锵，板眼俱到，声色俱佳，其结局自然就极完满、极美好。得胜还朝，乜一乜婆娘那期盼的黄脸："娘的，人活在世，还在乎那几句话！"但待醉晕褪去，便依然憨朴，依然迂讷，那曾有过的一刻辉煌，似与自己无关。

于是，由着山里的水土，由着山里人的性情，酒与村里人的生活就密不可分了。

逢年过节，山里的酒，自然就喝得昏天黑地。一进腊月，村里人就极少出门，把炭火挑得旺旺，把酒儿温得热热，便不慌不忙，一杯接一杯地饮下去，往往要把日头饮退了，把三星儿饮上来。那些年，山里的冬日很少下雪，空气冷而干燥，从城里下放的南先生便说：

"村子上边那块天，酒气太盛！"

而关起门来喝酒的，往往是父子。

起初，父子间还有些拘谨，儿子怕冒犯了老子，老子也怕跌了父威，就客客气气地喝。小的恭恭敬敬地将杯子举起："爹，您请。"老的也会让一让："一块儿吧。”这就开始喝起来了。喝到面红耳赤，心里就会很高兴了。皆觉喝得不畅快，父子便撞起杯来。叮叮咣咣一阵畅饮，身膀松软极了，骨节也咯吧咯吧伸展开来，就觉得人到底是人，活得还是开心的。小的便说：“您老不容易，您老要喝好。”老子眼窝里便泅湿了：“喝吧，爹能给你的，也就只有酒了。”

这一句话，说得老少都心酸了。山里忒偏僻，天地也极小，父辈留下来的，就只有犁耙，就只有低矮的石板房。其实，父辈谁不愿留下更多的一点什么给儿女们呢？然而，得到那更多的一点什么，对没有文化很少走出垭口的山里父老是一件容易的事吗？！

于是，心酸的老少就都流下泪来。那泪越流越汹涌，直到酣然作哭。

这哭，便是山里说的闹酒。

哭过了，饮酒的人才觉得真松快了，酒才真喝到了分上，就喝得无所顾忌了。往往就划拳：

“爷儿俩好啊，八匹马啊！”

“六六六啊，顺山溜啊！”

……

行的是跟山里有关的酒令。

喝到这一刻，父子遂失了辈分之囿：而对那满坛的醇酒，就只有两条汉子，就要喝出个高低——父亲不让儿子，小的也不服老的，就我喝你喝，你喝我喝，喝成了昏天黑地。这叫豪饮。

老的喝得虽眼皮已紧紧地合上，竟还能准确地端起桌上的酒杯：“这杯是老子的。”

小的腰也软得直不起来，却仍极快捷地抢过杯来：“不，这杯是你儿子我的。”

老的摆一摆手：“咱哥儿俩谁跟谁呢。”

小的一饮而尽：“不，你是我爹！”即便是醉得要趴下了，但他心里也明白。

……

那一年，考山外的高中，因为把走出山去的念头叨得过重，走进考场，我就极紧张，考数学的时候竟至紧张到脑子里一片空白，自然就没有考好。

等待通知的当口，我无限放大了自己的沮丧，甚至趋于绝望，便整日躺在土炕上，眼睛呆呆地望着天花板，心中万念俱灰。

母亲一遍一遍地呼唤着，我竟未听进一句，母亲便骇极，把我的头抱进她的怀里，哭着摩挲。

父亲在地上来回地踅着，一声接一声地叹息。临了，竟对母亲说："甭管他，去炒两个菜来。"

母亲就怀着极深的疑惑去炒她的菜。

菜炒好了，父亲拍一拍我的脑门："崽啊，起来哩，闹两口酒。"

见我仍没动静，父亲恼极，老拳便重重地砸在我的膀间："娘的，爬起来，陪老子喝酒！"

那坛老酒揭开之后，酒香喷射而出，摄人心魄，我的心便一阵颤抖。原来，酒对绝望之人是一种诱惑啊！

挪下炕去，见酒已倒好了，便让也不让一下父亲，将那满满的一碗酒一口罄尽，再"当"地把碗放在桌上。

父亲又及时地将碗斟得满满。

抬头见父亲温温地朝自己笑着，麻木的心叶才渐渐酸起来，便把碗平平地端起："爹，你也来。"

父亲就也擎起满满的一碗酒："来！"

咕咕又一气饮尽了，母亲便慌得很："他爹，别叫崽再喝了。"

父亲便白了母亲一眼："你就别管了，崽他能喝。"便抬头问我："是不，崽？"

"是哩，爹。"

"那就喝。"

"喝！"

喝到我再也端不起碗来了，父亲便说："喝不动了是不？"我呆呆地望着他，感到这一刻他狰狞极了。

父亲白了我一眼，轻轻地摇一摇头，说：“你不喝，我喝！”便喝完他那碗，又喝光我这碗，且将罄尽的碗底亮给我看，“嘿嘿”地笑。

我终于被父亲激怒，猛地把那酒坛子举起来，将那颗沉重的头颅探过去，喝他个大河奔流！

“娘的，有种！”只听父亲一声吼，我便什么也不知道了。

醒来时，我竟不敢再看父亲的眼睛。我为自己的软弱感到羞愧，便默默地装满一袋烟，朝父亲递过去：“爹，我懂了。”

我是真懂了：喝酒的山里人还有其另一面，便是刚烈而坚韧，在挫折面前不改信念，跌倒了能够笑着爬起来。而酒里泡大的孩子，要对得起酒啊！

……

后来，高中到底是考上了，而后又考上了大学。至今虽然已在外边生活了三十多年，但那天与父亲对酌的情景却清晰如昨。那是怎样的一种情景啊！

闲时想来，故乡的酒的确喝得有些过，喝得有时父亲不像父亲，儿子不像儿子。但这是一种真纯，是一种本色；唯如此，家乡人才活得安泰，才活得自在，才活得绵延不息。

于是，酒对故乡人来说，是一种酶，是一种信念，或者就是一种宗教！

也许什么都不是，只是一种需要。一如爱，爱在爱中，不必说出理由。

荨 麻

儿时的故乡，或山荫之处，或垭壁之畔，或村路之侧，均长着一片一片的荨麻。

初次见到荨麻的人，会欣喜于它叶片长得肥厚和洁净；那齿状叶裂上泛出的幽幽光泽，会把人的眼睛黏住。它的叶柄及株身皆生着一层茸茸的、纯白的细毛，使人生出一种强烈的欲望：便是轻轻地抚摸一番。

然而，当你那多情的手一旦触到那层温柔的茸毛，你就会像被热油溅了一般，"呀"地失声叫。你迅速抽回来的手上，准确地说，那只手的手面上，会瞬间肿出一片红色的"相思豆"，密密地挤在一起。一种难言的奇痛便喷射出来。你当然希望把喷射出的疼痛按回去，便用另一只手去掩那一片红肿或抓它一抓。然而，这一抓，会使你更加难耐，那本来向外喷射的疼痛会倏地折回去，朝你骨肉的深处奔攒。于是，你只能无可奈何地将手垂了，由它兀自地疼去。于是，面对美丽的荨麻，你会破口大骂：

"娘的，怎是一个蛇蝎美人儿？！"

就是一个蛇蝎美人儿。

懂它的山里人，管它叫"蝎子草"，就是这个道理。

山里人既然知道它是蛇蝎美人儿，却任其在路边碍手碍脚，不但不铲除它，而且还小心翼翼地与之相安无事。懂事之后，我曾问过祖父，祖父极严肃地告诉我：

"别看它叫'蝎子草'，却万万动不得的，它是草神！"

我不解："为什么偏偏它是草神？怎么就不能是大蓟呢？！"在我心中，大蓟是最了不起的。因为，山里所有的野菜中，就属大蓟最好吃，且好吃的大蓟还生得繁，灾荒的月份里，它给人以饱，活人多矣。

"因为它生得好看。"祖父说。

"大蓟也很好看哩！"我说。

祖父瞪我一眼："它不好惹！"

我说："这倒怪了，不好惹的倒金贵，又好看又好惹的却轻贱，怎么会这样？！"

祖父就极不耐烦了："你一边儿歇着去吧，这草神是祖上传就的，你说变就能变得了吗？！"

祖父的指头就在我的额前戳点着，我便害怕得很，大气也不敢出一口，蔫蔫地退了。

……

在山里，庙自然是有一些，如山神庙、灶王庙、药王庙，甚至还有一处"碧霞元君"的娘娘庙。但庙的年代久了，山里又多灾虐，大风和疾雨就将庙糟朽的骨架搞坍了。坍了的庙很难修成原样，山里人就干脆不修。于是，庙就只剩下残垣矮堞，就将山羊羯子栅进去，作羊圈用。

庙虽废了，但灾民却常有。遇旱遇涝，还是要祷告一下子山神。人们便面对破庙的残痕，虔诚地烧几炷香，叩一些个响头。但一切作罢，旱依旧是旱，涝依旧是涝，山里人就醒悟了：

"庙都让羊臊漫了，还灵光个鸟！"

于是就不求庙了。

那年天大旱，数月未滴雨，村里人就极惶恐：若再无雨至，蝗虫便飞来了；蝗后就会有瘟疫，就不得了了。

村里人就都说："不能不求雨。"

求哪一个呢？"求草神呗。"有人说。

于是就求荨麻。

路边的荨麻很多，人依路径跪成行；也祈，也祷，也烛，也叩。然而人声尽管嘤嗡如潮，雨云杳无半缕。就你觑觑我，我觑觑你，苦脸皆垂悠长，一声接一声迭叹。

终于有人说："是咱求得不诚吧？"

便有人吱声："是哩。"

就把揖作到荨麻的棵子里去了，就将额面贴到荨麻的根脚上了，奇痛便把众人搞得颤抖。但这是神赐的痛苦啊，是万万哀怨不得的。就平心静气，就承受忍耐，依旧执着地将额面送到荨麻的根脚。

天终于黑了。众人就理直气壮地红肿到屋里去了。

半夜里，果然有沉沉的风一涡一涡地在屋墙上撞，且有细雨淅沥。疲累的人们便眠熟了。

但翌日看时，干裂的地上，并未有一星雨脚。便明白，夜半听到的，只不过是一缕缕的干热风——草神的笑声。

这草神其实真无用，大家心里都知道，但谁也不说出来——草神虽带不来雨水，但得罪了它，却会降些灾异给你，那是肯定的——村里人确实是这样认为的。

虽然不再用荨麻求雨了，但作为神，荨麻仍被人恭敬着，做一些严肃的事体。

比如治偷。

那年三叔家年仅七岁的小豆子，为换几根麻糖来嚼，悄悄拿了邻人的三颗鸡卵。几根麻糖尚未嚼出境界，状子已告到三叔那里了。三叔极要脸面，受了邻人的揶揄，便很气闷。踅到一方荫处，作了三个揖：

"得罪了，跟您借把戒尺。"

便把那株荨麻拔了下来。

将小豆子喝到身边："把手伸过来！"小豆子已经吓得哭得洪肆了，但三叔的荨麻仍一丝不苟地撩着少年的手。

——还敢偷吗？！三叔问。

——不敢了，呃呃……

——说真的了？！

——真的不敢了！呃呃……

……

臭丫儿的父亲常年在山那边走窑，臭丫儿的母亲独守时不甘寂寞，自然找相好的在腿上坐一坐。坐一坐就坐一坐吧，却生生将臭丫儿给带坏了，以致年方十四的臭丫儿就有私孩子生下来，遭村里人瞥。臭丫儿的父亲其实极颟顸，对臭丫儿母亲的放纵是颇容得下的，但女儿也坏下去了，就从根本上伤了他的心。便先用酒将自己灌得颠颠倒倒，然后就将一株荨麻“请”到屋里来。将女人扒光了绑在门房上，用荨麻撩女人的私处。

——还偷人不偷？！

——哎哟我的娘，不偷了！

——说真的了？！

——哎哟娘呃，假不了啦！

这叫惩淫。

用荨麻治偷惩淫，是引人行善，是尽“神”的圣职；虽做得有些过，但村里人均理解，且给予一种默默的支持。于是，被惩治的人虽有奇痛、虽负奇辱，也悄悄地忍下去，是自然的事。

但那一年的事，却很难让人理解。

那一年，浑圆的一个山里村落，却凭空分出两个派来，且一派忠于，另一派也忠于。

皆忠于的两派却频频摩擦起来，就常有你斗我、我斗你的场面。

父亲和三叔是亲兄弟，但三叔和父亲却是两个派。

有一天，三叔那派把父亲抓了，且戴上纸糊的高帽游街。村子的街路上，便拥满了人。

三叔那一派人兴致极高，挥着拳喊口号。当然是打倒父亲的那一类口号。但围在周遭的人却只是怔怔地站着，并不喊打倒。三叔那派便悻悻地质问：“他对你们有什么好，你们不打倒？！”

周遭的人便说：“当然没什么好，但也没什么坏呀！他只是爱会那一个相好，但他老婆都不管，我们管他做什么？！”

三叔的那一派就恼极。在村中古槐下，用桌凳搭一高台，把父亲架上去，任父亲在岌岌危乎的境界中，兀自瑟缩。

那一派却还有些意犹未尽，派人把父亲的裤管高高地卷起，人群正在疑惑间，有人倒提着一株荨麻向父亲走近。果然就朝父亲腿上撩。

父亲便疼得牙齿打架，双腿疲软，就“咣”地从高台上跌下来……

有人便悄悄地为父亲落泪。

时间不久，三叔那一派终于也有人落到了父亲这一派手里。这个人正是三叔。

当然也要架到高台上去。当然也要倒提一株荨麻。父亲被派里的同志推到前边去，说是要向那一派讨还血债云云。

父亲抬起头来，看到三叔眼中正氤氲着一团绝望的薄雾，心中有些酸涩，倒提着一株荨麻就颇踌躇。

就有人喊：“还犹豫个什么？他不仅仅是你的一个兄弟！”

这父亲知道：起初睡在一个炕头上时，三叔是他的兄弟；而现在却不是了。

父亲便缓缓地将荨麻举起了。

“哥！”三叔却适时地一声叫，叫得凄切而沉闷。

父亲便迷惘了。

“在你面前的，是一座分水岭，是忠于你的兄弟，还是忠于你的同志，立马就要见分晓了！”就在这时，迷惘的父亲听到颇不迷惘的一个声音。

父亲的荨麻便高高举起，但却是狠狠地撩在自己腿上。

这是如何的一撩啊！这一撩，撩得三叔哇哇大哭，撩得村人嘤嘤长泣。

农民的父亲，既没有忠于他的兄弟也没有忠于他的同志，他忠于了他自己！

这时的荨麻，便不再是山里的荨麻了。

……

山里的荨麻，即便是神，其实到最后也是败在山里人自己的手里。

那便是每年的深秋。

秋深以后，荨麻的美丽便彻底凋枯了。叶片抽缩在叶柄上，株身也成一管瘦黄；那层柔中藏针的细白茸毛也脱落了，它再也没有了撩人的魔力。但山里人却没有忘记它，反而觉得它有些亲切了。

因为它那层金贵的茎皮。

荨麻的茎皮是一种韧性极强的纤维，能打成极柔韧的麻绳；而山里人的布鞋极费，就爱穿用荨麻打成的布鞋。

于是，秋深了，村里人第一等觊觎的，便是荨麻。

山里采荨麻的方式很奇异，要选在浑黑的晚上。

到了荨麻边上，采麻人要左顾右盼一番。看看周遭确系无人，便低声叨念：“麻神，麻神，您老听真，偷您的不是我，而是村西的二蛋。”

小心地叨念过了，便下镰割那麻了。割麻人的身手，这时是极敏捷的。

山里人相信荨麻黑天里不认人。人叨念给它什么人，它就记住什么了。那么灾异就离割麻人远了。

于是，割麻人叨念的，总是跟自己不太对劲儿的人。

然而，生活得久了，谁跟谁之间还没点儿隔膜呢？你咒完我，我咒完他，他却正巧咒的是你，就咒成循环了。实际看来，自己咒的不是别人，而是自己。

但依然是咒。

其实，荨麻若真的是神，是欺哄不了的；而欺哄了荨麻的山里人，活得不仍然是故我不二吗？！

植物到底是植物。

懂得这个道理之后，村里人便不轻易信奉什么了。这样一来，他们反而活得轻松起来、乐观起来，邻里关系也更加融洽了，一如风雨过后，自然是晴天；大雪融化之后，自然是大地清明。

无言的朋友

人，都会有一些无言的朋友；在故乡，驴，则是这类朋友中，和村里人最密不可分的一种。

驴，对村里的男人，是老婆之外最温顺的；

驴，对村里的女人，是汉子之外最忠心的。

故乡的庄户，几乎家家都养驴；因为，山里的生活，是很难与驴分开的。

一是行脚。

山里的油、盐、酱、醋及灰煤等都需从山外运进来；故乡的路，窄而多石，能走好这般路的，就只有驴。

比如驮煤。煤窑离村子有三十里的路径，把煤弄进来很不容易。本来山里烧柴是件极容易的事，但年关迫近的时候，村里人突然就变懒了、变娇贵了，非要生个把月的地炉子，以便偎在烫人的火炕上，自自在在地喝些个闲酒。

村里驮煤的时候，驴子要集中起来，由大家信任的一个人赶着。于是，家家就在驴的头脸上做一些记号。驴子的脸本来就丑得很，这样一来，驴的脸就更丑，丑得斑驳。

在村里，大伯父老实而柔弱，从我记事起，就一直由他赶驴脚。

驴队出村时，正值三更，再来回走六十里的山路，进村时就已繁星高悬。所以，走一趟驴脚，驴和伯父，要顶两片黝黑的天。

驴子胆儿小，伯父的胆儿更小，走路就都惊惊乍乍。山里的夜太寂静，极微弱的声音就极清晰。惯常的虫鸣鸟叫还无所谓，怕就怕偶然间那三两声异响，响声一起，伯父就跳，驴子就叫，好一派恐怖世界。最令伯父叫苦的，是黑暗中那三两点磷火，幽幽的火光闪闪烁烁，很容易让驴们受惊而四处奔逃。待汗一把、泪一把地把惊驴找齐，日头已高挂中天，这一天的行脚算走不下去了，就只好折回村里，挨乡邻的笑骂。

屈辱使伯父生出主意，再走夜路时，就把驴的眼睛统统蒙上，自己则牵扯着头驴在前边走，让后边的驴踩着前驴的蹄音紧紧地跟随。蒙了眼的驴，磷火是看不见了，那偶起的异响、凄厉的狼鸣，就听得更真了。为了保险，伯父便用羊毛绳子，把蒙了眼的驴串起来，把绳头挽在胳膊上，手里则执一盏锣，走两步，敲一下。敲惯了，驴也不惊，他也不惊，相安无事，久了，一听锣响，村里人就说：

“拉驴串儿的走了。”

“锣驴的回了。”

后来，文化部门来山里采风，听人们管赶脚的叫“拉驴串儿的”“锣驴的”，很是惊奇；待晓得其中因由，就乐得直不起腰来了，连呼：“山里人好幽默……”

驴的第二种用途，是拉磨。

山里多产豆类和谷类，磨豆腐和碾黄米是常有的事；而磨豆腐和碾黄米是两桩细活，磨盘需转得缓慢而均匀，太着急则会把豆汁弄洒了，把黄米碾卤了。婆娘们便把驴子牵上碾道，蒙了眼睛，让其一圈又一圈地走下去。果然就转得均匀，那老旧的碾框就不慌不忙地咯吱着——这是一种单调的声响，很容易叫人疲倦。婆娘们哈欠连天的时候，驴子当然转得也很没意思了，就自动停下来。婆娘们就登时精神起来，用笤帚把儿敲驴的臀子，驴子就又支起耳朵，把蹄铁蹬得铿锵了。但不久却又停下，就又敲。虽停停敲敲、敲敲走走，那磨盘上的卤汁却流得欢畅；那碾盘上的黄米也碎得很香甜了。临了，男人来卸驴子，轻轻地抚着驴的臀子，对婆娘嗔着：

“怎么就那么舍得打？屁股不是你的吧。”

婆娘便翻一翻眼白：“个不经官的，怎恁不正经！”

在山里，驴最突出的贡献，便是犁地。

山里的地，都在垭壁之上，一小条一小条的堰田，环山叠成梯状。垭壁很陡，牛们爬不上去，驴却很矫捷，犁地时就用驴。山里的堰田极贫瘠，土薄石多，犁刃下去，哗啦啦地响，需很大的拉力。按道理，一张犁要有两副牲套；但堰田太窄，两头驴子施展不开，就只好套一头驴。主人手轻轻一挥，那驴便绷直了绳套，用力往前扎，犁便慢慢启动了。不久，驴便浑身湿透，鼻息也喘得粗剧；但却毫不懈怠，仍拼命地把绳套绷直。主人便激动不已，鞭子就一直夹在腋下，不忍抖开。后来，主人心疼自己的牲口，就着差年轻力壮的后生掮一根绳扣，去帮驴的套。身后的犁花开得很烂漫。

待地犁完，驴子并不咴咴地叫张扬，而是兀自跑下垭壁，静静地立在地头，等主人收好犁具，然后伏下身去让主人把沉重的犁具在自己的背上安顿好，驯顺地和主人走在一起。

在山里，驴子还有个很风雅的美差，便是接亲。

山路窄而多石，红轿顺不过来，所以，山里接亲用驴而不是用轿。接亲的驴，笼头要簇新，鞍鞯要披红，蹄要换新掌，皮毛要梳洗得放光。牵驴的人，要是家里的小叔公，出门时，要垂着两条鼻涕——这很有意思，也许是要告诉新娘放心：这还是个孩子，不需避讳什么。

牵驴的人，只要上了路，就要叫他“领轿的”。叫别的，就很犯忌。

有一年，有个下放干部进山来，迎面正赶上一家接亲的，他想抽烟，却没带火，便走上前，冲牵驴的青年礼貌地说：

“牵驴的小师傅，请借个火。”

不期，那青年竟恼了，吼道：

“你娘才是牵驴的！”

那干部便极尴尬，懵懂地立在那里，困惑不已。

接亲的驴到了女家，要在院中踏踏地走两圈，欧啊欧啊地响叫；屋里是一双双窥视的眼睛，看一看那驴是不是精壮矫捷、是不是整洁驯顺。若驴子的腿子走不稳，蹄脚落下来很疲软，屋里的人便不出来。若驴子瘦小无膘或有明显的缺陷，比如瞎，比如蹇，女家不仅无人出门，还要把骂声送出来，甚至砸出脏物、泼出脏水，让接亲的人无立锥之地。山里人太看重这一环节，认为这与将来的生活有太重要的干系。

当女家的门终于开了，面对女家的娘家人马，领“轿”的人要单腿跪下，双手托起一方红盒；娘家哥便迅速接过去托到新娘面前打开。那里面静静地躺着一把木梳，纤尘未染。待新娘仔细摩挲过，点点头：“嗯，是正格桃木的”，才可以由女傧搀着，小心地迈出门槛。

出了门的新娘要由娘家哥抱上驴去，这时的驴千万不要鸣叫，更不要乱动弹。怕出了纰漏，领“轿”的人紧紧地抓住笼头，指缝间便有大滴大滴的慌汗淌出。说来也怪，在山里，还从没见到新娘上“轿”时，驴子惊的。可以想见，山里的驴子是极通人性的。

接母亲时，是上中学的老叔领的“轿”。老叔很爱干净，让他垂着鼻涕出门，他极不情愿。但这是山里娶亲的规矩，他也没办法。怏怏地到了我母亲家，看到穿红戴绿地簇出不少人，就臊得不成，吸溜一下，便把鼻涕吸进腔子里了。母亲极不高兴，一路上默默地骑着驴背，嘴儿噘得很别致。老叔想把新嫂子逗乐了，就往上提手里的缰，以期让驴子竖起前蹄，颠一颠背上的新人。但任老叔怎么动作，驴子却始终走得稳稳，无限忠于着它将来的主人。这些，母亲都看得极真切，便忍俊不禁，扑哧一声乐响了。进了洞房，母亲便把路上的事对父亲说了，父亲就说了一句我不好说出口的话，二人便乐成了一团。

后来有一天，父亲会相好的回来，母亲给他温了一壶酒。待父亲饮得面红耳赤时，母亲轻轻叹道：“这人，就真的还不如那驴吗？”

父亲便登地怔了，之后，便哗地将酒桌掀翻了。

但从此，他再也不去找那个女人了。一如绵绵细雨反而使地湿通透，温柔的指点反而使野性的人心懂得收敛。

习 性

故乡的物事已写了不少，也发表了不少，自然就会产生一些影响。有朋友见到我说：“你笔下的山里风景是极有趣的，但人写得都有些不寻常，甚至有那么一点点怪，怎么会是那样的性情呢?！”说这话时，他的脸上自然是氲着一丝怀疑。

朋友是平原人，自然就怪不得他。但朋友的话却给了我一个启示：是该给故乡人的习性单写一篇文字的时候了。有了这个交代，我相信，朋友就会有了不疑的理解。

首先，是故乡人有自己极个性的尊崇：水，则尊崇养育自己的那条浅河（见拙作《喊河》）；草，则尊崇美而刺人的草神——荨麻（见拙作《荨麻》）；人，则尊崇怀有绝技的人——我家是猎户，祖上套得住狡猾如人的雪狐，追得上野跑如风的山獐，自然就受尊崇。而父亲对祖上依仗超人的猎技、滥捕善良的小生灵以示夸炫的做法，是感到厌恶的，自然不愿去承继他们的衣钵，虽然也善猎，但他更看重犁田。犁田是个极平常的活计，但父亲却弄出了顶凌下犁，使冻土如酥的奇迹，也成了受人尊崇的人。毋庸自谦，到了我这里，也是被村里尊崇的“人物”，因为我竟靠啃山里普遍被认为无用的书本而啃到山外的大世界去了。出山时，村人竟如贵人嫁女，擂牛皮老鼓，抬迎新喜轿，把我“供”出村口。

山里敬能人而不敬官人，至今仍古风流长。

但山里太喜欢搞尊崇，在一群无甚技艺、无甚机巧的人中，也要以矬子里拔将军的方式，树一个尊崇的对象。比如，比一比膂力，力气大的那一个，就被人尊崇了。我太爷的被尊崇就源于此道。那年冬天，一群汉子往埡坡的堰田上送粪，人人皆背一个单腰的背篓。太爷想争一个强，就背了一个双道花腰的大号花篓，装满土粪足足有二百斤过头。汉子们均不屑，也纷纷背上这样的篓，背同样轻重的分量。不同的是，太爷负重后，走得轻松些，其余人则滞重些，未比出个明显的高低来。太爷终于搞了一个出格的举动——当负重的汉子们走到一处崖头上，太爷突然说："我要拉一泡。"有人便说："拉就拉球的，斯文个什么？！"

太爷就说："众人们瞧着，拉给你们看！"便背着那两百多斤的土粪，拉开肥厚的挽裆棉裤，稳稳地蹲在两片崖棱上，任黄物质朝三丈崖下抛去。背着二百多斤的重量，且蹲在陡陡的崖尖上，浴凌厉的崖际风，这是何等奇观啊！

汉子们便"呀"地大叫。

从此，太爷也被人尊崇了。但每当人们提到太爷的这一桩尊崇，我总有一种哭笑不得的感觉。

与痴愚的尊崇相因果的，是村里人怕横（hèng）的，这横，自然是凶、野的那层意思。对于横的，人们心里虽然不尊崇他，但也不招惹他，且在面子上对其给予佯装的恭敬。不完全是怕他，而是村里人息事宁人的根性使然。但人们对这些横人，也有自己的心理法则：做事莫太过，得理得让人，做得太过的人，是不可爱的。

那年夏天，老实的天忠打了一蓬硕大的柴捆下来，过横人天龙的院时，耸起的柴梢，将天龙瓜棚上的丝瓜碰下两根来。天忠吓得不知如何是好，迅速地将柴捆弃在一边，把两个落瓜捧给天龙："龙哥，兄弟毛糙，多有得罪了。"若天龙懂一些事理，笑一笑，便作罢了。但天龙素日横惯了，蛮性已无拘拦，便脱口骂道："娘的，长眼没？！"天忠自知理亏，默默地赔着笑。这时天龙应该得理让人，放天忠这一马，但天龙却又骂道："你娘瞎，你也瞎吗？"天忠就倏地颤了一下，泪也流了下来。天忠的娘确实是个睁眼瞎，因了娘瞎的缘故，天忠吃了太多的苦头，受了太多的屈辱。屈辱的泪流了一会儿，绝望的天忠终于动作了，他抡起柴刀，将自己的一只眼睛剜出来了，凄切地喊：“天龙，你说得对啊，我是比我娘还瞎。”

伤了的天忠便跌在地上，抽搐如雏狗。

邻人便都围上来，愤怒地喊：“拿下个混人天龙，把他的眼珠子也剜出来！”

看到逼过来的人群，素日极傲慢的天龙，也颓然跪地，向众人苦苦地哀求。他虽然保住了自己的眼睛，但汉子的尊严和为人的根基，却陡地从他跪下的膝头，被人抽去了。

于是，两条汉子就都毁了。

横在山里是一种个别，而拧（nìng），则具有普遍意义，几乎每个村里人，都是有三分拧的。

这是与山里的闭塞相伴而生的东西。山里人的生存空间极有限，视野也极窄，人和物皆烂熟，且生存受不到外来的威胁，而生命中那些潜在的抵抗和竞争的意识时时让人不安分，就不满足于生活的平顺，总想在温和中找出一些生冷，在秩序中弄出一些忤逆。所以，在村里的家庭生活中，常出现“让你上东你上西，让你摘枣你摘梨”的各色局面，便是情理之中的事了。

暑天的晚上，老叔要到屋脊上去纳凉。祖母善意地劝他：“别贪凉啊，睡着了会跌下来。”老叔白了祖母一眼：“哪儿那么多事！”就决然地睡到房上去。果然于梦中跌下房来，把门牙跌落了四颗。祖母就说：“我说什么来着！我说什么来着！”老叔就羞恼相加，重又回到房上去：“我就睡，跌死了你也别管！”

所以，遇到山里人发拧的时候，最好是什么也不要说，说了，倒适得其反。

山里人拧的实质，是怕别人忽略了自己的存在。其实，怎么也是被山外忽略了，再被自己忽略一次又何妨呢？！整体都被忽略了，个体的所谓存在又有什么意义呢？所以，我对那时还依然生活在故乡的两个弟弟说：要拧，就拧到山外去！

山里人是极勤勉的，这在我的《回忆小垭》中有过记述。小苗出来了，遇到大旱，地皮干得要冒烟，收成几无望，但山里人却要猫下腰去，任毒日头烧那两瓣瘦臀尖，执着地做那三遍榜：一遍、二遍、三遍……收不收在老天，榜不榜在人；许老天作贱，不许人下贱。秋景到了，也许仍是收了几颗瘪谷，人们并不一味地哀叹，麻胀的脸上竟也有几分安然："我们已经很人了。"很人了——在精神上，就是山里人自尊、自立的粮食。

而山里人的懒也是极出名的，看一看冬日和早春的村里街景，你就会什么也不说。街的矮墙下，或干草旁，三三两两抽烟的汉子，倚在墙皮斑驳的矮墙上，双眼紧闭着，衔着那一柄浑黑的老烟斗。他们很久才吸上一口，唇缝里也只出极细的两缕烟线，三摆两摆那线就断了——那烟吸得有一搭无一搭。冬日里好天气极金贵，甩了那一双张嘴的老山鞋，打一打赤脚是自然的。那一双赤脚极黑，趾缝间竟夹着几颗草籽，寻食的鸡婆踅过，小心地啄那趾间的物质，汉子听任着，任痛痒于心尖上暗暗撩拨。

懒！

知趣的人不要惊动这一番境界，他们不要多想心思，也不要多看几眼闲景。你若非得要他们想心思，非得要他们看几眼闲景，他们会极其不耐烦起来，骂道："球的，还让不让人活？！"

有谁担得起这等干系呢？走开吧，让人家活。

说山里人的习性，就不能不说男女的事。

对山里的女子，若长得美，路人尽管专注地看，目光之躲闪是不必要的。若想夸几句，就尽管夸几句，人家只是乜乜地笑，不谢不恼。在山里人的观念中，美不美是女子的事，夸不夸是你的事，皆是自然的事。

但丈夫却不能在人前夸自己的妻，若一味夸下去，老人便说轻浮，同龄人便说下作。于是，再美的妻，聪明的丈夫也是不夸一夸的。然而，待到只有夫妻的世界了，就是另一番情景。

我的堂兄从唐山带回来一个姑娘，姑娘的眉眼儿长得极俏，皮肤也极白，坐在那儿，便如一尊玉或一枝带露的兰。

这样的美人儿给如何的好字眼，都不为过啊！会说好话儿的人，就都把好话儿对姑娘说了，没说好话儿的，就只剩下堂兄了。

“这怎么成呢？”一群后生便不甘心，“成亲那天，一定要好好地听一听房。”后生们就为这样一个念头兴奋着。

堂兄成亲那天，后生们便去听房。午夜前，灯亮着，屋里的耳朵是惊警的，后生们当然什么也听不到。突然就下了一场夜雨，雨很大，枝上的叶子竟被敲掉了一片、两片、三片……屋里的灯就放心地熄了，但屋外，那被夜雨浇透了的几双耳朵，却一下子惊警了。

一阵窸窣之后，便听到堂兄把气息弄得很粗壮：“哎哟娘，你怎恁好看呢！”

“怎么个好看法？”一个羞怯的软声。

“好看得要死！好看得要死！好看得像麻老爷的轿！”

屋外那一丛被压抑的笑，便陡地茁壮起来，把雨后的天，刺得响晴若洗。

麻老爷是村里的地主，出入一方轿。那轿身极小巧，围腰的檀木被磨出了花纹，兀然光亮着；而轿篷是滑软的缎，轿帘坠着两块如脂的玉……这样的轿，甭说是坐，即便是看，凡人也不敢多看一眼啊！山里的汉子便说：“来日，咱若也能置上这么一方轿，死也值了！”

土改时，众人都觊觎这方轿，就谁也得不到它，便砸之。但记忆却刻在汉子们心的深处，在汉子们有限的阅历中，什么美能美得过这方轿呢？！

于是，任何习性都源于脚下这块土地。若要改变人的习性，首要的条件，便是要改造脚下的这块土地。

作为山里人，带着这样的习性走到山外，生活就多了几重艰难。也想学得斯文些、学得入流些，但一到关口，便将根性显现，凭空叫人嘲：到底是山里人啊。

虽然有些恼，但对自己的出身，却从无一丝哀怨。到后来，自己竟给自己开脱了，为什么非要刻意改变自己？粗犷豪放、顺其自然才好。

也许，这也是山里人的一种习性吧。

旧时风物

木 壶

故乡那时很能。

比如说盛水的桶、担水的筲、擦身的盆，甚至沏茶的壶，都是木制的，更不要说桌、椅、板凳之类。

木只是山里的木，是就地取材的意味。

其实木壶是只有一把的，比不得家家都有的木桶、木筲及木盆。

就是老木匠五爹那把。

五爹无嗣息。黑乎乎的那半边炕上，就盘着他那无牙的老伴儿，整日吧嗒着一杆烟。

五爹的手艺是山里无双的。靠手艺，他吃了一辈子好饭。

那年，他进山择木料，就见到了那一棵长瘤的檀，削去那处疤瘤，五爹就迷惘了。

匠人有匠人的癖好，有料就想琢成器。

相了半日那瘤，五爹到底是拨开了迷惘：就旋一把壶吧。

就旋了一把壶。

壶面用砂纸打了，纹路极斑斓，但五爹意犹未尽，又刻了一个女子的头像。

五婶刚瞥过，就说：“个经不得官的，那是你表妹。”

五爹就乐成孩子了。

之后，五爹就用那壶啜茶。

把烟抽枯了，五婶央求说：“也给我一口喝吧。”

五爹说就不给，五婶就不言语了。

五爹临终前攥着五婶的手：“别忘了，把那壶给我带上。”五婶没言语。

装殓时，五婶把木壶抱紧了：“个经不得官的，他想得到美，就是不给他带上。”

木壶就留下了。

幼小的吾辈，便多了一件珍器和一桩很不错的故事。

祖上，往往是这样，给我们留下了什么。

眼 子

故乡的人爱养羊。

山里的羊叫山羯子，腿精细，个儿也不大，身子却极灵活，在悬崖峭壁、荆棘丛中，时时能见到羯子们的身影。

羯子走路不走熟道，单找人不乜狗不去的险处。比如，山的皱褶、山的沟坎。

山里牧羊就不用牧羊犬。

山里人走路就都走不过羊倌子。

后来我偕伙伴去登黄山，伙伴说，好险啊，都是羊肠小道。我就说，羊肠小道只是人的概念，羯子们是不屑的！这话，他至今也不明白。

山里的草杂，就不免有毒草。羯子误食，就会吐出满口的白沫，抽搐着死去。

羊倌子就在梁顶和一些沟坎，放几块平展的石头，撒一层细盐，叫羯子舔一舔。盐能缓毒、解毒。

羊倌子管这叫“淡羊”。

为什么山里的羊倌子，在腰间总挂着一个白布袋，道理就在这里。

那年，下放来的南先生曾喟叹：“喂咸的还曰淡，悖论也！”

这只是他自己的事情，羊倌子们依然是“淡”下去了。

山羯子耐旱，但淡后的羯子，仍急着要喝一些水。山上的梁峁上很难弄到水，倌子们就很费筹措。

后来羊倌子们发现，雨后的梁上，总有一小块一小块的凹处，有一汪一汪的积水，把羯子轰过去，就能喝个半饱。

但山顶的日头极毒，不到几日，水汪便被晒干了，羊倌子、羯子就都失望了。

到底是羊倌子有主意。他们在汪过水的地方凿出坛子样的洞，里大口小，存的水又多，蒸发得也慢，水就留下了。

红日头下面，那洞子里的水，泛着幽亮的光，极像美人的眼睛。羊倌子就叫它“眼子”。

自有了眼子，两个羊倌儿相遇，那碰头话儿就这样了：

“伙计，眼子还满吗？”

“满哩，嘿嘿。”

那年大旱，日头早落山了，羯子们也都咩咩地回圈了，羊倌子二爹的影子却久久也不曾见到。

大呼小叫地一个梁一个梁地找了，终于在眼子边上找到了。

二爹躺在眼子边上，胸口动得很微弱。人给渴过火了。灌下两口凉水，二爹就睁开了眼睛。

二婶说：“就是个死人，怎就不喝眼子里的水？！”

二爹嚅一嚅干裂的唇：“还有羯子哩。”竟说。

圆 米

圆米是玉米做的。

把当年的老玉米，用沸水过一下，热腾腾地就放到石碾上，待老皮被碾破了，碾身也就停下了。

只去个皮儿，米粒还整呢，这就是圆米了。

圆米看着就让人饱：白白的，圆圆的，亮亮的，濡湿濡湿的香气将鼻孔都堵满了。

圆米是用来烧圆米粥的。

圆米粥的味道很特别，甘如栗，香如酥，韧如牛脯，苦人吃着忘了忧苦，病人吃着忘了病痛……能吃上圆米粥的山里人，在苦日子里也从不叫苦。

圆米粥的辅料是大豆，黄豆、小豆、黑豆和豌豆都是代用品。

于是，山里的作物，便主要是玉米和大豆。

烧圆米粥的锅子还是大一点儿的好，米膨得彻底，吃着上口。

圆米粥熟得极慢。

早晨起来，劈足了木秆，就坐稳了，慢慢地烧。火是文火，旺一点儿圆米就抓锅，便由不得性子。待圆米把锅盖顶起来，自然就熟了，那日头也就高挂中天了。所以，农忙时节，山里人是很少烧圆米粥的。

山里人家有客来，再忙，也总要烧上一锅圆米粥。这样，客人尝了鲜，主人安了心。

问到过山里的城里人，山里如何？

竟脱口而出：圆米。

由于圆米粥的缘故，山里的石碾至今也是没有废弃的。

电磨磨不出那个茬口。

一进腊月，石碾便停不下了。

心急的婆娘们，总想早些碾下圆米，围着火炉踏踏实实地过年，就吱吱扭扭地连轴转了，山里就分不清白天和夜晚了。

碾圆米是个力气活儿，却没有哪个婆娘惜力偷懒而少碾一些的。

五婶劝二婶说：“嫂子，少碾一些吧，吃多了爱放屁。”

二婶竟说：“放屁也不臭，五香屁。”

吃圆米粥的山里人，是很幽默的。

皂荚

皂荚是故乡很不稀罕的一种树。

山里人不叫皂荚，而叫皂角。

皂角，开很淡的黄花，有卵形的小叶子，一到秋天就落了，遒劲的枝上，那一列列的刺就显得很锋利了。

皂角树，结的果实褐而扁平，酷似豆角，又有不错的洗涤作用，就叫它皂角。果叫皂角，树也被人称皂角了。

村前那棵皂角，因家乡人没人能说得清它的年龄，就叫它老皂角。

老皂角，其实是极丑陋的，花也不美艳，去它身下纳凉的人就极少。

然而就有个幺姑。

那年，幺姑很美丽很懂世故了，就常在老皂角下想心事。

皂角还青时，幺姑就已吃力但兴奋地举了钩镰，早早地摘皂角。

把皂角捣烂了，她便坐在山间的溪流边，可劲儿地揉搓。揉得久了，便揉出黄白的沫子，她就很高兴了。沫儿涂在脸上，脸就洗得如桃花般明丽；涂在腿上，腿就洗得如两节藕。

她的嗓子极动听，一边搓着沫子，一边柔媚而欢快地哼出歌子：

皂角儿，滑沫儿，
小媳妇，洗脚儿，
老头儿，洗袄儿，
就是不给脏小子儿！

那年，我已八岁了，望着幺姑那两节藕般白净的小腿，高兴得不眨眼了。

幺姑轻轻地摁一下我的脑门，看什么呀你看。

我说："幺姑，你是小媳妇儿吗？不然，你的脚儿怎就变得恁白净了？"

幺姑便又在我的脑门上轻轻地摁一下，说什么呀你说。

我说："就给我当小媳妇儿吧，我很想摸你的脚儿呢。"

幺姑的眼泪就乐下来了。就当你媳妇儿吧，幺姑掩着脸儿说。

我便怯怯地摸她的腿儿。好白净、好光滑呀，光滑如滑沫儿了。

那一刻，我想我明白了，为什么"皂角儿、滑沫儿……就是不给脏小子儿"了。脏小子儿丑得很哇。

后来，幺姑爹给幺姑找婆家了，而幺姑从轿上跑没影儿了。

同时没影儿的，还有山里最能干的小伙儿，米柱儿。

后来，幺姑又悄悄地回来了，肚子也翘翘的了。米柱儿被幺姑爹聚人绑了，送山外经官了。幺姑爹对幺姑狼般吼，把她打出门去，住岭上的一个山洞里。

幺姑便在山洞里生下了小幺姑。

幺姑爹已得了喘病，老痰一块一块地吐。幺姑便背着孩子掰老皂角的刺，细细地磨了，给他入药。幺姑被刺扎破的手，红肿了一个冬天，她竟没有一丝丝苦相呢。

幺姑爹的病被侍候好了，火气就又牛般了。

幺姑的腿，终于被他打折了。

折是折了，但允许她回家住了，而且也默许米柱儿时不时地回来看一看。

幺姑爹苦笑一下，对幺姑说："这一回，咱谁对谁也不该欠了。"

燎荒

故乡很偏僻。

家乡人就多吃自己种的菜。

野菜当然极丰富，吃多了野菜的山里人，味觉自然比城里人要好得多。但大宗菜就要自己种了，如芜菁、萝卜、土豆及胡萝卜。

山里的萝卜，叫地萝卜，比城市的萝卜小，味儿微苦。

但山里渍菜，绝对少不了地萝卜，渍得久了，饱满、响脆和有咬劲儿的优点就出来了。而城里的萝卜，一渍就瘪，不知什么缘故。

“咬得菜根，百事可做”，其真意估计就是“咬”这种萝卜。

农历对山里极重要。“头伏萝卜，二伏菜”，反正一到交暑季节，山里人就异常忙活。

种菜，不用熟地。山里地少，好堰地都让给谷黍了，次一点的也给了玉米。

就用燎荒地。

燎荒时，出工的人最多，也有凑数的，便是一群一群的崽儿们。

先在梁与梁的袂处，拓出宽宽的防火沟。山里的山场广阔，这一点极重要。

崽儿们喜火，燎荒的引火就由他们点了。

火争着往梁顶爬去，万头攒动，且毕剥成一片，火越烧越剧，人也越来越感动，终而情不自禁了，于是就呐喊了：

大人嗷嗷，

崽儿也嗷嗷；

男人嗷嗷，

女人也嗷嗷……

大火映射下，那声音都是通红通红的，且冒着一股子一股子的青烟。温柔的秀和野性的乔站在一块峁上，一同嗷得没缰子了。

乔就问：“秀，好绵的你，怎么恁大气性了？！”

秀说：“痛快得要死啊！”

火头终于熄了。老少男女却更亢奋了，如林的镐子就挥舞得如雨点一般绵密了。

开娘的荒！

秀的镐子也抡得欢快呢，大汗把薄衫子淋透了，紧紧地贴在身上，胸便鼓得没办法了。

正被侧面的乔看去，乔便脱口叫：“哎哟娘，秀，你可真结实啊！”

秀就低声“骂”道：“快抡你的镐子吧，个经不得官的乔！”

乔的镐子就抡得撒欢儿了，远远地跑在众人的前头。乔喘着气，心跳着：

不成，俺死活都要把秀娶过来！

……

于是，干草味的山里生活，就被创造出来了。

从这里走出的崽儿们，便个个乐观、个个精壮。

砸 场

在故乡，婆娘们聚得最齐全的时候，便是砸场的时日。

砸场是个细活儿，婆娘们干着是最合适的。

先是把去年的旧场招酥软，再用水泼湿，然后在场面上盖满了红羊草，就赶毛驴上去，拉碌碡轧。

就说说红羊草。

这种草，长在山垭的阳坡上，红的茎，红的穗，长得比别的草要高许多，但它味涩筋多，羊都不爱吃。所以，山里人把红羊草叫“轰羊草”。

但正是它的筋多，使它质地柔韧，很有拉力，就成了砸场用的好料子。这是植物界的机智，它昭示了“尺有所短，寸有所长”的哲学思想。因此，孔子和老庄们，可能都见过红羊草。

碌碡轧过，婆娘们便成排地坐上去，用扁平的木榔头在压熨帖的红羊草上砸。砸场是急不得的，要前茬接后茬地跟进，且力气也要使均匀，一下是一下。

砸场，不仅仅因了娘婆的心细和有耐力才由她们独揽了权利，更重要的是山里的那条古训：生产过的婆娘臀子肥，大臀子砸场谷成堆。

于是，从婆娘们身后望去，便见到慢慢蠕动着的极壮观的一片浑圆。

在一起砸场的婆娘们是很开心的，唰地扬起手臂，又唰地放下去，寂寞的山谷便回荡着一个很强劲、很整齐的节奏。

吧嗒——吧嗒——吧嗒嗒……

在一起砸场的婆娘们也是很齐心的，面对着共同的丰收前景，各自的芥蒂是微不足道的。谷场的平展与凹凸，牵系着她们同样的命运，心必须没有杂念，榔头必须砸成一个声调——

吧嗒——吧嗒——吧嗒嗒……

细细地砸过之后，便小心地用手把砸烂了的红羊草揭去。于是，浑圆的、光滑平展的一片谷场便镜般可鉴了。

场体被日头晒干之后，谷物便被不断地送到场上，在汉子们高亢的号子声中，谷穗便被碾成金黄的谷粒，谷山便把今后的日子耸饱满了。

这时，砸过场的婆娘们，便被人们遗忘了。

难忘瓜豆

在故乡，菜蔬的品类是极单调的，除了芜菁、土豆和地（旱）萝卜之外，便是瓜豆。而芜菁、土豆和地萝卜是秋深之后，才大量食用的蔬菜，所以，晚春到深秋这漫长的时日里，可以吃到的青菜，便只有瓜豆。

山里人种瓜豆，不用专门的园圃，其中情景，是很独特、很有趣味的。

山里的瓜类仅那么三五种，便是黄瓜、倭瓜（南瓜）、丝瓜和葫芦。山里曾试着种过冬瓜和西葫芦，但冬瓜长不大，西葫芦只开谎花，很让山里人没办法，干脆就不种了。后来我上了专业院校，学了蔬菜栽培，才知道是山里人的栽培方式不得当。很想回去传授一下这方面的技术，但后来一想：冬瓜和西葫芦对山里来说，毕竟是舶来品，不种并没什么不好，相反，还可以保持山里风物的原始和真朴，就没有下决心去做这方面的事情。等我进入文学之途之后，便越来越觉得当时的决定是聪睿的，就时常暗自得意。

山里的黄瓜多种在水气极盛的泉边或沟畔。有流水，再有一片平地，就准有几架黄瓜。循着这样的一个概念，你去觅黄瓜的芳踪，十有八九是不空的。山里的黄瓜有刻意侍弄的，也有极不经意、极散漫种植的。离村较近的地方，是要刻意种植的——偶有客来，就不惊慌，啜茶的那一片刻，就可以摘回青莹莹的一篮丰盛，或丝或块，或糖或渍，或炒或煮……转眼间便成就了几道好酒菜，酒杯里端起的，便是殷殷的情意。

山里的土地，有不少是在离村子很远的沟岔或山壁上，做农事时往往要带上中午的干粮。这些离村远的地方，当然少不了有泉有水，山里人上工时便随身带着黄瓜的籽粒，在干完既定的活计之后，就在那泉边的润土上随意开两条沟垄，撒几把黄瓜的种子，然后，再砍几抱近旁的紫荆，插两道松松散散的瓜架，就带着一种充盈的适意，唱唱咧咧地回家去了。之后，那黄瓜到底是何时起的身，何时开的花，何时坐的果，好像那只是黄瓜自己的事，与那个播种的山里人就再也没有什么关系了。还有那赶羯子（山羊）的羊倌子，每天都要尾在羯子们的身后，跑百八十里的山路。于是，他随时都可以遇到清泉和水泽，便随时撒下黄瓜的籽粒，所以，遇水种瓜其实是山里人的一种习惯。他们觉得，有那么好的水脉而不种点什么营生，实在是一种罪孽。这大概缘于农人对水的崇拜。

在山里，这些随意种植的山里人感到疲惫和饥渴之时，若迎面碰上这么几架黄瓜，会倏然生出欣喜，会睁大了亮晶晶的眼睛。他们心安理得地嚼着那响脆的甜蜜，忘记了一切疲劳和忧烦。晚间回到村里，他们会找到黄瓜的主人：

“幺伯，您的黄瓜，让咱吃了几条。”

“吃呗。种它不就是让人吃的嘛。”

“那瓜的种不错，水子足。”

“是吗？”

“是。”

“嘿嘿。哈哈。”

“幺伯，也给咱点籽儿吧。”

“行哩。”

之后，那吃过幺伯黄瓜并要了幺伯籽儿的山里人，便也格外留心了，遇到水脉，便也深情地侍弄几垄。他知道：肯定会有别的山里人走到这儿来，也睁大亮晶晶的眼睛，看到它们。

少时，我常同伙伴们一起，整日整日地逛山，那山中的百花、群鸟和古松林是一种诱惑，而那一架架寂寞但果实累累的黄瓜更是一种诱惑。

……

山里的倭瓜，多种在地头、地尾。瓜埯挖得很深，要施进足量的温性的农家肥做底肥。山里的地是堰田，地头地尾连着的是漫漫的山壁，瓜的藤蔓便可以恣肆地伸展开来，装点得满坡青碧如诗。倭瓜那结实的花和不结实的花，开得同样生动，黄灿灿的，若一颗颗摇曳的太阳。那不结实的花，在山里也没人叫它“谎花”，而是叫它“花菜”——当倭瓜蔓上的花开得极繁盛的时候，便可以见到那幼小的山里女孩儿，扛着小小的荆篮，小心翼翼地掐那“花菜”。通红的汗津津的小脸，映着金黄多粉的花瓣，让人悟到什么叫美的乡野或乡野的美。采回之后，将那“花菜”放到开水锅里，放几颗盐，滴两滴香油，就喷香无比，喝上两碗，就将肚腹中那梗涩的浊气，冲得一干二净。

倭瓜嫩时洇青洇青的，或炒或炖，或煮或拌，均可弄出好口味。若将青瓜切条热蒸，再放入坛中拌葱节渍上一些日子，便会渍出酸爽可口的“瓜泥”，佐饭伴粥，生津开胃。由于倭瓜结瓜数繁，在秋后，山里人就收得很多透熟染霜的老瓜。这些金黄的熟瓜，山里人往往要堆在一边炕头上，垒成且宽且高的一堵瓜墙。所以，城里人在秋冬之际进山来，面对这堵奇观，就极惊叹，认为那是团诡秘的生活趣味，至少会给山里生活染上一些富贵之气。

这正默契了山里人的心思。山里人自己用歌谣说道：

倭瓜堆炕边，
枕着锅灶眠。
不怕天阴，
不怕地旱。
瓜块彤红饱肚，
瓜汁滚热若酒。
喔喔——喔喔——
天地水长流……

山里的葫芦和丝瓜则种在房前屋后，在房顶上和院井中插有极讲究的棚架。当藤蔓把棚架爬满了，便成了天然的凉棚。在架下吃饭、饮酒、纳凉，其乐无穷。关于在棚架下纳凉的趣味，我有过专门的文字，颇淋漓畅快地叙述过，若有兴趣，就去翻一翻。但最令我念念不忘的，是葫芦给我的那绵长的童年趣味。这趣味儿便是捉蛾。

葫芦开白花，有淡淡的香味儿。每到傍晚，便有一只只肥硕的蛾子，嘤嘤地低回于棚架上下，用长长的触须采食那粉状的花蜜。在山里，这蛾子有个很怪的名字，叫“葫芦个儿”。曾问过祖父，祖父极不耐烦，“你只管叫就是了”，他说。

天微黑时，我们便掐下不结实的雄花，轻轻地捏着蒂部，把那花仍送回原来的花叶之间，待那蛾子贪婪地伸出触须的时候，便猛地捏紧了花蒂，那蛾便在懵懂之中，被童子装进身边的广口瓶。这对童子的诱惑力极大，捉蛾时，心情是极兴奋的，再加上小伙伴们之间的竞争，捉蛾的游戏便愈演愈烈。

那年，有个叫南先生的知识分子下放到山里来，目睹了我们的游戏，对大人们说：葫芦乃雌雄同株异花，授粉靠虫媒，那夜蛾正是替那葫芦授粉，捉多了，葫芦便结少了，就莫叫孩子们捉了。大人们竟摇摇头，说，这有什么，少结几个就少结几个，莫败了崽儿们的兴致。

山里有山里的哲学，虽忤悖，却很亲切、很人性，为人们所喜。

……

山里的瓜，我唠叨得太多了，现在就说一说豆。

山里的豆是与玉米间作的。这种间作，绝不成行成垄，而是把豆极散漫地撒在玉米之间。当玉米亭亭玉立之后，那豆角的藤蔓便情人般的在玉米的茎上攀爬得缠绵（这很会让人想到菟丝子——但菟丝子会吸盘剥噬被攀附物的营养，而豆则有自己的根，与玉米是相依相安的优妙关系）。所以，山里吃豆角，不管是豇豆、菜豆还是其他的什么豆，只需拎上篮子到玉米地里去转上一会儿，就会收获得很盈满。

于是，有多少块玉米地，便有多少个“菜市场”。这是山里的一方奇特景致，颇有遍地生息之概。

山里人在菜用豆角上，是颇有远见的，并不是所结下的所有青荚都摘光吃净，而是把座荚丰腴的留下来，直到玉米秋收。临收玉米前，山里人要普摘最后一茬豆角，把这些已有八成干的豆荚晾在房脊上，然后，就去专心地收玉米。

秋闲之后，山里人便家家都盘腿坐在暖暖的热炕上，听着窗外那满庭的秋风，围着炕中央那堆透干的豆荚，娓娓地说着，款款地笑着，毕毕剥剥地剥着。剥出的，就是那著名的大豆。

于是，对土地上那朴实的生活，我至今仍然深情向往，每与友朋说起，都滔滔不绝。有人说，你是个保守主义者，有反现代城市文明的倾向，我含笑不语。因为我觉得，一如衣是为了保暖，食是为了果腹，无论哪种文明，如果没有人性的内涵与趣味，就可疑了。这与什么“者”、什么“主义”无关。

媒婆礼赞

中国盛产媒婆，在我的京西故乡更盛产媒婆。

虽是旧时人物了，但对今天的民众来说，还是很不陌生的，甚至依然有很高的知名度，因为在影视、戏剧、绘画和小说等形象艺术中，均有其生动的画像——

铅粉搽得如瓜结霜，

衣饰媚得如戏衣；

磕磕脚，蹁腿上炕，

抻抻袖，伸手要钱……

撇式辣嘴，嗲里嗲气，姑娘见了如躲瘟疫，女子爹娘敬之如宾，滑稽、谑闹、讨厌、可笑……

然而，这不是真正的媒婆。媒婆有媒婆的欢欢乐乐，媒婆有媒婆的悲悲凄凄。下贱的身坯要成就神圣的事业，这才是山村、平原——中国的媒婆。

一

做媒婆者，多为中年或老年；年少者，有之，但极罕见。

女人到了中年或老年，辣性便绽出，智慧便挂在脸上，满脸的皱褶便是勇气和资格。若自己有意，或受人之托，便做成了媒婆。

大凡第一次做媒婆，一如自己去相婆家：躲躲闪闪，疙疙瘩瘩；欲吐不出，欲罢不能。想着人家的千斤重托，想着人家殷殷的礼仪，便合紧了双眼，冲女家要一杯水酒，汉子一般灌了，脸子红得像煮熟了的蟹，张口说一句："大婶子，侄女冒犯了，咱小妹有主了没？若有，算咱白说，若没，看李家老六如何？"其实，女方的爹娘比自己还要嫩得多，这样一叫，心里踏实——兵都不打笑面人嘛，况凡常的村夫村妇。

往往会听到骂声甩过来，炕头笤帚疙瘩也敲得山响。好听的，也有两句不冷不热："老嫂子，您就歇歇您那小脚儿吧！咱家庙小，生不得莲花托哩。"到此时，赶紧把藏着定礼的包袱往腋下一夹，颠颠儿地跑出门去。跑出二里之遥，方敢回一下头来。最最无情的是，仓皇中，把包袱落在人家炕上。那里头有男方的珍物，事不成，再拿不回，便真的老脸丢尽。就只得吸着凉气，拉长脸皮往回走。待到人家大门前刚要敲门，门"吱扭"一声自开，包袱便狠狠地向自己砸来，"拿走，别脏了我们家的炕头。"一声噎得一踉跄，踉踉跄跄顾命忙。

进了家门，儿女也挤出几个白眼："您老事儿篓子，自找人嫌！"这一锤砸得更重，只觉天昏地暗，跌进汗腥氤氲的炕窝窝，三天不思茶饭。

也有例外者，遇到明理人家，或好言相告，或快言应允，直换得头脸放光，乐如小姑娘状，蹀蹀躞躞奔男家。那一家老小正等得急急切切、忐忐忑忑，见媒婆挟一股春风而归，便自知枝头有鹊要叫，赶紧上茶备饭，忙忙乎乎，众星捧月。媒婆也把二郎腿跷得别致，理直气壮地吃喝，颐指气使地吆人，架势一如西太后玉立听政的垂帘之后。于是，这一媒婆便有了很辉煌的一笔。

不过，媒婆的发家史是个极独特的存在——经过头遭，不管辉煌也罢，黯淡也罢，似拿起金刚钻，琢不得玉器也绝不予人；又似小媳妇上轿，哭尽哭矣还是要上的，这鹊桥之伟业注定要干下去了。

所不同的是，辉煌者，再书辉煌之笔；黯淡者，失街亭、斩马谡，再唱空城计。奇怪的是，后者的诱惑反而较前者还要大出许多，颇有越挫越奋之动人气概！

二

媒婆算不算建筑师，或不可考，但架“鹊桥”之雄姿却绝不可无。

以往，做媒婆者，多贫。素日衣着，或缟朴，或褴褛。但每每在“红场”出现，总也装扮得齐齐整整、光光亮亮，似出自大富大贵之家。

媒婆在此用心之良苦，个中滋味，颇可悯。

说媒是一桩门面之事，再者，受人之托，寄人之情，便更显庄严。媒婆之着装，一半为己，一半为人。为己，登堂入室，操君子芝兰之雅事，既风光又体面，穿着风度要与之相协调；为人，媒婆之齐整、之邋遢，正折射出男方之殷实、之拘涩。有故事云：有一伶俐之媒婆着素日炊前之装，进一闺房，脚未落稳，便见女子的一双老人掩鼻低语，嘁喳之声可闻而不可闻真。正疑惑间，猝听帘后那女子一声脆嗔：“托一邋遢妇婆做媒，可见那家之穷甚，羞煞我了！”媒婆听罢，话不敢多说，悄然出门，伤心至极，暗喊爹娘。

于是，集贫婆、家婆、媒婆于一身的媒婆，便搜尽家底，置一身亮装。这一亮装即世人所称之“行头”。为这套行头，媒婆常把私房垫支，常把男人的血汗借贷。不过，这是媒婆们的私事，秘而不宣，怕玷污了所操之圣业。但恶谥便随之而来。人们皆称：媒婆吃，则吃托媒家之饭；穿，则穿托媒家之衣，油嘴滑舌，刮人骨血，乃一群讲吃讲穿之懒婆之恶婆。媒婆人人有悍性，但人人怕揭裂了一张面子，便忍气吞声，做出可悲可叹、无人知晓之牺牲。

有美衣，便要有美面。于是，媒婆便涂脂抹粉，重妆上阵，此乃从业“行头”之外延也。无奈媒婆多未学过《美学原理》等时尚秘籍，便涂抹得不伦不类，恰似粪蛋儿结霜。凭空让诗人无聊时，作诗讥诮：“人老簪花不自羞，花应羞上老人头！”无辜的媒婆在戳戳点点中，顶残阳，傍老树，听昏鸦，为他人奔波，为他人酬酢，可怜、可叹、可爱！

三

其实，说媒是一门艺术，近乎戏剧：有套路，有程式……而媒婆既是演员，又是导演。

媒婆的“媒路”有十数种。常见、常闻、常用者亦有六七种：说媒、笑媒、吵媒、骂媒、哭媒、坐媒……媒媒有声，媒媒有情，场面之生动，机关之承转，声色之淋漓，不输专业伶人。

说媒。多用于门风文明，且知书达理之家。说句不恭之语，此等家庭，虽非显阔，但极看重面子，便可理喻。进门掸掸风尘，恭恭敬敬接过茶盏，像蚕抽丝，边啜过叙。喝到面温耳热，聊到笑口大开，方切入实际，几句话便定了命运。成则皆大欢喜，情胜一筹；败则和和气气，媒不成，仁义在，斯斯文文送尔出门。

笑媒。则多用于有权有势之大户或素日烂熟之乡邻。遇到大户，媒婆的心首先便怯了，谨谨慎慎，笑脸相陪，加上十二个小心。先是一阵恭维，把贵人哄得放下架子，长脸渐渐有些圆润，便不失时机地道出来意。赶上命好，幸甚喜甚，主人要送媒婆可观之厚礼，面似谢意，实示显赫；若时运不佳，刹那间面沉似水，媒婆就要在慌张中陪上无尽的好话，然后匆匆告别，且防着门边那条专横的大狗，逃出门去。因此，对媒婆来讲，到大户说媒，是一桩最有诱惑力的冒险：既可得到殊荣，又可弄得骨肉不自在，甚至伤痕淋漓。至于烂熟人家，绝无拘谨，于嬉笑怒骂中，好事成全。恰似清凌凌一盘小葱拌豆腐，自在明白，但油水甚少，常为媒婆所不屑为。

吵媒。遇上女家姑嫂婆婶多如狼毫，就像秀才遇上兵，纠缠复纠缠，生出无限枝柯来。问个底儿掉不算，还要讨价还价。好像家里的姑娘嫁出去，是仙女扑落尘世，有无边的遗憾一样。她们紧簇了媒婆，恰似一群黑乌鸦争食一块酸肉，你一嘴我一嘴，吵吵喳喳，直弄得半老媒婆要躲回娘的肚皮。此时的媒婆背水而战，于拳打脚踢中捍卫自家尊严，护卫男方利益，勇士一般！

骂媒。概遇上泼皮无赖之徒，礼不我礼，仪不我仪，便摆出老娘之厉姿，以短相揭，和尚骂秃：“就凭你家祖上那个狗屁德行，还想找王公大臣怎着！老娘屈尊登门，是看得起你，得罪了咱，给你鲜蛋淹臭，臭蛋泡烂，臭名远扬！”——媒婆队伍，多有勾连，女家怕真落下个不吉不利，也就板了顽性，正正经经话事宜，客客气气论短长。

哭媒、坐媒，往往与寡妇有干系。如果有哪位大爷慧眼顿开，相中了一位素首孤雁，就有好戏唱了。当孀妇弄清媒婆来意，虽心有所愿，但为了显示“好女不嫁二夫”之境界，以及端庄守节之贞操，便搓手顿足，暴风般一阵臭骂，直弄得媒婆目瞪口呆。此时，媒婆性情大敛，端端正正相坐，端端正正恭听，一如自己真的不如人家重操守。待风暴平息，那人便泪雨滂沱，诉尽寡妇之辛酸、之孤苦、之无助，弄得媒婆也情动于衷，再也不能自抑，便以哭相陪。哭罢，便款语相劝；不成，便还坐，直坐得你失去了任性儿。就这般坐坐哭哭、哭哭坐坐，终换得个柳暗花明之景象。

……

不过，媒业之“套路”很少单用，往往是几种“媒路”兼而有之，或相助相协，同时发起攻势，以防久而生变，速速取胜。

正由于说媒也如戏剧，也集说、做、唱、念于一体，便像有梨园世家一样，也有了“媒业世家”。这其实是艰辛与屈辱相传，故“媒业世家”从无人炫耀，锦衣夜行，兀自走路，于无声处独享个中甘甜！

四

说媒之列，兼做者有之，专职者有之；率性而为者有之，嗜媒如命者亦有之。

成人好事，索礼、受礼当之无愧。更何况媒业有不成文的规定：事成，概要收礼；事败，理当送还。中国百姓多讲罚有罚由、奖有奖因，媒婆多为普通人家，何能例外？

嗜媒如命者，何其多也！

中国文化封建传统已久，时至当代，虽开放之风日益熏然，但文化之惯性，礼俗之惯性，怎若脚踏车，握闸便刹？山村婚嫁仍多为媒连。有情者，虽暗送秋波，私下胶和；等定亲之日，还要请出媒来，这叫“面媒”。此种仪式实乃一种风俗、一种情趣，虽不可喜，也不可恶——做媒者愿促成此种趣事，为寂寥山村添些诗意，这是当日新语。

以往，情路闭塞姻缘涩结，有多少痴男怨女，背泣孤隅，啼血于绢绢香罗帕，饮恨于悠悠伤心桥。媒婆便应运而生。她们是爱河之纤夫，在气喘吁吁中，换来爱心之安宁，自家的欢乐也便在其中了。媒做久了，就逗起了兴头。有细心的媒婆，用毛笔在粗纸上画正字。每有姻缘成就，就粗粗地画上一笔。一笔笔的墨痕，就是一缕缕的情丝，就是一丝丝阳光在人世间照耀。

媒婆也有经验之交流。三弯四河的媒婆们，相聚有日，相叙有时，相聚时，竟把骄傲袒露，每每也激起相互的妒心。于是，暗暗的竞争也在风蚀剥落的岁月里进行，便有了说媒成“嗜”。

嗜，为的是在情人的欢爱中，将自己逝去的青春追回，将自己衰枯的生命延续出生机。爱在爱中，乐在乐中，乃大爱、大快乐也！

我非圣人，但有一言既出，殊可为春秋章法中最圣明的一笔，亦即炎黄子孙之延续，中华历史之繁荣，民族文化之传承，有媒婆之功！

——媒婆，系东方中国之维纳斯！

五

说媒成嗜，就有了遭人嫌的际遇。

既嗜，则急。有时无人拜托，便寻未娶后生。有后生早有意中人，面上就不慌不忙。苦于媒婆之殷殷情谊，便撒口道“您老说说看”。经过百般沟通、百般调理，终于找到一般配女子，但后生却连连摇头。催急了，便骂一句：“老 × 多事！”于是，媒婆在迷惑不解中，写下了一节羞辱史。

有时，看一焦枯女子，常在柳荫下踯躅，便以为其寻爱心苦，尚不得法。不但上前开导，且动员其家长，请把姑娘大事交与老身办理。谁知，触犯了女子家长之自尊，大声呵斥：俺家闺女，缺胳膊缺腿怎着？那意思是说，俺闺女虽不是皇帝的女儿，但也不是拔了毛的鸡或丑小鸭。媒婆便在似懂非懂中，又写下了羞辱的一笔……

不但嗜媒遭人嫌，说媒也常遭人怨恨。

大凡婚姻不美满，含怨饮恨时，便有女子（或男子）迁怒于媒婆。河北有一首民歌，叫《恨媒婆》，在历数了在自家之惬意、在婆家之辱苦之后，痛骂道：

说媒的，贼煞你，
挣下红布烂成灰；
烂掉你的两条腿，
看你日后再说媒！

封建枷锁被视而不见，却统统加罪于也受着封建文化之害，只不过糊里糊涂做了此种文化的小小载体的媒婆，不仅有失公允，而且大有愚在愚中不知愚的味道。

在中国之戏剧史中，《西厢记》《花为媒》中的媒婆却善得可爱。之所以戏被人喜，常演不衰，道理或许就在这里。

事实证明，媒婆是最不屈不挠的一群人。

遇到挫折，不但势头不减，竟干脆拒收礼物，赤膊上阵。不收礼，则心底宽，气也顺，有理直气壮之力。成，则一桩美事；不成，也不该欠。到了新中国成立后，媒婆的心理结构发生了根本性的变化：说媒是一种责任，是一种义务。

概因为此，如今的媒婆才受人尊重，才受人爱戴。新《辞海》中，也有了褒义的词汇：红娘，月老。

进入新时期，媒婆之势更有些不屈不挠，竟有现代化的机器“媒婆”，并且有了集体媒婆（婚姻中介所）。“媒婆”们那奇妙的媒路，令人眼花缭乱。诸如：

知识结构；

性格类型：多血质，黏液质……

爱之信息系列；

爱素之储存信号及程序；

择偶新趋势；

跨国婚姻须知；

……

媒婆队伍空前壮大，媒婆服务日益现代化、产业化！

但媒婆还是越来越谨慎了，托媒的人也还是越来越少了——现代人的婚姻（感情）要求复杂化、多元化，且婚姻的自主缔结、自由选择，有些让“媒婆”们目迷失措，几无用武之地了。“闪婚”“闪离”怎么理解？“同志”“二奶”又怎么理解？于是，说媒的“套路”几乎就剩下两种了，即小心翼翼地出击或守株待兔！

即使有了现代化、产业化的媒婆，媒婆的身份也仍然是低的，仍常常被人误解。媒业成了可有可无、被人小觑并相忘的事业！

太凡一对情人新婚燕尔之际，也是来个漂亮的挥手礼，和媒婆 goodbye 的时刻。

正因为被人们相忘，我这背时的文人才顾不得人们的嘲笑或厌恶，写下这一阕有关媒婆的文字。

愿世人和媒婆一起骂我！

虫草小品

螳螂

这是五岁那一年的一只螳螂。

在故乡，管螳螂叫“刀螂”，概因它的两只前爪似剪刀之故。而这只刀螂很大，晶绿晶绿地伏在苞米叶上，把我的心整个攫住了，就扑过去，一下子抓到手里。它拼命想蹦出去，好大的劲儿啊，撞得手心直发麻——哈哈，这是个地道货色。于是甚喜，高声叫：

“爸，爸，我逮了一只大刀螂！”

父亲正在苞米阵中锄榜，一脉肥阔的苞米叶遮了他大半张脸。“噢，逮就逮了。”漠然地应一声，便仍专注于他自己的那一片境界。

嬉戏间，食指倏然大痛。刀螂那两只刀剪已深深剪到肉里去，便猛地甩那只手臂，以期在它解脱之时也解脱自己。但刀螂并不解脱，仍执着地朝肉里剪，疼和惊骇使我大叫：“爸，快救我，刀螂怎么会往死里咬?！”

“噢，咬就咬了。”竟听到父亲这般说。

好疼的指头，好漠然的父亲啊，绝望牵出了一个儿童的哭声。哭声仍未把那个父亲唤过来，便感到，无论如何，只有靠自己了。于是，便闭了双目，用空着的另一只手，使劲朝刀螂捏下去。哧的一声响过，便感到食指上的疼痛一下子轻了许多。睁开眼，见刀螂那挺直的身子，稀软地泥成一团，便破涕而笑，那么强劲的一介刀螂，竟这么不中用啊！

什么都平息了，父亲却走过来了，我委屈地背过身去。父亲呵呵地笑起来："你不是已经自己把自己救了吗？还生哪门子气呢？"父亲好像跟我讲了不少话，至今仍记得起来的，有这么三层意思：

一、你必须打死刀螂，不然它不会松开那死命咬人的刀剪；

二、你不自己从刀螂的刀剪下把自己解脱出来，再遇到刀螂时，心性会先就怯下来，失了与刀螂嬉戏的勇气；

三、这次刀螂咬你了，可以把父亲喊过来，下次父亲不在了，你又喊谁呢？

我当时很不明白，气鼓鼓地说："那就让它咬吧，咬死我，让你没了儿子！"

然而他的儿子却很健康地长大了，堂堂地走在市街上，腰杆挺挺的，勇敢而坚毅。

现在，仍有时想起那只刀螂，刀螂流出的血是绿色的，且有青苞米样的香味。

半 夏

故乡祖屋的那堵老墙上，长着一株半夏，叶柄很细很长，两片叶子便显得很大很薄。微风拂过，也扶摇得剧烈，像两面小小的风旗。两朵小黄花开过，叶色便黯下去，叶子的边缘还出现了窄窄的枯斑。

母亲说："半夏已结半夏了。"

半夏到底是什么样子呢？是一种诱惑。放学回来，便撬开石缝，把半夏挖出来。是浑圆的一颗块茎，鸽卵般大小，擦去浮土，见那半夏很白、很光滑，阳光刚一照上去，就折回来，精美得让人无可奈何。

便送到嘴里。有这么好的貌相，味道自然会甘美无比。

却尝到了苦，尝到了辣，泪倏然落下来。

以为苦一下辣一下便无所谓了，却感到舌头在剧烈地抽搐。喉头也如塞了一团棉，喘不上气来。想喊一声在屋檐下纳鞋的母亲，竟发不出声来。以为自己要死了。扑通一声跪在母亲脚下，痛苦地与母亲告一个别，泪满面流淌着。

母亲一下子明白了，急急地弄一勺盐水出来，要我含在嘴里。舌头没有感觉，像被人割去了。母亲将我紧紧地抱在怀里，感到她在微微地颤抖。

这是一种窒息，一种极难耐的窒息。如果要死，就快快地死去吧。竟生出这样一种企盼。

久久，舌头终于感到了一种刀割般的疼痛，喉头的那一团郁积也渐渐散开了。终于呕出一声哭。

那一刻的感觉太痛切了，以致我今天总是执着地认为：人之死亡，无非就是半夏中毒的那种感觉——鲜活的一个生命，突然就窒息了；本来有好多话要说，却怎么也发不出声音来了。

留下一重余悸，便是对陌生的果实，无论外表多么地诱人，再也不敢率然尝一尝了。

终于明白，人间的禁忌，或许皆与人类的痛苦经历有关，还是谨言慎行，有一点敬畏才好。

干草与香椿

故乡的两种植物我是很难忘掉的。

一是干草，一是香椿。

两者之间，并没有什么必然联系，之所以被同时记挂，皆因为它们本身的香味。干草之香，平淡而质朴；香椿之香，浓烈而华艳，乃香之两极。

在幼时，秋冬之交，有一件必做的事，即打干草。一为农畜过冬，二为卖到山外换现钱。拿一柄月牙小镰，走进浓密的干草丛中，脚下踩出噼啪的悦音，并袅起淡淡的粉尘，所以，打干草似乎有一种浪漫的情调，即便是少年，也乐意介入其中。

但打干草毕竟是一件力气活儿，镰刀舞动一阵后，少年的臂力便酸涩不支，便躺在浓密的干草丛中，歇一歇疲乏的筋骨。躺在干草上的滋味是刻骨铭心的——身下的干草是吸足了阳光的一群，温暖便慢慢地辐射出来，撩得背脊蠕蠕地痒。眼前的草尖，羽毛般轻，无风也飘摇，更何况秋风正吹得柔曼；扶摇的草茎之下，人的耳朵，便总是听到干草的窸窣长歌，人就变得慵懒起来，恣肆地摊平腿脚，一只手下意识地折断了一根草茎，放到齿间咀嚼，嚼出干爽的一股淡淡的香味，生命一般绵长。与干草厮磨得久了，干草的香味便浸入了少年的血脉，无论走到哪里，无论享受何种富贵荣华，夜的梦里，均会时时地曳出干草的影子。以至于给自己找婚娶的女人，亦找散发着干草一样朴质香味的姑娘。这个愿望自然是如愿以偿。质朴的姑娘，正如干草一样，到处都有啊。

所以，我一直也高贵不起来，系因出身于盛产干草的山地；但一直也不曾低贱下去，亦因生命中的那团干草情结。这团情结，使人很少生出非分之想，不奢侈、不觊觎、不伤害别人。平凡着、坦然着，何贱之有呢？！

说到香椿，也自然而然地想到幼时的情景。

村前的一块隙地，有一棵高大的香椿，中干有十丈高，径粗需两人合抱(走出山外，就再也没见过这么高的香椿了)。这棵香椿，除了父亲外，就再也没人能爬上去，所以，当树上的香椿芽长得饱满了，父亲就爬上去。树下簇满了人。父亲用竹竿把树芽一棵一棵地夹下来，树下的人便一棵一棵地捡起来。每人都拿到一把鲜嫩的香椿后，就依次离去了。

最后，只留下父亲一个人，默默地从树上下来。

树旁的石头上，不多不少，正给他放着一把香椿。父亲笑一笑，他的乡亲们拿得好坦然啊。

这香椿的幼芽，鲜嫩丰腴，有一种扑鼻的奇香，若吸上一口，七窍会立刻通畅起来。它是菜蔬中的稀罕物：香椿拌豆腐，裹面炸香椿(北京郊区又叫炸香椿鱼儿)，还有打香椿卤，都是开胃开得要死的吃食，所以，人人都是好它一口的。

如果那棵香椿不那么高大，不待幼芽长饱满，便会被人掰光了。因为它高大，那一树奇珍，就该属于征服它的人。父亲征服了它，采摘的一切归属于父亲是很自然的事。但父亲却让村人坦然地分而食之，却很出人意料。而这出人意料的事，村人竟亦接受得坦然，连一声谢字都无人出口。好一种淳朴的村风啊。

父亲说:“这香椿再香，也不能填饱肚子，大家都尝尝‘鲜儿’才好。”

都只尝尝“鲜儿”，无贪据己有独饱私囊之愿，便成就一团大和谐。

成年以后，我感到这种大和谐，属情感类的东西，不是物质利益“大平均”那层意思。既不牵扯体制，又不牵扯政治观念，乃人性的一种具体体现，是其他成分比拟不得、奈何不得的，所以，甚好。

若把香椿比作一种奇异的诱惑，那么，父亲是不逃避诱惑，且走近诱惑，而最终经受住了诱惑的。他在我人生的起点上，树了一个好的标杆，让我努力在免受诱惑的道路上走下去。

“这香椿再香，也不能填饱肚子……”这是父亲说的。

奇异的诱惑再迷人，却不是生活的根本。这是我的理解。甘于平凡，不陷入诱惑，活得才真坦然啊！这不是说教，是生活本身给予的明证。感谢故乡及那里的人们。

旷野灯

大姨母家住在百花山腰间的一个皱褶上。有一线泉从一丛野百合的根部，爱情般涌到一方清洁的石凹里，石凹便满满地洋溢着；尽情地将泉水舀到水桶里去，石凹依旧是满满的，呈一种寂寞的奇观。

那年到县城中考，考得颇顺利，有一种余兴如何也扫之不去，便乘了去百花山的晚车，到姨母家做一次突兀的造访。吸引我的，自然是野百合根下，那一线爱情般的泉。其实那泉是从姨母口中听来的，姨母家却没有真的去过，便注定了要发生下面这桩故事。

车行到百花山脚的一块打谷场，算是它的终点。下车时，天就已傍黑了，就急急地奔场边的一爿小店，买了两盒酥子糕。拎着点心出来，已无结伴的行人，就沿着小店主人指引的那个约略的方向，摸索着朝山上攀爬。

爬了两支烟的工夫，天已黑透。因为黑得阒寂，周遭便有一声又一声怪异的声响，锐利地灌入耳际，心头就有一阵又一阵的惊悸。突然闻到一股烧烤猎物的香味，且有一种焦煳的熏腥，以为前边一定有人，便加快了脚步。爬了好长的一段坡，焦煳味似乎更浓了一些，便觉得，前边的那个人，肯定离得更近了。兴致便撩拨得更旺了一些，步子就迈得更急了一些。不知不觉间已翻了两道棱，味道依旧浓烈，却怎么也见不到那个人。怪矣！

此时，已大喘吁吁，便颓然地躺在斜坡上。心跳平静下来的时候，却暗暗地吃了一惊：身下那厚厚的落叶和浓浓的干草上，散发出来的气味，正是那种浓浓的、好闻的烧烤味——落叶和干草吸足了白昼里那暖暖的阳光，入夜，便把激情很忘情地释放出来，把个陌生客甜蜜地欺哄了。

于是，我迷路了。

发觉自己迷路了，第一个反应便是惊惶。惊惶之后，那夜里的声响，便更怪异，更锐利，且纷繁杂沓。于是，脚跟便踩不踏实，便趔趄不止，跌一些跤子出来，便是自然的事。

很想躺下去，于无奈中，静等公鸡叫曙，但胸中正流着一腔青春血，忍不得夜幕里这一重莫名的屈辱，便带着浑身的创痛，朝无边的幽暗跌撞。

路总有走到头的时候。心里说。

但路越走越陡了，树木也越来越稀疏。凭着爬山的经验，知道已攀上了相当的高度。知道不能再贸然走下去了，弄不好会跌到深渊里，做一无谓的少年鬼。站在那个高度上，很想走下去，但却不能再走下去，那是一种什么样的人生境界呢？是绝望的一种景象吗？！

泪，无声地落下来。

但在泪的一片模糊中，却发现右前方有一线隐约的微光，泪竟倏地止住了。揉一揉眼再看，那一线微光依然隐约，抽紧的那颗心，便松开一道缝。朝着那个方向摸索而去，此时已无一丝犹豫。爬了一段坡以后，那线光便不再隐约，而成了清晰的一团——可以确认，那是一扇不眠的窗。心便霍地释然了，这时，光明是驱赶绝望的唯一的一条鞭子。

到了跟前，是一间孤零零的小屋。敲一敲门，门竟悄然自开。灯下，一个满头白发的老婆婆安详地躺在床上。她的眼皮动了两下，分明已知道夜客到来，但却不说话。

“婆婆，我迷路了。”我告诉她。

“呃。”她只欠了欠身，“坐吧，我眼不好，看不见你。”

我愣了一下，依旧站着。

“孩子，你要去哪儿呢？”她有气无力地问。

我报了我要去的那个村子。

她长长地呃了一声，坐起身来：“到底是个孩子啊，应该爬西边那座山，却爬到东边来了。白天，在日头下，也要爬个半晌呢！”

在灯光下，虽然知道自己走了好长好长的冤枉路，却不曾有一丝惋惜，竟咯咯笑起来。我此时的感觉很奇异，似从娘怀里走散的孩子，又回到娘怀里一样，失散的痛苦已全然忘却了。

交谈之后，知晓这瞎眼婆婆是个五保户，山下的人白天上来转一遭，看看是否柴米不缺、一切无恙之后，便又不停留地下去了。漫漫的长夜，是独属于瞎眼婆婆自己的。

“您什么也看不见，为什么还要整夜点灯呢？”

“为什么？灯亮着，野兽不敢来，夜盗不敢来，灯是瞎子的眼哩。”

“瞎子的眼？！”我惊罕地叫道。

那一夜，我住在了她那里。

日后，我有时想，在漫长而孤寂的长夜，瞎眼婆婆与灯独对，真的是为自己再长一只眼吗？谛听着火焰毕毕剥剥的微音，一如听着亲人在耳边细语，从而遣去心头无边的寂寞，让自己感到自己还活着，也未可知啊。

这是一个真实的故事。

旷野中，一盏点亮的灯，对人是多么地重要啊——它是生命存在的证明。

胎 记

那日，陪南方友人游完十渡，友人说：再陪我们去看看京西的土炕吧。

土炕？土炕也是可供观赏的风景吗？我惊奇地问。

是，是稀有的民俗风景。友人说。并说，土炕是北方特有，南方人感到稀罕；但随世事变迁，即便在北方，土炕也是很难以得见了，我们是颇作了一番寻觅的，但均无所得。

友人所说，我是理解的，因为北方的平原多已被城市化了，土炕被驱赶到偏僻的乡下和幽闭的山区了。而南方人都是从城市的天空和沿着铁路线北上的，工业文明的猎猎幡帷，把人本来就短视的目光给整个儿地遮蔽了。

事实上，土炕不仅依然存在着，而且铺天盖地地存在着；土炕远远未被雅化为民俗风景，而是北方农民无从选择的受用。

十渡正处于京西的腹地，那条著名的河流——拒马河，正是被巍巍群山环绕着，而那山民的居所里，土炕就如照明的灯盏，很日用地“盘”在那里。

于是，很快就给友人找到了一盘土炕。

友人们的兴味便浓得像进了欢情场：或问询，或抚摸，或勾画，或摄影……

因为我本身就是一颗被土炕煨熟了的果实，是土豆、红薯、花生、大豆、黑小豆、鬼子姜、地萝卜，抑或是玉米、高粱、黄黍、荞麦……总之是与土炕息息相关的那一类果实。所以，友人的兴味，勾起了我对土炕的回忆与沉思——

母亲是在土炕上生下我的。她的产床，是身下垫的一层厚厚的绵绵土。母亲说，虽然我是她的头生子，却没感到疼痛：因为土炕被烧热了，那奔窜的热力因身下绵绵土均匀而持久的传播，让她感到了彻骨的温暖，她把自己全部展开了；同时，绵绵土也把恣肆而出的血无声地吸收了，没让她看到骇人的血光，所以，其心也静。诗人牛汉为绵绵土专门写了一篇大文，说他一见到乡下的绵绵土，便会情不自禁地掬起来抚在脸上，然后再情不自禁地流些感恩的泪水——绵绵土是乡人的根脉啊！所以，我虽然一直未曾见过牛汉先生，但我对他的感情是近的，以为他是早年离乡的我的一个异姓的大伯。他锁定了乡人的“典型情感”，使后人无话可说。

后来，母亲又给我生下了两个弟弟，使本已贫穷的日子更加清寒：弟兄三个合盖一床棉被，至于褥子铺垫之类更无从说起，身下只铺着光光的一领篾席。但却未曾受过一次夜寒。这缘于土炕的温暖。北方的土炕，炕体里有一个网状的火道，与炕畔的地炉子紧紧地连在一起。无论是烧柴，还是燃煤，均能在提高室温的同时，把土炉烘热。而绵密的土层具有极强的保温性，以至于室内的温度已经降下去了，而土炕上却仍然如火如荼。三个少年赤条条地躺在土炕上，或拥，或嬉，温暖着，也快乐着。早起，见同被的两个弟弟身上印满了席花，绵密而规整，好看得让人大笑不止。正笑得忘情，弟弟们同声说，哥，你还笑我们呢，你的更多呢，你的后脊梁大啊。这时贪睡的父母也被吵得坐起身来，哥儿仨就笑成了一团——父母的光脊梁更大呢，席花印得不仅阔大，且饱满而肥。

为什么北方人特别重情义、重孝道呢？一条大炕睡的。为什么传统的部落和民族特别垂青刺青和文身艺术呢？土炕式的天启使然。这种感叹，或许有些武断，但仔细想一想，还是有几分道理的。

雪花飘飞的季节，断了农人的活计，人们不得不蹲在家里“猫冬”。便是偎在火炕上，喝烧酒。炕热攻心，酒热也攻心，不久就喝得浑身通泰了，便吼出一些不酸不咸的调子，感到自己虽出身贫贱，却比神仙还自在。父亲是读过几年书的，每喝到心酣耳热的时候，他总是站到旷野里去，面对纷飞的雪花说：这苍茫大地真干净。还说：这老天真是会安排，它用雪把你堵在屋里，让你懒得理直气壮——天暖而劳，天冷而歇，乃自然律也。

就是说，大自然给了农人像猫一样偎在土炕上的道理。

土炕持久而沁人骨肉的温暖，会穿透人与人之间的感情隔膜。五婶是不愿嫁给五叔的，以致新婚之夜不愿与五叔合房。但后来二人的感情出奇地好，不到三年就连生了三个孩子，五婶也变得很乐天。有人问她，你不是很不心甘吗，为什么还跟他过得这么情愿？她竟说，都是土炕闹的。他们家的土炕烧得忒热，坐在炕上，热气从尾巴骨一直窜到头发梢，骨头都酥了，心性都软了，贱得直想跟他亲热。一次亲热了，还想再亲热，后来就挂了崽儿，也就心甘情愿了。五婶所说也是一种“典型感觉”——农人的婚姻是极少自我选择的，婚姻之初是很难谈到爱情的；但却越来越爱情，便很少离异，大多都从一而终。为什么呢？情感总是和温暖相伴而生的。所以，有人说农村的情感状态是农村生产力水平低下使然，便显得过于理性，非当境之说也。

也有当境之说。譬如，刘恒说土炕使农人的孩子性早熟之类。刘恒是我的老乡，老家只隔了一座山，便是著名的百花山。他在山之北，我在山之南，山顶的一棵古柏的根须，一半牵着他，一半连着我。所以体味是相通的。家人三代同住一条土炕，夜晚的棉被下，大人睡相也是赤裸的。原因很简单：一是土炕之热容不得半丝衣缕；二是“穷长虱子，富长疥”，穷人的棉裤只有一条，经冬而穿，衣服的皱褶里就住满了一粒一粒异常饱满的虱子。它们是不请自来的房客。于是，农人的父母是很容易给自己的子女上人体课的。而土炕上的温暖，使年轻的父母几乎夜夜缠绵，即便是十二分的周到，也终有消息外泄的时候。于是北方农人的孩子都婚育得早，对情色有异常敏锐的感觉。为什么刘恒能写出《伏羲伏羲》那样欲望贲张的作品呢？因为他是从土炕里爬出来的。

同样，十二岁的我就也有无眠之夜了。躺在滚烫的土炕上，血液里竟游走着一种蠢蠢的欲望。这种欲望，折磨得我多愁善感，莫名地就想在纸上表达些什么。便在炕头上放下一张小饭桌，点起油灯，胡乱地书写。即便父母强烈地反对，甚至恶语加以拳脚，仍阻挡不住少年的激情。那年学校流行“反潮流”，我就是在这盘土炕上，在油灯的噼啪声中写下了颇为成熟的句子：

反潮流，意义深，/大家都要来关心；/阶级斗争年年有，/路线斗争也长存；/你不反他他反你，/和平观念最害人，/最害人！

所以，土炕之于友人，是“旁观者”的风景；之于我，则是出身的胎记，记载着我的来路。

因为这样的来路，我深深理解我的同路人——

北方人虽然豪爽忠义，却也谦卑驯顺；因为，土炕的温暖虽然煨热了情义，却也惰化了血性。“三十亩地一头牛，孩子老婆热炕头”。对温暖的厮守，软化了飞翔的翅膀，只要不被逼得背井离乡，北方人是不会主动出走的，他们很少作愤然的抗争，更缺少在得失面前的义无反顾。所以，北方人虽然高大，却大多是一些保守忠厚的汉子，而小体格的南方人，竟敢于造反，竟多出豪杰、领袖和枭雄，或许就缘于此。

因此，北方弟兄习惯于欣赏细腻的世情喜剧，却惊惧于壮烈的人间悲剧。“生当作人杰，死亦为鬼雄”和“不以得失论英雄”这样的句子在他们这里往往会没有感觉。他们感到项羽的不肯过江东，真是迂腐不堪。所以，他们一般乐意做江中摆渡英雄的那条船，却不愿做回首长啸的那匹义马。

同样，土炕稳定性的存在，使北方的青年虽有坚忍的毅力，却无变通的机巧——他们适合听差，却不娴于经商；可以作厚重的长篇小说，却作不来灵动的抒情文；可以进入时间深处很沧桑很古典，却不能站立潮头很现代很时尚；他们笃信吃亏是福，却不知勇于竞争才能获得最大人生效益。举一个生活小节，南方人有了钱，大多会用于投资；而北方人若有了多余的收益，一定会在银行存起来。因为土炕的温暖，正是持久积蓄着的——氤氲着，也封闭着。

所以，看到同乡人的尴尬与败象，我并不报以嘲讽和指责，而是充满了悲悯与祝愿；看到他们的得意与成功，我也并不报以盛赞与夸炫，而是保持清醒与自警。因为我知道他们的来路，也知道他们的未来将面临什么。我之所以这样做，不是因为我已成了局外人，而恰恰是我永远是他们之中的一个。

所以，土炕之于我和友人其意义不同：之于我，是生命的烙印，即胎记；之于友人，是愉悦眼眸的异象，即风景。一个是生命之重，一个是生命之轻。

即便现代文明的席梦思真的把土炕送到民俗博物馆里去了，土炕在我的心中也是个永恒的存在，一如民族的文化传统。

外表可以粉饰，但胎记是除不掉的。

感 恩

天气静好，阳光普照，温暖盈身，人们慵懒。一如轻声款语送耳，浓情美意照拂，人心就温柔。也一如妇人，一被轻柔抚弄，就会像花儿一样无声绽开，她相信爱，因而归于单纯。所以，慵懒是温暖之上的温暖，单纯是温柔之上的温柔，都是感恩的模样。

家中那只柯基犬，玲珑小巧，却爱运动，只要房门一打开，它就蹿出门去，然后不停地回望，希望你把它跟随。如果你跟随了，它会露出妩媚表情，即便是四肢肥短，小巷通衢，草地河畔，泥沙荒野，也回报给你足够的速度，让你以它为荣。

有个邻人，也喜它的乖巧模样，远远地看到它过来，双手插进衣袋，做鼓弄食物状，且不停地呼唤。它自然是兴冲冲地奔跑过去，但邻人摊开的却是空空的手掌，它企盼的眼睛里，便弥散出一片迷惘。被捉弄过几次，以为它不会再听从邻人的召唤，却见它依旧闻声前往。但是，当邻人爱抚的手，刚要伸下来的时候，它却猛地转身跑走，徒让邻人的手凝固在半空之中。它则在远处眺望，不停地吐弄着它粉红色的舌头，表达着一种顽皮的嘲笑。我不禁心有所动：真诚收获真诚，欺哄收获欺哄，即便是小兽，也是懂的。

其实，邻人也不存恶意，只不过他是个上了点儿年纪的乡下农民，是被儿子接进小城来住的，看到城里人对狗类比对人还娇宠，他心里有一丝不平。其实他对狗也是宠的，只不过儿媳豢养的那条金毛小犬，从不允许他表达爱意——儿媳嫌他粗糙与脏，斥他远离。感到自己在家中的地位比一只小狗还低微，他有些郁闷。对家里的狗他不敢不敬，对街头的狗，他自然而然要发泄一下。

他见我在不远处对他微笑，脸一下子就红了，嗫嚅道："你看看我，都一大把年纪了，还欺骗一只狗。"我说："没关系，狗不像人那样爱记仇，只要你真给它食物，它还是会跟你亲近的。"

"等等。"他说罢，转身进了楼廊，很快就又出来了，手里攥着几粒干果。他朝着我的爱犬招招手："小小，你过来，爷爷这里有好吃的哩。"

居然称之为"小小"（他孙子的乳名）！这样亲热的称呼，连狗都吃了一惊，但最终还是迟迟疑疑地走近了他。吃净干果，小犬用温热的舌头舔舐着他干裂的手心，情意殷殷，一点儿也不嫌他的粗糙与脏。"爷爷"的内心，不禁生出一种从未有过的温厚。

小犬让他暖意萦怀，总想给楼宇里的人们贡献些什么。看到楼前有块隙地，依农民的本性，他翻土施肥，修埂打垄，种了一片紫苏。紫苏俗称苏子叶，为一年生直立草本植物。叶对生，阔卵形或近圆形，边缘有齿状叶裂，叶面呈油紫色，且有药香，系上好的调味菜蔬——生拌，或佐以细丁咸菜，祛毒，开胃，为居民所喜。特别是吃过水捞面，如果以其做面码，会吃得酣畅淋漓，即便是吃得太饱，也没有撑的感觉。

紫苏体贴老人的用心，迅速蔓延出一片绿意，那嫩嫩的芽瓣，正是入时的美味。他招呼邻人道："苏子就是给大家种的，快来吃个鲜儿吧。"

大家自然就来了，叶绿如酥，有谁不稀罕呢？人们小心地掐着嫩叶，一如不忍惊破美梦。他笑眯眯地注视着，说："尽管掐吧，苏子命贱，你越是掐得狠，它越是繁衍得健旺。"

但是，人们还是掐得很节制，刚一成撮，就停住了。这让他很不解，催促道："掐就是了。"邻人脸一红，说："够了。"

怎么就够了呢？他不知道，施予者的注视，会让承享者失去坦然的心情，一如大声说出"我爱你"，会让被爱者顿生羞涩，反而不知所措，生出退缩。

后来，他回老家打理一些事体，紫苏被他暂时遗忘在那里。被遗忘的紫苏，反而疯长——恩德既然被种下了，自然就有了属于自己的生命，有不懈怠的模样。疯长的紫苏，会变老，会变得不能入口，邻人们懂得这个道理，心想，与其让紫苏变得无用，不如安心享用，便放手去采摘，以至于怀抱盈满，口中滋味，整日里都是紫苏的余香。

从老家归来，他本以为那片紫苏一定会很荒疏了，却看到了依旧青绿、娇嫩、齐整、油亮，便一下子明白了：一个人一旦把自己对别人的好处忘掉，恩德自己也会走进人心里去。这之后，他只管给紫苏锄草、施肥，让它长得好，然后退隐到紫苏之外，暗看邻人欣喜。

欣喜之余，是人们对他的关心与尊重——端午节有人给他送粽子，中秋节有人给他送月饼，重阳节有人约他到河边公园看踩高跷，元旦、春节有人请他喝好酒，俊男、靓女、美妇也不嫌他粗糙与脏。

翌春一日，小区里的一个老妇人抱来了两棵香白杏的树苗，对他说，你紫苏的隙地上，应该再植两株杏，为什么？因为紫苏喜阴，有树遮挡，它慢长秧棵快长叶，就多了青嫩。再有，天长白杏，地长紫苏，上下都有收成，邻居们就多了喜乐。还有，白杏和紫苏，呈高矮，比对着就有景致的好，你说是不是呢？

是，是，自然是哩。便帮老妇栽下杏树。

杏树也一如紫苏，体贴人心竞速发育，一年成株，两年开花，三年就结果了。四年以后，年年果实满枝，红绿相间，看着就让人喜。且兀自挂在枝头，也不作宣言，任由嗜食者随性摘取。

我出身于山地，是吃山杏长大的，楼前杏树，便让我看到故乡余影。读与写到了月朗星稀，不由自主地踱出门外，在杏树下彳亍不止。丫间杏果，一如夜之眼，多情地闪烁，不禁心热，摘食数颗。叩齿生津，文思如潮，踅回房间，笔底通畅，一如神助。后来，在一本散文集的后记中，我居然写下了这样的话——

虽物欲横流，风尘迷眼，但有书可读、有鲜杏可咀嚼的日子，却总是能让人心定，便节制了多余的欲念，安心于自足的精神生活。

因为一片紫苏、两棵杏树，让我虽身居市井，却情系乡关，想到草木性格和天地性情——草木虽卑微，却兀自生长，不惮冷暖，不计荣辱，坚忍、隐忍、沉静、皮实、忘我，活得本分、自适、自足——虽被磐石挤压，也能钻隙而出，向上生长。天地虽无言，且常常被人轻鄙、被人污损，却绝不仓皇失据，从容地应对，不虑得失——人一不如意就骂天，但老天从不怪罪，阳光依旧照进那家的庭院，雨露依旧滋润那家的田园；人一乱性就咒地，但大地从不计较，即便瘠瘦与旱涝加身，只要你播下种子，也没心没肺地生长，贡奉出果实。

此种雅意，两个老人自然不会想到，但他们的种植，却唤来了一种别样的人情格局——楼宇里的人，每一相见，都要轻声细语地相互问好；阶梯一染飞尘，无须他人提醒，总有人主动打扫；卖大白菜的农车一驶进小区，便有人告知左邻右舍，备下冬储；路灯初上，相约散步，互通款曲；亭阁之下，对弈恳谈，大话家常……亲情融融，和乐一片，全不见别的小区那种不相往来而生成的心灵隔膜、人情冷漠。

因为，一如笑可以传染，善行和恩德，也一径蔓延开来——所在居民都觉得，凭空坐享其成是很不体面的，多少也是要尽些义务的。这不禁让我想到古罗马的圣哲西塞罗所说："受人善行后的首要义务是回报——土地所提供的，远远比它所接受的要多，所以，没有什么义务比对他人的感激更重要。"

哦，紫苏和杏树，温暖的感应，一如爱情——在爱中爱，在恩德中释放恩德！

故乡眼

回望故乡，它的存在，依托于几个老物件：一口古井、一盘石碾、一棵老柳树和老柳树身上悬挂的钟。

这些故乡的标志，对故乡人来说，那时与今天，所寓含的意义有大不同。因为不同，所以故乡永在。

那口古井，是村里的唯一水源，因为年代久远，村里的老人也无人能讲得清它的来历。好像它是个天然的存在。村里搞筑建，总是用石头和泥，唯独这口井的井口、井壁用了混凝土（水泥），以防渗漏污了净水。

即便是古井，也不长青苔，也不深，一人多高，清澈见底。一些怨妇也不在此寻短见，因为它清浅，不存留死亡。所以这口井，终生圣洁。

在平常年份，虽供奉全村人畜的饮用，也不见水位下降，好像它用之不竭。只有到了大旱之年，人们才对它有了深刻记忆，才觉得它是人畜的生命之源。持续的干旱，使井水干涸，人们取水，要下到井底。井底有一凹陷，是水眼，洇着一汪水，只能容得下一把瓢。系下水桶，人蹲下，用瓢往桶里舀。舀过一瓢之后，要等待片刻，等到它重新盈满，才能再舀。舀满了一担（两桶），蹲着的人要自觉地攀上井去，因为等水吃的人排着一个长的队伍，便不能贪占。这么一个小小的凹陷，人们总担心它会被舀干了，有危悬一线的恐惧。但它总是不能被舀断，舀过又汪上，不让人绝望。古井就是这样维系着全村人的生存，让人恨着也感恩着。

到了平原，到了水量丰沛的地方，人们回望，不禁感慨：故乡的井才真的是井呢，它让人感到水的存在，懂得珍惜。

故乡的石碾与古井一样，也久远得不知来历。也因为是唯一，它要昼夜碾动。石碾的背后，是一堵石头花叉的墙，在墙缝里从上到下依次插着一把一把的笤帚，这是村人约定俗成的秩序证明。张三碾完了谷物，就把代表自己的那把笤帚取走，把下边那把移上来，意思是该你李四了。其实各家各户的笤帚都有相同的形状，放眼看去，并没有绝对的区别。然而，先后的秩序却从来都没乱过，因为在故乡人那里，外在的秩序形式不重要，不过是个象征而已，但是内心的秩序很重要，不能有丝毫的违背与僭越。

现在看来，故乡的石碾规定了本分的重量，提醒人们，和谐的生活，不是靠外在的法典和制约而形成的，关键的是每个人都自觉地养成和谐的信念，守信、守诚。故乡人对我说，“慧”字是“心”字上边有把向里的笤帚，这就形象地告诫人们，生活的智慧，源于时时能够清扫自己心灵的杂质，是自我的修炼，方使生活和事业都能双双有丰硕所得。

说到故乡的老柳树，也不是一个固定不变的概念。儿时的那棵老柳树遭过一次雷劈，后来就朽了。但是从它的侧畔，又萌发了新芽，多年之后，也壮大、也老，延续了原来的地标形状。村里也不作严格的区分，认为它从来就是“本来”的那株。如此一来，就乡情凝聚，即便是游子归来，也能找到过去的来路。

至于老柳树上的那口钟，其实也不是严格意义上的钟，它只是一块铸铁，能敲出钟声。对这口钟，人们特别留恋。因为在过去的日子，它既带来了公平，也激活了勤勉。无论尊幼、无论贫富、无论男女，只要它一响，你就得起床动身，你就得出工劳动，不能懒。村里发生了事情，它一旦响过，就代表着对众人的召唤，不能缺席地参与论辩。统一意志、辨明是非、警示行为——它让村里人有“整体”的感念，不能游离其外，各行其是。

现在再看那口钟，不禁生出化不开的忧伤。过去的钟，天天要经受敲打，所以钟的表面闪闪发光、伤痕累累。但是，它不疼，因为被击打，它所以欢快，而欢快的响声给人的生活带来警醒，让人活得清明。而今天的钟被闲置了，锈迹斑斑，不过是一块废铁。所以我感到，它特别疼。因为死痂的下面，往往是不流通的血脉，预示着肌体的败腐。不被敲响的钟，意味着它已心死，是更深刻的疼痛。

而没有钟声响起的日子，常常是死寂、慵懒、昏聩这类东西无声登场。

所以我想，在生活中，怎么能够容忍没有钟声敲响的时光?

薄暮里的刀锋

一如大雪覆盖旷野，遮其丑陋，使其美白，风霜侵袭颜面，去其鲜润，使其粗糙，放眼望去的人与事，往往不是它的本质。譬如眼前这个人——

酷暑之下，他仍着一袭草绿的建设服，前胸是斑渍，后背是汗碱，因为身材瘦小，整个人像未发育成熟的一个胚胎，被胞衣罩起来。下身是土色的粗布裤子，两只裤腿挽到膝盖，脚杆子蜡黄如柴，似难以承重。他推着一辆破旧的自行车，后架上绑着一乡下才有的窄长板凳，车把上挂着一个工具袋，因为沉重，所以不摇摆。他走得轻捷而无声，好像他知道自己不属于这里，谦卑如夜行。知道我在注视着他，便回头朝我一笑："磨刀磨剪子不？"声音也轻，全无职业豪迈。浅笑之下，皱纹深广，以为有足够老，便生出怜惜，说："磨。"

随我到了我居住的楼口，我说："你且等一等。"他笑笑："好，不急。"

我住的是一楼，很快就踅出门来。见他已骑在窄凳上，工具整齐地摆在脚下，可见他是个成熟的匠人，有属于自己的历史，不免生出信任。

拿出的是一大一小的两把刀。虽经年使用，因勤于擦拭，刀面光洁，夕照之下，能映出人影。心里说，其实是无须磨的，不过是照顾一下你的生意而已。他接过刀去，顺刀刃斜睨了一下，笑着说："您这两把刀，虽光亮唬人，却都还没有开刃呢。"我说："这怎么可能？"他说："您看，这刀身与刀刃一样厚薄，手指头放在刀刃上用力摁一下，也不过是一道白印，不信您试一试。"一试，果然没有锋利感觉，顺势调侃道："这城里男女离常识渐远，以为是鸡就下蛋，是刀就能砍。”

他酣然一笑，说：“您真逗。”便将其中的一把抵在窄凳一端的匝柄之上，再用皮环缚住刀尾并蹬在脚下，使其牢靠，然后施以锉刀，一点一点地锉去刀刃上多余的部分。其实，窄凳的一端就安着一盘砂轮，手柄一转，火星一闪，刀刃立现，但他居然舍轻就重，用手。如此做来，这将是一个相当长的过程，但电视里，正有一个喜看的剧目，我便表现出不耐烦，说：“干吗不用砂轮，横竖不过是一把切菜刀，没必要这么讲究。”他还是酣然一笑，说：“这刀也一如人，都有不同的性子，您这把是合金做的，钢口是脆的，一上砂轮，会崩出豁口。”我还是不能信服，便问：“你们磨刀的是论件数，还是论工时？”他说：“论件数，一把四块。”说完，他好像明白了我问话背后的含义，脸不禁红了。脸红的应该是我，他却先红了，让我看到了“朴实”的模样，便心生一丝惭愧，说，“就依你。”

刃开过之后，他从工具袋里拿出一块中间凹陷的磨刀石，不紧不慢地磨了起来。磨过一个光景，他便斜眼看一看刃口，并用手指在刃上拭一拭，再接着磨下去。我觉得那刀口已足够锋利了，但他还是觉得不到火候，一系列的动作不断反复。其间，他点燃了长杆烟袋，衔在嘴上，因为漫长，烟火竟至断了数次。他那个不急不躁的样子，让我不禁自问：他这是出来做买卖的吗？

因为离得近，更看出他皱纹绵密皮糙骨瘦，便问：“您贵庚？”他说：“都五十了。”我吃了一惊——乡下人论虚，说是五十，其实是四十九，与我同龄，然而却这样老态龙钟，让人顿感世道不公，便真切地说了一句：“差不多就行了。”他说：“我自己然知道行与不行，您尽管去忙，不必等。”

这把刀终于磨好了，竟用了近半个小时的光阴，看了一眼那另一把刀，我不禁笑着摇了摇头。拿过刀来，他也笑着摇了摇头，说：“对不起，还是一把合金做的。”我说：“这一把就不磨了，凑合着用吧。”他说：“那可不成，刀既然到了我手里，就属于我。”似乎怕我跟他争夺所属，他急切地把刀固定在窄凳之上，然后再点燃了他的烟袋，嘻嘻笑，竟至笑出了两缕口涎。还是重复既有的程序和动作，我真的有些不耐烦，转身走了，把刀和人遗弃在那里。

电视里的剧情虽然感人，但奇怪的是，却没有了往日的吸引，总是时不时地到临街的阳台上看一眼那人。那个人专注地工作着，嘴上的烟袋像个摆设。夕阳的余晖洒在他的脸上，脸色很黄，一如土地。到了后来，余晖收敛，已看不见他的脸色，只有身姿还在，一如剪纸。再回去观剧，居然感到那里边的泪水与欢笑离人间烟火甚远，有些虚假，属于奢侈，属于有闲。

知道他快完成工作了，便从冰箱里拿了两听可乐——虽然知道这样做有些居高临下，因而显得卑鄙，但还是这样走出门去。他果然不知所措，推拒时竟至把窄凳带翻了："使不得，使不得！"我说："您也别不好意思，我也是乡下人出身，依乡下的规矩，在手艺人干活的时候，应该有烟茶伺候，在城里混久了，连这最起码的规矩都给忘了，所以请您原谅。"

"瞧您说的，瞧您说的。"我矮下来的身姿果然平复了他心中的谦卑，他不再推辞。掏出十元纸币给他付工钱，"不用找了。"我说。他坚决把两元毛币塞进我兜里，说："八块钱是我的手艺，十块钱就是人的贪心了，我一辈子最恨的就是一个字：贪。"

他表情严正，我内心欢悦，情不自禁地学起了《红灯记》里的一句喊："磨剪子来镪菜刀——磨剪子来镪菜刀——"

邻人被惊动，纷纷探出窗，真有数人拿刀出户，匠人又有了新的商机。以为这正可以回报他的敬业，没想到他却满脸惊慌，推车欲走。我说："到手的生意都不做，您这是为什么呢？"他说："天都黑了，看不清物件了。"我说："不是有路灯吗？"他说："我眼神不济，灯光下看东西是模糊的，会给人家磨不好。"见来人近了，他说一声"再见了您哪"，便仓皇骑远，一如逃。

最先来到的是县一中教历史的张秉璋老师，他满脸疑惑："怎么回事？"我便把磨刀的经历与他言说。听完叙述，他唏嘘不止，感叹道："这就是小人物的可爱了——小人物不趋时、不趋利，他们往往不怕辛劳，只怕欺心，这叫什么，这叫轻贱者往往品重，位卑者往往德高。"

我回味着张先生的感叹，在路灯下不停地踱步。我发现，夜色越厚暗，灯光越明亮，好像能穿透躯壳照进内心。

我坚信，明天夕阳灿烂之时，那个人一定会来，因为他知道，这里的住户，对他有期待。

母校永在

一如丑人的自我感觉总是俊的，故乡在我的心中，也总是好。特别是有关故乡的文字，处处溢美，营造出诱人的神秘，惹他人向往。

一文坛达人，执意造访，兴冲冲地来，看过之后，却一路沉默。再三催问，他嗫嚅道，以为真的是一块美穴地，却是一块死地，不该产文字的地方，却产了那么多的文字，你欺人太甚。

我懂得他的心思，笑着说，是的，我的家乡不仅贫瘠，而且封闭，贫瘠得一年四季只产一种农家玉米，封闭得四山匝一爿豆角大的平地，从哪里进来，还要从哪里出去，就像住在瓶子里。

他说，是的，我满眼所见，荒山、石屋、沟坎、干河、矮树，一派穷气，生物与人，基本是自生自灭的状态，很难想象，你怎么会“活”到平原，且成为一棵大树。

我说，因为有津梁与舟楫，把我引渡。

我指的是我初中的母校，一所默默无闻、现在已完全消失了的山区学校——九道河中学。

这所学校，地处家乡的瓶口之处，离村落，有八里之遥的山路，又没有住宿条件，每天都要往返地走。村里的学童在村里上完小学，畏惧那每天十六里的跋涉，就基本辍学了，我之所以能坚持下来，是缘于对苦难生活的“仇恨”——

已过了播种季节，依然不见雨，铁镐招在地上，冒起一股热烟。做支书的父亲强令村民（那时叫“社员”）去播种。我不解地问，种子播在热土上，它哪里会发芽，只能是被干死。父亲说，下不下雨在天，播不播种在人，这是在尽人的本分。

自然有幸运的时候，播种之后，果然有淅沥小雨，种子就没皮没脸地发芽了。但小苗长得艰难，荒草却蓬勃，人们就要拼命锄耪。人手不够，就勒令学子告假，待荒草锄尽，学子的心却已长了草，失去了学习的耐性，觉得学与不学是一样的。

即便是这样顽强地侍弄庄稼，秋后也是很稀零的收成，只是一季的口粮，其余三季，就是瓜菜代之。瓜菜掠尽，绞尽脑汁各谋生路，父亲矫健，到高岩上掏寒号鸟的粪便——五灵脂，系一种名贵药材，卖得现钱买倭瓜、土豆，以饱饥肠。但高岩上的作为，是高危动作，每次归来，肚腹和双膝都撕磨得鲜血淋漓。

故乡给我的感觉，无论人们多么不屈，多么勤谨，多么隐忍，多么乐观，也无法改变自己的命运。依照故乡伦理生活，我不会走上希望之途，因为一如海子给他城里的恋人的献诗中所说——

你的母亲是樱桃
我的母亲是血泪

所以，我的“樱桃”之境，只能靠苦读、升学，考到山外去。

这种自省意识，使我有别于别的学生——收敛浮性，不用督促，埋头学业，便让老师们刮目相看，视我为学习的“种子”，便对我倍加爱护。

班主任老师陈国如，教数学，他叮嘱我一定要用铅笔做作业。起初我不明白，后来方知，他有深刻的用意。作业本发回来，在做错了的习题上，他不打“×”，只是轻轻地画一“\”，待改正后，随下次的作业返回时，他都补成了“√”。待一个学期结束，他把我的作业本作为样本在全班传阅，对同学们说，你们看人家是怎么学习的，一丝不苟，从不马虎，始终是对的。这不仅让同学们惭愧，也让我自己惭愧，因为真相并不是那样。但是，这种“始终是对的”的赞美，变成了一种心理暗示，让我更加刻苦、更加认真，使自己名副其实的“不错”。我的数学就学得异常好，即便是以后没有从事理工行业，也深受裨益，它给了我必要的理性思维能力，能放手写论理色彩很浓的随笔、评论。

语文老师是一个从市里名牌大学下放来的南方女子，白、矮、丰腴、近视，名字叫安近。她说话娇滴滴的，就压不住课堂的秩序。我因为父亲是村里的支部书记，订阅着“两报一刊”，随手翻阅，就知道很多山外的事体，词汇量也多于别的同学，以至于觉得课本的内容过于轻浅。夏天上课时，把手掌放在腋窝里，挥动臂膀，打击出惊人的锐音，就把同学们的目光吸引过去，搅了她的课堂。她把我拽到讲台上罚站，可她转身写板书时，我冲着同学们做鬼脸，并重复在下边时的打击动作，公然弄出声音。全班笑成一团。她被气得扔下教案，哭着跑出教室。我被校长狠狠地呵斥了一顿，并警告说，你再捣乱，就干脆滚蛋。我怕滚蛋，因为那会断送了我走出大山的愿望，便老老实实地听课。但从此我对安近老师冷脸相对，除了课堂上不得已的相处，课下一见到她，就远远地躲避。有一次是作文课，我在作文后边，画了一幅漫画，画面上立着一个酷似安近特征的女老师，近旁站着一个小孩，指着脚下的一只山羊，从小孩嘴里喷出一团云朵，云朵里写着：我恨你！那天中午，我躲在学校西边的水泥桥下，偷偷地吃我的中午饭。之所以偷偷地吃，是因为我中午的干粮，总是装在饭盒里用网兜提来的掺了榆叶的稀粥，而那时我已经有了很强的虚荣心。突然就见安近老师走了过来，背着手，笑吟吟的。走到跟前，她把背着的手移到眼前，是两个雪白的馒头。我说，你少来羞辱我。她说，其实我早就知道，你吃得很差，学得很苦，是个好孩子，所以你一调皮，我就伤心。这两个馒头是我特意给你拿来的，你不许拒绝，不然，我也恨你。那两个馒头，我到底是吃了，因为馒头里蕴含的东西很复杂，是不能掺杂恨的。

第二年，安近老师调走了，我伤心了很长一阵子。接替她的，还是一个女老师。她叫陈瑞颖，大大的双眼皮，身姿婀娜，美得让人不敢凝视。我当时就想，以后找媳妇，就找她这样的。但美丽的女性，也不是一味地绵软，她很有脾气。有一次她带着我们上劳动课，清理马路边上泥石流遗留下来的堆积。我不喜欢劳动课，铁锹就往空里铲，以节省体力。被她发现，受到批评，就有了火气，故意把锹里的沙石往高处扬，让烟尘迷同学们的眼。陈老师蛾眉一皱，撅下一把荆条，直冲我而来。我赶紧逃跑，她一边追，一边喊道：你必须让我打到，不然我绝不会轻饶。荆条打在背上，身体不疼，但心里疼，疼在失去了在同学们面前的傲气。她说，你学习好是不假，但正因为你学习好，才不能放任娇惯，因为热爱劳动的人，才热爱生活。后来，她是真打，我是真疼，但始终默默地承受，毫不反抗，因为那一刻，突然唤醒了我一种莫名其妙的意识，红颜薄怒，是一种美，不容，也不忍断然反抗。她的教诲，真的作用到了深处——恋爱时，那个女子对我说，你要想清楚，我是个农民，身后还有几亩责任田，须耪、须种。我毫不犹豫地说，无妨，我不怕劳动。

初三之初，班里上了一堂特别的德育课。来了一个叫赵玉森的学区教长，他要给我们演讲。他演讲的是徐迟的长篇报告文学《哥德巴赫猜想》。那篇文章很长，他足足演讲了两个小时。他眼前没有讲稿，那篇文章他全部记在了心里。他表情丰富，声情并茂，好像他本人就是主人公陈景润生活的目击者，所讲内容，一如真的从心底发出。他的情绪随着人物的脉搏起伏跌宕，一会儿让我们哭，一会儿让我们笑，我们不可自拔，深深陷入。他戴着一架白框眼镜，一条眼镜腿上还缠着胶布，眼镜的反光常常和他眼睛中的泪光交织在一起，原来，他不仅感动着我们，他自己也感动着。因此，他本人也深深地吸引了我，使我特别想了解他的历史。一了解，知道他果然是个特别重感情的人。他本人亲自担纲，响应毛泽东的号召，到一个叫岭西的高山之巅，办了一个抗大班，与学生们一起边劳动、边学习。他到县里开完会，本来可以住在县城的家里，却突然闹起了天气，下起了大雨。他毅然决然地骑车赶回山里，因为他惦记着山上的学生。他风雨兼程地骑了一百多里，把车存在山下老乡的家里，徒步往山上跋涉。到了山顶，已经是半夜时分，他看到学生的宿舍还亮着灯光，知道孩子们怕雷雨，不敢睡去。他敲门，学生不开。他说，孩子们开门，我是你们的赵老师。一个声音怯怯地说，你不是赵老师，你是鬼，我们赵老师回县城了。他戳破窗纸把手伸进去，说，你们来摸摸，看看是不是赵老师。一个胆子大点儿的学生试着摸过，说，果然是赵老师，就把门开了。所有的孩子都从床上跳下来，哭着和赵老师抱成一团。还有，他和孩子们一起养猪，偶尔杀掉一头给学生们改善伙食。他看到有几个学生因病因事回到家里，便把炖好了的肉，挨户送到学生家里。在他看来，这是大家共同劳动的果实，每个同学都不能落下，都要亲口品尝。因为他，我爱上了文学，不仅是因为他的演讲有撼人魂魄的文学魅力，也因为他这个人，更像文学中的人物，真情荡漾，品德高尚。

很快就到了初三大考，数学考试，监考的老师也是我们的级任，他叫栗凤安，人长得像豆芽菜似的，还有两颗好看的虎牙，脾气也温和，让我感到特别亲切。所以，他的监考，让我特别放松，不到四十分钟，考卷就答完了。看到我举手，他走过来，问我什么事，我说可不可以交卷了。他迅速看了看我的卷面，说，还有的是时间，你要仔细检查一下。我在检查时，他反复在我身边踅，我提前交卷的意图总是被他的眼神制止。我突然意识到了什么，浮躁的心安稳下来，真正开始认真地检查。果然检查出一道大考分的考题有错误，立刻就出了一身冷汗。改正之后，反而不自信了，又一遍遍地检查。踅来踅去的他笑着说，你可以交卷了。我的脸立刻就热得不成，羞愧之下，我感到，他特别像我的父亲。

那一年，我以全县中考第二名的好成绩考上了县里的重点中学——良乡中学，“樱桃”之途开始启程。后来，九道河中学认为我给学校争得了荣誉，树为学习榜样，每到开学，都要给入学的新生讲我勤奋学习的“先进事迹”。还要请我回去作现身说法，我一直没有那个勇气，因为这个学校、这个学校的老师对我有大恩德，我没有颜面夸夸其谈。

九道河中学真是小，小到只有两排教室。那个叫隗有功的校长总是坐在校长室门外的破椅子上眯着眼晒太阳。上边来人，他也不冷不热；调他出山，他也不为之所动，对手下的教师也没有清规戒律，任其发挥。但是，却考出了很多学生。

它也没有校训。但是在我心里它是有的：他不仅教知识，也教感情、伦理、道德和如何做人。可惜在教改时它被撤了，弃之他用。这一点，让我感到惭愧，甚至觉得我自己的人生也无足轻重。因为我如果是一个大人物，它会在文物层面被保留下来，被树为某某级青少年教育基地也未可知。

但是，它却铭记在我心中，因为它是我的人生之基、人性之源，我或可以对早逝的海子说——

你的母校是血泪，
我的母校是樱桃。

辑二

上帝即人

人即上帝，上帝即人。

那么，人类自身就要自尊、自爱、自珍、自醒。

这是作为人必须具备的要素。

辩证四种

一

有谁不希望美丽常在呢？然而，一朵花开得最艳丽的时候，也就是花朵将要凋谢的时候；有谁不希望欣赏到美丽的全部呢？然而，时空的阻隔和人类认识及眼界的局限，人们看到的，往往是美丽的局部。

于是，有人叹息，有人忧郁，甚至于无奈之后，沦入消沉和虚无。

其实，花朵之后，便是果实。果实是美丽的另一种存在，是更沉雄、更蕴藉、更质朴的一种存在。旧的美丽在一个瞬间消亡，而新的美丽在另一个瞬间诞生；美丽是变幻而不息的过程，我们只需抱着不泯的希望和恒在的信念。欣赏不到美丽的全部，的确是一种遗憾。川端康成半夜醒来，发现海棠花在夜间开放得最动人最忘我，便感叹道：自然的美是无限的，人感受到的美却是有限的；人感受美的能力，既不是与时代同步前进，也不是伴随年龄而增长。但川端康成并未因此而黯然神伤，而是自言自语地说：看来，要好好活下去。

于是，我为哲人的豁达而感动。时间会让我们看到美丽的全部，关键的是，要永远热爱生活！

二

有谁不喜欢朗朗的白日呢？温暖的阳光下，可以看到一张张生动的笑脸和一幅幅奇异的风景。然而，黑夜总是悄然而至，幽暗了道路，幽抑了心灵，使伟岸的失去了身影，使灿烂的失去了光泽。

于是，有人叹息，有人忧郁，甚至于无奈之后，沦入消沉和虚无。

其实，强光会使人睁不开眼；烈日下，植物会收拢了叶片，最能显示自然界勃勃生机的，却是光影交替的清晨和黄昏，还有幽静的夜晚。蟋蟀的鸣唱单薄而微弱，在夜晚却嘤嗡如潮；卑微而低垂的玉米，在晨光熹微中，其拔节之声却铿锵如鼓……自然界于光昏的雅静中，成就着高亢和谐的大合唱。

那么人类呢？一个作家写道："这是一个没有晚霞的黄昏，夜色正一层一层地笼罩着大地，天显得很黯淡，像被一个漫不经心的画家涂出来的褐色；这倒也好，这种色调能使人在归巢的鸟叫、悠悠回栏的老牛的漫步中忆起许多许多如烟往事，让人感到岁月的温馨。"在美好的回忆中，感受到岁月的温馨，乃一种醉人的情调；而只有晦暝的夜色才会孕育这样的情调，能说夜色不好吗？

噢，还有人类的梦，在夜幕下，激活生命美化人生赋予憧憬的人类的梦。

三

有谁不希望春光永驻呢？不要说春天里花的开放、爱情的萌发、青春的灵动，单说那一片片春草，绿绿的，茸茸的，静时如毡如帛，动时如歌如蹈，看一眼，便顿消心中块垒，生一种莫名感动。然而，又有谁能留住逝去的春水呢？"一江春水向东流"，乃自然之法则。

于是，有人叹息，有人忧郁，甚至于无奈之后，沦入消沉和虚无。

其实，又有谁不热爱夏荫之宏阔、秋景之丰盈、冬雪之妩媚呢？痛苦的犁刀一方面割破你的心，一方面又掘出新鲜的血液，人类总是有新的所得。

如果春天是希望，那么，夏天便是绸缪，秋天便是品格，冬天便是抗争。希望、绸缪、品格和抗争，是人类摆脱命运束缚的必备四品。没有希望，便没有欲念，便不会有行动；没有绸缪，便没有韬略，行动便失之盲目；没有品格，便没有纲纪，行动便常常误入歧途；没有抗争，便没有在痛苦中的最后冲刺，便一事无成。

于是，如果只有春天，仅仅有希望，人类将始终是幻想国中的一尊美丽却无用的幼芽。

四

有谁不愿长生不死呢？然而，一切生命最终都要死去。

于是，有人叹息，有人忧郁，甚至于无奈之后，沦入消沉和虚无。

其实，死亡是另一种美丽。贫穷的、富有的、高贵的、低贱的，一切生之不平等，在死亡面前都归于平等；人类平等的法则，大概缘于死亡的昭示。而且，衰老的躯壳总不如婴儿更新鲜；腐尸上的花朵远比腐尸美丽……而世界的空间极有限，该死亡的而不自行消亡，倒是一种罪过。

讲一个悱恻的故事。一个老人坐在一个陌生姑娘身边，都无言地低着头，周围一片寂寥。突然，老人紧紧地握住姑娘的手："别害怕，姑娘，我已经没有了欲念，只因你长得与死去的她太像，我想再把握一下已逝去的那一份情感。年轻时没有学会珍惜，认为什么都会再来，可什么都不会再来。"说完，老人便婴儿般地哭泣。姑娘正是一个恋爱中人，一下子明白了些什么，也紧紧地握着老人的手，呜呜地哭起来。

我们明白了什么呢？死亡最大的功绩，便是让我们懂得了珍惜，珍惜现在，珍惜我们已拥有的生活！

游思无轨

一

在某种意义上，人类所处的二十世纪，是一个拜物教的世纪。物或器具被置于显要突出的位置。人几乎生活在一个物的相互联结的连锁系统之中，一切都是装置和操纵。电话、电脑、汽车、游戏机等，世界被置于一个大而无形的操作平台上，人被抽象成操作的手，人和世界的关系变成了手和按钮的关系。以作用与反作用的法则，操纵便也是被操纵，人自身丧失了，头脑没有了，心灵被隐埋到最深处，眼睛亦变成装饰。或可以说，物的手扼杀了人的精神，社会和人之间成为操纵与被操纵的关系。生命因之枯竭，激情因之死灭。人们只能寄希望于回忆、梦幻和妄想，人们感受着从未有过的恐慌、空虚和压抑。

极度的压抑之下，大爆发了一种本能的反抗行为，即叫喊。现代人以叫喊的强烈方式，作生命的、本能的、不可遏止的宣泄。叫喊的组合便是喧嚣与杂语。所以，世纪末的喧嚣与杂语是一种合理的不可改变的存在，人在顽强地寻找着自身，以人性的叫喊冲击着物性的死寂，人不甘心退出世界存在的中心。

喧嚣与杂语，人的自救之途。

但叫喊的同时，宣泄的冲动又化作了新的压抑，人们害怕听到自身那怪唳的声音，而捂上了耳朵。人性的叫喊便亦随之遁入新的虚无。是传统的沉积和对传统的回瞻，使人们捂上了耳朵：人在异化的同时，又惧怕新的变异。人不可能得到彻底的宣泄，人格分裂几乎是一个不可逃脱的劫数。喧嚣与杂语，便不可能是起死回生的解药，而是一剂缓冲与自娱。

二

人类热爱和平，却从未停止过流血的战争；开掘生命潜能，环境污染和生态失衡却日益严重；追寻人文精神和人类关怀，每个人的私生活却与社会的公共生活发生着不可调和的分裂……人类始终生活在理性和非理性的交替、转换和混合的人文环境之中。这注定了人的生活既有意义又无意义，既可端持又可游戏，人类始终在圣化与反圣化的自我对抗中卑琐地活着。从某种意义上说，理性的精神化与无理性的物质化，使人生活在混乱状态；生与死、男与女、亲与仇、阴谋与爱情、真实与谎言、生活与梦幻都可以转换，人被虚无的恐惧所困扰。人便走向生活的反面，尽可能地增加不安与混乱，以便让自己得到陶醉与解脱。

虚无比混乱更可怕。

比利时摄影家马克·阿佩斯的摄影作品《文字与精神》便是一个形象的比喻。画面中的读报者正襟危坐，一派专注的模样；而他的整个脑袋，连同眼、耳、鼻、口均被报纸所糊满。于是，不是人读报，而是报纸与报纸的面面相觑。就报纸本身而言，版面上也大多是形形色色的广告。阅读本身该是一种精神汲取行为，但在这样的情形之下，又有何精神可言。读报者上方悬挂的那些莫名其妙的符码集合，揭示了存在于这种文字与精神间的关系实质：它既是某种胡乱拼凑、毫无意义的大杂烩，又是经过精心策划、严整有序、具有强制性的空洞无物。此作无情地戳穿了消费社会大众传媒的神话，同时亦辛辣地嘲讽了在集权形式下的社会生活中，人的愚昧、盲从与无所事事。从无聊走向无聊，从空洞走向空洞，阅读仅仅是一种习惯，似乎虚掷光阴，消费生命是一种心安理得的存在。

但倘若没有那一张空洞杂乱的报纸，人(譬如机关人)便无所适从。无所适从是一种内心的恐慌，比死亡的威胁还要难以承受；人们便热烈地拥抱这种空洞与杂乱，以得到自慰与解脱。所以理性与非理性都是无所谓的，生命的有意义与无意义都无足轻重，人格的变异与分裂也都不可怕，一切都是为给生命(心灵)找到一个可放安妥的方式。安妥有死亡般的美丽，安妥就是意义。

三

设若有一个神明，他手里握着一只小鸟，叫人类猜其死活。人类若说它是死的，神明的手一张开，小鸟飞走了；人类若说它是活的，神明用力握一下，展在手掌上的，便是一只死鸟。人类始终被操纵和捉弄着，人类的命运无定。

这只操纵的手，是什么呢？每个人都会赋予它个人的具形与意义。

人捉住一只鸟，却又把它放了；在观望其飞行中，人突然露出复杂的表情，又一枪把它打下来，这便是人对世界真实的态度。

神明与人始终纠缠在一起，人最易被操纵又最不易被操纵，人既没有最终的沦落，也没有真正的得救：绝望是希望的绝望，希望是绝望的希望。人类在混乱与不安中生生不息，不甘休止。

生活随想

生活有生活的逻辑，个人之于生活，常处在一种无奈之中。首先，一个人的出身，很大程度地决定了他的人生走向和人生高度；其次是环境，环境造就人，或人是环境的产物，已非唯心之妄说，系有识之士生活经验积累的结晶。

焦大不会爱林妹妹。出身与环境的制约，使人很难产生超越自己生存空间的现世情感。这是亘古以来的识见。

所以，人们打破生活的原有秩序，追求全新的生活，即追求固有生活之外更诱人的生活，其实就是一种冒险。这种冒险，要么新生，要么死亡，要么回落——

新生是全新的获得，是人人都企望的胜境；死亡，是一种甜蜜的解脱，并非人人都可以享受到，便不为大苦。倒是回落，几乎是众生普遍的命运。这种回落是一大人生尴尬，求生不得，求死无门，便陷入两难境地。这是人生的夹缝：因为，回落后之人，已有生活的觉醒和对个人命运的不甘，便不会再回到原有的“平静”；但又未突出旧时空的重围，无安身之新天地。便困厄与无望交织，激愤与无奈交进，备尝生活的多种味道，使人步入死井一般的沧桑！莫不如从来就不觉醒，蒙昧的心性，倒可以得到昏盲的快乐，无自身之怜，便亦不察他人之怜，天然地不受伤害。

人的生活，莫不在这三种境界中。

这三种境界，之于一人，呈循环交替状，且不可避免。因为生活本身便是无止境的，另还有内外两大诱因：一是缘于大环境的不断变幻；二是缘于个体生命内在活力的消长。

今天的新生活，也许就是明天的旧环境；今天的幸运儿，或许便是明天的倒霉蛋。生活是一种必然，又是一种偶然。这种偶然是一种巨大的存在，不由你不正视它、面对它。

有了这种体悟，在追求新生活的冒险中，心境便会坦然些，更平静些，对失落的恐惧便会减少些。其实，人不怕死，怕的是死前的痛苦；人也不畏苦，怕的是没有承受痛苦的心理准备。

实际上，这三种人生境界对生活个体本身，并未改变生命的本质，在此境之中生活未必就比在彼境中生活高贵。生命的品位，取决于处于这三种境界中人的人生态度。

追求的成功，乃人生大愿。但有了新生活，未必就有了新的人格档次。比如，暴发户，一夜间成为显富，便以为自己天生就是富人样相，便耻于与穷人为伍，并且鄙薄原来的环境，役使原来的友朋；又如，文坛新贵，本以精神文化为依取得了物质，却反污精神无用，且为文人生态作刻薄嘲戏，种种，一下子便透出人性的蛮昧与俗恶。金钱和物质，并没有带给他半点儿文明的善性，倒是在华丽的服饰之下露出了未曾进化的那条尾巴。

追求走上绝路，即死亡，这是人生的个例。大智者，会在死亡的阴影中，平静地写下“穷途末路”的人生教训和生命体验，给后来者一种路标、一个惊警。大勇者，面对死亡，无怨无悔，正如蒲留仙笔端的刀下客，头被砍下来，一边滚动，一边还大声赞叹刑者的刀法“好快的刀”，从容地走上来世的征途。败亦高华！

追求的失利，使人回落——有人从此视一切为虚无，任生活把自己放逐到任何境界；这与其说是回落，倒不如说是堕落，自己把自己排除在人的生活之外。这是自轻自贱的一族，可以理解，却不能同情；同情会助其沉沦，失去自省的转机。有的人，舔舐着伤口，以冷厉的目光看着迎面而来的一切，卧薪尝胆，“十年磨一剑”，预备着东山再起。这是悲壮的一群，沉雄不可挡的一群，是人类生活的阳光。有一群，有明白的自知，心性既已觉醒，生活便不会再回复到原来的位置。对命运我奈何不得，生活的方式，却要重新选择，便有“游戏人间”“过把瘾就死”“让我一次爱个够”。这不是回落到原地，而是螺旋式的人生循环中的一种不明显的上升；虽然尚是原有的生存环境，但内在的生活秩序已经重新组合，“再不能这样活，再不能这样过”是也。这系“后现代”群落。还有特别的一群，任你一切依旧，我变换了看生活的视角，取“玩味”生活的态度。正如用山木挖带花纹的烟袋：山木是固有的质材，但用来挖烟袋而不是其他；再砂磨出花纹，不仅可以实用，更可以作为艺术品进行欣赏。这个取向，把山木提升了两个层次——生活不仅要过，还要过出情趣，并且还要反复玩味。这便是以艺术的视角，对待生活。在庸凡的生活中，竟产生出那么多的艺术家，概因为此，以上二群，虽不高贵，亦过得自尊。在灰暗冷寂的生活中，自己给自己点上一抹亮色和温馨。

无论如何，生命的本质，便是让人自尊地生活下去。

灯下小悟

一

人的日常生活，常常是无序的。在无序的生活细节中，人的头脑常在无意间被“触头”触着，倏然生出一些小念头、小联想、小杂感。所谓“触头”：或是几节精彩的文句，或是与友人谈话时的某次撞击，或是某种情绪，或是撩拨眼眸的一束小花等，不一而足。

人人都有这倏忽间的小念头，但大多的人并不曾留意它，任其自生自灭了。

而有一种人，特别敏于这种小念头，会备一支笔、几张纸片，将小杂感随手记下。其小杂感虽芜杂，但埋头展玩，也会看到几丝思想的微光：正如把流萤装到瓶中，光芒虽不亮丽，却也氤氲出一片小光泽，使凝滞的夜色摇曳起来；夜色摇曳着，便有生的气息、人的气息了。

这种人或许就是市井人所称的作家。但我不管他们叫作家，我只把他们看成特别注意生命体验的人。他们固执地把人的痕迹保留在生命史上，使生命的原野，少几片荒颓。

二

我们不会轻易地拜访一个铺着红地毯的家。

不仅仅因为我们的鞋子沾着泥点，袜子有异味；而是感到物质对心性的挤压。

心性在草坪上会变得很活泼，在沙滩上会变得很恣肆，在山岗上会变得很豪放……那时我们的脚虽也在物质的接触点上，却从未感到物质的存在：人是那么地喜欢独自占有，却又那么地惧怕独自占有，这也许是唯一的一种合理的解释。

一个拥有红地毯的朋友说，这是因为拥有地毯，须钱。

一个钱字，使物质有了属性，即自我性。物质的自我性，在人与人之间树起了一道篱墙，一边是我，一边是他。他望着的，眼里闪着莫名的光，是一种觊觎，是一种非分，须防备他。但眼前只是一道篱笆，一种脆弱的东西；他会随时啸叫而来，我便很恐惧。人类居然惧怕同类，心开始忧郁。

一个异国诗人便说：贫穷而听着风声也是美丽的。并不是真的贫穷，而是怀念一无所有的那种无牵无挂坦然处之的心境。物质场里残缺的寄求于精神去圆满。

风声，给心性送去一对精神的翅膀。

三

写出一个体验：

你走进一个贫穷的家。那个家里的摆设到了简而不能再简的极限。但你发现这个简陋的屋室被主人擦扫得异常整洁：石头地板泛着青白的光，仅有的一台电器——一台老式收音机上罩着素白的帕子，空气中没有一只飞蝇……你便顿生一种素然的心情，你不忍任意践踏脚下的地面，甚至下意识地踅出门去，抖净脚上的浮尘。主人为你点上了烟，眼前却不见烟灰缸的踪影，便不敢大口地吸下去，怕该死的烟灰掉到地上。

主人说，请随便，不过陋室耳。

主人不提醒还好，一提醒竟更不好意思；索性把烟掐灭了，才稍感一丝轻松。

这是一种怎样的情境呢？是自尊的具象。自尊，原来是一种有形的、不可侵辱的东西。

贫穷而自尊，令人生大敬畏。

另，人天生有轻贱他人的意向，亦天生就有珍视自己的意识。因为这两者的同时存在，才让我们感到了他人自尊的分量。

便可以说，将轻贱他人的意识渐渐地从心中驱逐出去，才会渐渐地尝到自己自尊的甘甜。

无他人的自尊，是一种虚妄。

当境与离境

中国的山水画是美的，田园诗也是美的，这已不成问题。一些城市中人看了山水画，读了田园诗（更有现代影视作品的渲染），便生出一种兴味，认为城市生活并不足取，原始质朴的山村生活才是最曼妙、最浪漫的生活。其景也厅，其气也清，其人也淳，其狗也驯；山泉轻淌，山雀弄间，山花妩媚，山树秀拔……总之，一切皆美。便有偕蜜侣同游者，便有探而猎奇者，还有一些厌倦市井生活者，想从山远的田野寻回生活的原味，更有一些皤然翁婆，欲在山云野鹤之境，享度余年。但多是去时兴然，归时索然，绝少于山村久居者。

问一个欲在山村久居，而不足月便速速归来的老者，他说，山村虽杂花生树，但野艾荒蒿遍野，严重影响久了，便觉凄然；那里虽水好气清，但人烟稀少，日头也早早地落下山去，除山狗遥遥地吠几声，整个世界黑成一团，绝无管弦声乐，日子枯寂，心头落寞；还有更让人忍受不了的，是生活的诸多不便，吃不上鲜菜，买不到鱼肉，山村路径只有羊肠小道，每走一遭，都须打出几个血泡……山村生活，一荒蛮，二枯寂，三不便，所以，山村固然美，欣赏一下尚可，但我绝不再去住了。

我是从山里走到城市的，知道老者所言，是他的真感受。

所以，艺术总归是艺术，生活到底是生活，不可断然混成一团。艺术需供奉给人新奇，陌生的环境，住住可猎获新奇；生活需要自在，走到自己身外的世界去，便没有多少自在。换言之，朴野的山村，作为艺术对象，有其独特的美；但对于人类来说，它给我们所赐毕竟是贫寡的、有限的。山村生活虽有其纯美处，也不该流连，享受现代文明，是人类生活的方向。所以，山里的青年，读了几本书以后，不再安于家乡的生活，而鼓起到城市去的欲望，便没什么可鄙薄。

这一切均缘于人对生活欲求的无止境。欲求的无止境，便生出对现状的不满，便思变。《大智度论》卷十九《释初品中三十七品》云：“是身实苦，新苦为乐，故苦为苦。如初坐时乐，久则生苦，初行立卧为乐，久亦为苦。”叔本华也说：“如愿快欲，不能绝待至竟。新欲他愿，续起未休。”所以钱钟书引约翰生博士的话说：“人生乃缺陷续缺陷，而非享受接享受。”史震林《华阳散稿》卷上《记天荒》中的一句话，可谓一语破的，即人在生活中“当境厌境，离境羡境”。

文艺作品，正是自觉或不自觉地利用了人的这一惯常心态，常以距离阻隔，怀远悼近，而把人们的企慕和欲望煽动得使人们生一种“浪漫的企望”。这种“企望”是无可厚非的。对于智者，它是人生的一种补剂；对于盲目者，不切实际地“企望”下去，却是一种自我的迷失。

便有一个如何处理“当境”与“离境”的问题。

山村的生活固然质朴、纯美，却是一种被有限的自然条件和社会条件所限制的生活，是一种有缺憾的美。对山村生活之“羡”无非是一种回归的欲望，回归到人伦之单纯、人性之天真，因为市井中人际关系太复杂、浑沉的诱惑太多，使人感到活得很“累”。但这种回归，应该是一种精神的回归，而不是要回到山村那样的环境下去生活。到原朴的生活环境下求得回归，其实是一种对生活的逃遁，一种意志的软弱。

若把山村生活比做小孩子的生活，那么城市的生活，便是一种成人的生活。梁遇春在《天真与经验》中说：“小孩子的天真是靠不住的，好像个很脆弱的东西……他们的天真是出于先知，值不得赞美的，更值不得我们羡慕”，而“那班已坠入世网的人们的天真就大不同了，他们阅尽人世间的纷扰，经过许多得失哀乐，因为看穿了鸡虫得失的无谓，又知在太阳底下是难逢笑口的，所以肯将一切利害的观念丢开……(这种)从经验里突围而出的天真才是可贵的”。山村的生活固然少污浊、少沉浮，而多率性、多贞纯，根本在于它少了那么多世网的诱惑，是一种“封闭”的率性和贞纯，未必有多少可“羡”之处。《聊斋志异》会校会注会评本卷六《小谢》但明伦评：“于摇摇若不自持时而即肃然端念，方可谓之真操守、真理学；彼闭户枯寂自守，不见可欲可乐之事，遂窃以节操自矜，恐未必如此容易！”真正的质朴，真正的贞纯，是那种遇名不妒，见利不贪，“见花不采，看到美丽的女人，不动枕席之念”的贞纯。

个人生活的环境是很难轻易改变的，“离境”不是一件简单的事。城市生活虽然嘈杂，虽然有一些污浊，却是一种文明程度极高的、可塑性极强的现代生活，人在之中是大有作为的。所以，面对城市生活这一“当境”中的一切迷惘和不如意，应该采取直面的态度，学会在理智和经验的基础上，减少一些人为的“灾祸”，“蒸馏”一些有害的生活成分，自己创造一种超然物外的“天真”和“质朴”的生活。

这一切，全靠我们个人的生活艺术。

几种欲望

读萨特的《词语》，突然想到幼年的一个欲望。幼时，家中缺粮，各种野菜均吃遍了，吃得人口唇肿大，甚至对吃饭都失去了兴趣。那时，正读小学五年级，考好了才可升到初中去；虽饿得在课桌前眼冒金星，却仍努力地撑着瘦肩颈，把老师也饿疲软了的声音听真切。因为心中有一个极强烈的欲望，便是考出去，到山外去当个伙房的大师傅。当大师傅的，白面馒头可以吃个够，能当个大师傅是多么地幸福啊！

其实，一个被烟熏火燎得渐渐臃肿起来的大师傅，算什么幸福呢？为了享受那饱的滋味，即饱的感觉。这是多么可怜的欲望！一种草民的欲望。

王安忆在《叔叔的故事》里，写她叔叔的灵魂失意后，为了抵抗灵魂的压抑，便有意无意地夸大、强调、扩张他肉体的需要，把这种需要与生存联系起来，成为生活的第一位。在现实生活的压抑下，他白天可以喝劣质的白酒，抽报纸卷的粗大的旱烟，但一到晚上，必须花样百出地从老婆那里寻求肉体的快乐。他企图在肉体的极度疲惫中，寻得内心的平衡。这是一种可悲的肉体的欲望，是被外力所异化的一种欲望。

川端康成去伊豆的路上，看到了轻风吹拂下茂密的山草，心里很感动，不禁倒卧在草丛之中，听草叶弄歌。他感到这一刻身心通泰，幸福原来离他很近很近。躺在茂密的山草上，都令川端康成感到幸福，是不是不可思议呢？川端的心地极淡泊，无强烈的欲望；他那颗易感的心又是那样地纤柔；轻风吹拂的茂草中那一刻小憩得到的满足，便可以理解了。这种境界，非闲淡的雅人不可成就，是一件不太容易的事——但换个角度说，像川端康成这样的大文人，有追求雅趣的惯常欲望，一俟机会来到，便适时地给予满足；因而弄出一些雅境，让常人钦羡。这是一种有益而无力的欲望。

雨果无疑是伟大的，他有很强烈的创作欲望；但他有一个更为强烈的欲望，便是不断地追逐和征服女人。读雨果的传，使人知道他每征服占有了一个新的女人，便会有一部伟大的作品问世。他创作的欲望是腌渍在征服女人的欲望中的。他到了耄耋之年，仍能写出生机盎然的青俊诗篇，比青年诗人的诗还具青春魔力，是因为那么一个垂暮的老人，居然还能赢得十几岁少女火热的爱情。雨果是被两种欲望的坐标确定了的，他的内心从未平静过，过于汹涌的情感激流，使他饱尝忧患和痛苦。综观雨果的个人生活，他本身就是一个“悲惨的世界”。两种纠缠在一起、互相吞噬的欲望，却并未把雨果毁灭，何因由呢？因为雨果是天才，天才拯救了雨果！凡常人切不可觊觎这样的欲望，否则会陷入泥潭，遭灭顶之灾。这里要说一句题外话，就是要坦然地承认天才，承认天才与凡人间的差别。人不可无欲望，但存何种欲望，亦须从自己的实际出发，实事求是才好。

西蒙·波娃在她的回忆录中说过，不可过分追逐金钱，金钱本身给你带来不了什么；追逐金钱，会给人一种为了活着而活着的感觉。为了活着而活着是一种原始的生活，为真正的文明的现代人所不能容忍。读《北京人在纽约》，那个王起明，没钱时，拥有心灵的平静，拥有爱情，拥有他的音乐艺术。在纽约他拼命赚钱，成了华人圈里的富者；但有了钱之后，却失去了女儿的爱，失去了妻子的爱，也锈滞了他的琴，无奈中感叹道：我这一切，到底是为了什么？痛苦之下去找妓女，在赤裸裸的金钱关系面前，他虽是个普通人，却也无法承受，让妓女一遍一遍地喊 I love you，喊得似乎有几分真意了，才肯入巷。嗟夫，人类追求美好情感的欲望，到底是不会被金钱的欲望所湮没的。追求人性的美好，是人的本能啊。

幽默种种

幽默是人性的一点灵光，是对生存环境不满的一点柔和的反抗。

这种不满，既包括对他人和社会，也应该包括对自己。自己的能力有限，不能改变自己的处境及命运，便觉得自己很窝囊，活得不如人；如果任这种情绪积聚下去，轻则闷出病来，重则产生对生的绝望。适时地拿自己开开心，自我调侃一下，便把郁结的负能量释放了，便轻松起来，感到自己依然是自己，还未到不可救药的地步。同样的道理，一个人应该容忍别人开自己的玩笑，这种容忍可以化解隔膜和敌对情绪，使相互关系变得和谐起来。至于国家，正如一个西哲所说："衡量一个国家的文明进化程度，就看他们那里有没有开玩笑的自由！"换言之，越是开放，人们的心灵就越趋于轻松平和；越是封闭，就越禁忌无数，人们活得压抑沉重。沉重，经过时日，终要爆发，成为一种破坏力，这是真正的政治家所不愿看到的。

所以，幽默本身不是目的，是调和情感和理智，建设公正和谐，加速文明与进步的一种手段。维特根斯坦说："幽默不是一种心情，而是一种观察世界的方式。"马克·吐温则认为："幽默只是一股香气，一种装饰，是表达我的布道词的手段。"于是，幽默是一种善性的表达，化恶为善，使善更善。

为了使自己成为一个幽默的人，对幽默便要有一定的积极的认知与品评，以提高操作的能力，或者干脆成为一种修养，成为自我人格的一部分。

幽默以品位来分，或可分为俚俗的幽默和文化的幽默。

俚俗的幽默，多存在于民间，是一种百姓的智慧；它极贴近生活，便不免掺杂一些俗亵的成分。骑车人闯红灯被警察截住，骑车人说一句："警察大叔，您就把我当个屁放了吧。"便是个实例。有人认为这是在耍贫嘴，是一种滑稽，而非幽默。不然。耍贫嘴依以油滑的腔调，滑稽依以夸张怪异的动作，幽默则是言之有物、动之有体，让人从言行中产生会心的联想，使不相关变得相关，使不可能变成可能，给人的神经以瞬间的激活，在一刻沉吟之后收获一种内心喜悦。

然而，无论如何，俚俗的幽默均有俗亵的表征，为"道家"与雅士所不齿；但正因为它接近生民的原生态，便具有强大的生命力，给生民带来不竭的生命温暖。另，俚俗的幽默正是"雅幽默"的母土，智性的知识者，也不一味地鄙屑，甚至也笑谑其中，得一种凡人之乐。

至于文化的幽默，属于所谓的雅幽默，包括文人的创作和在文化传统中、从生活中自然而然归纳升华而形成的两种。林语堂属刻意创作幽默的一个代表。他不仅有创作的实绩，还有理论的建树，其代表作为《林语堂论中西文化》和《萨天师语录》。在这些著作中，他的幽默多用以反讽颓败的世风，以展示那个时代知识分子独立的人格。举摘一段："在这城中情感已经枯黄，思想也已捣成烂浆，上卷筒机，制成日报。在这城中，奸猾都是老，无猜都是少；脸皮与年龄俱增，寸心与岁月而弥灭……这是他们的文法；今日我正傻笑，昨日我已傻笑，这是他们的动词变化；他们把我的笑当成春药、麻醉剂，他们执心圣道……"辜鸿铭的幽默不是创作，而是从传统文化中信手拈来——在厅堂之上，男人坐着，女人站着，是天经地义，"妾"字怎么写？"立女"嘛。男人纳妾也是天经地义，一把茶壶须配几只茶碗，却不曾见过一只茶碗配几把茶壶。虽非刻意制作，却也深刻，辜鸿铭正是传统文化中人。鲁迅先生则更深刻，"一见短袖子，立刻想到白臂膊，立刻想到全裸体，立刻想到生殖器，立刻想到性交，立刻想到杂交，立刻想到私生子"。系鲁迅对中国的历史和国情知之甚深之故。

幽默从内容来分，或可分为生活幽默和政治幽默两种。

生活幽默，其嘲谑的对象为社会的众生相和日常生活的荒谬不经，系在揭示生存的荒谬性之后，直抵生活的真实。加拿大著名幽默随笔作家里柯克的幽默便以其鲜明的生活化而传世。其幽默品格，有重庆出版社《里柯克幽默随笔》可作参照。他的《借钱之道》体现了他反常人思维而行之的幽默特点——人借十块钱忐忑不安如芒在背，借一千块要担保、信用、人格，借一百万块轻而易举、毫无痛苦，而借一亿块以上，则辉煌无比威仪压人。这不禁让我们想到当今社会的暴发户和官商发横财。王朔的幽默也应该属于生活化的幽默。“我是流氓我怕谁”“过把瘾就死”，系对当今社会生活的无序与多变的逆反。所以，我不认为王朔过于“痞子气”，而是把社会和人性最隐秘最需要包装的部位嬉皮笑脸地给揭裂开来，让更多的人纳过闷儿来，省得自我欺骗，“装孙子”不止，系一种放纵的幽默品格。

政治幽默，便是针对社会制度国家机器，表达着百姓对政治与社会文明进步的信念和愿望。由此，百姓便对此种幽默有着特殊的兴趣和机敏。马克·吐温的幽默便是鲜明而生动的政治幽默，便得到经久不衰的流行，《竞选州长》的美国式政治幽默竟也在中国几近家喻户晓，便是力证。他还曾写道：“制度是外表的东西，只不过是像衣着一般。衣服是可能穿破的，会成为一些破布片，穿在身上就不舒服，也不能给身体保暖。忠于和崇拜破烂衣服是荒唐的，这忠诚纯粹与禽兽无异。”这不禁让我们想到《皇帝的新装》。马克·吐温式的幽默不仅需要才气，更需要勇气，政治幽默往往是一种悲剧性的操作；所以，中国至今未出现高标特立的政治幽默家，是可以理解的。但中国的百姓却具有不自觉的政治幽默才能。比如，衙门要更换村里的头人，百姓揖而曰：“请大人开恩，不要换；头人属鼠，这一个搜刮囤积已足，再换一个，便要从头囤起，且更贪婪，百姓的日子便更不好过了。”衙门大人愕然。

给幽默划分种类是不科学的，不同种类的幽默往往共存；给幽默划定高下亦是不可取的，人们进行抗争的时候，往往是不挑选兵器的；不同的人群有着不同的幽默所取，大家杂然相处，吵嚷而痛快，其本身便是一个良性的大幽默。况且，中国的幽默还不甚发达，爱好幽默的人们团结起来，共同建构和谐的、尽意的、幽默的人文环境才是。

悖语人生

人，有时连自己都不认识自己。比如，见到极诱人的姑娘，也生出极多见不得人的邪念，当然，不光有极强的占有欲，也有极强的自惭形秽，因而想杀死她；但如果金钱可以买到她的一切，不仅杳尽所有兴致，还要躲到阴晦的角落，成一只濒死的狗。

走在街上，太阳很晦暗，人声却极嘈杂，便盼着骤起一场风雨，让街面在肆虐中沦为虚无；然后，我走上去，同风一起歌唱，甚至哼一些极放浪的调子。那顶破草帽也许因此飞得远远，但我绝不做出潇洒状，任它将自己失落；我要紧紧地追赶它，跑许多徒然的路径，把它找到。一经找到，便一下一下撕它，它因此而死亡，我因此而诞生，道理很简单。

傍晚，走进相熟的酒馆，请一个陌生的伙伴。酒喝得很炽热，话说得也极投机。他说他很喜欢我，愿和我同去爬几座山，或同涉几道河。他很真诚，并不自傲，且言语也极流利，让人感到他或许不凡。但我不喜欢这个或许，我希望他极一般，甚至有几分颟顸。愿和别人干些什么的，都有露阴癖，让人不能忍受。便默默地与他喝酒。欲跨出门去，他拉着我的手：把您的大名和地址留下好吗？我很想去拜访。我掏出一张白纸，对他说，你去买两瓶可乐，我写给你。待他走到柜台前，我大声叫他：我已经写好，压在醋瓶底下。转身跑出门，钻最近的胡同。那纸上写：去你妈的吧，哥们儿！他也许半天说不出话来，也许大骂不绝。总之，这是一桩很有趣的事。

妻说，你今天气色很不好，是不是心脏又有问题了。我说也许。我的心脏被烟酒惯坏了，有三级杂音。要不要看医生？妻子很殷勤。我说：等你干医生的那个同学死了，我一定把心脏好好修理修理。你总是这么阴郁，真让人受不了。她说完就淅沥地哭起来，脸子很美丽。哭什么，你哭，我说，等我天天乐起来，对你的爱也就完了。

妻真可怜，怎嫁我这么个东西！

不过，她不敢离开我，我有二斤土炸药，捆得很紧。那次到刺猬河去炸鱼，那个报社的编辑活老外，装药的塞子没塞紧，扔到水里，炸是炸了，但开裆放屁——没响，仅炸翻了两条寸长小鱼。我说，你他妈的活造孽，你炸了一对早恋的中学生，药必须捆紧，那炸得才厉害。妻是我硬娶来的，她长着该死的一对蚀人魂骨的酒靥，便整日照镜子。我就只能把所有能成像的家伙都砸了。我说：你老实点儿，莫说拜拜，这二斤炸药，我舍不得给别的任何人。

这就是我的爱情，哥们儿你甭瞧不起，这年头儿，你也好不到哪儿去。

扯远了。

我小时候，父亲穷得叮当响，整天喝焦玉米熬成的糊糊。母亲那时正怀着二弟，很馋。父亲掰了几把嫩花椒芽，煎了一只红辣椒；他端在鼻下嗅嗅，极不情愿地递给母亲，吃吧，赛过狍肉。母亲很感激，就着稀粥吃得极开怀，汗水淋漓，余韵烂漫着。夜半时却被腹痛疼醒，满炕翻滚。临了，终于屙了满裆货色，才恬静如婴儿。屋中，就氲满了臭气，令一双父子再不能安眠，仅盼鸡公早唱。

第二日，母亲依旧到地里锄耪，韧如老牯。晚上却不思饭水，只躺在床上，任泪水漫溢。父亲竟吹起了口琴，像登时蹚进一条小河，有欢乐的浪花飞溅。母亲不但止了泪水，还小声哼唱起来，融融的一派好气氛。我一生都不会忘了这个时刻，这是一对贫寒夫妻的杰作，尽管只有一个观众。

于是，我注定没救了，世间，除了父母，我谁也崇拜不起来！

也交过几个朋友。

一个，是鞋店的老板。我的脚型不好，一年四季只穿皮鞋，便上赶着去找他。他说：我知道你看不起我，看上的只是我的皮鞋。我说对。那也够分的，有爱屋及乌，就有爱屋及乌，他笑着说。我很激动，拍一下他那平展的肩：哥们儿，跟你铁了！——中国人太缺少幽默，幽默便比金子更贵。我少时读不懂哈菲兹的诗，现在真懂了，这个老帽有种，不枉那一顿一瓮的醴酒。

还有一个，便是官界朋友。在我容身的地盘上，他算是个显赫的大官。他极重修饰，眉毛都要每日梳理两遍。他当然有架子，据说做爱时都要讲个程序，颇有孔子割不正不食之风度。他乐意赶风头，上边一有声音，他就有步骤，他便很想写一篇文章，论当时极热门的某某题目。但他写不出。我就登门拜访，送去他要的稿子。他看后喜不自禁，竟将我抱起，在原地不停地转圈，单纯快乐如童子。我也流下了眼泪；并不是为了将要被他赏识，而是为了发现，发现在刻板的人生中，竟也不乏灵性那道闪光。后来，那稿子终于在市报上登了，当然署的是他的名字。但我一点儿也不吃亏，我能经常从他那儿看到很不错的录像，并且很快地知道本该知道却不让知道的什么。这便足够了！当时，我主动把自己送上门去，只是因为害怕和做官的接触，是冒着极大的危险，却玩儿一次悲壮的游戏。

于是，不要把什么都摆得太庄严，到头来，只能吓死你自己。

……

那天，她对我说：人其实太没意思，一切都是虚无。天空有数不清的星星，很晶莹、很神秘，但那不过是一张挂到人够不着的高度的琐碎的画：它既不亲切，也不实在，我拿它无奈何，这便是虚无。

我说，我爱你也是虚无吗？当然，她说，你爱我的话语会随风飘逝，你爱我的眼神会被夜色遮拦……你总也捉不住它，最终总是抽象。这不是虚无吗？！

我说：那我就要你的肉体吧，我要用我的狂暴，让你真切地感受到我透骨的爱，然后，让你彻底虚无。

她白润的脸，迅速黑紫下去，变得很粗糙；她颤抖着，有一种掩饰不住的卑怯和绝望。你有妻子。她终于找到遁词。

我哈哈大笑起来，然后扑倒在地，哭成一条落水狗。我真心地为她悲哀：她还有那么多人间顾忌，还有那么多瞬间便可寻到的观念；既然还能抓着稻草，一切就不光是空白！有观念可依据的人生，难道还称得上虚无吗？

她知道我在嘲笑她，便贴近我，狠狠地打了我两个耳光。我感到心花怒放，觉得这一刻很有价值。人生最明亮的，是复仇的火焰！我有福了。

她说：我并不缺乏勇气，来吧，我把我给你了。

便把自己剥光，且用凌厉的目光盯住我。我觉得她这时很真实、很光彩，不愧是敢踏在轮子上跑步的知识女性；可以摧毁她的肉体，但不可以摧毁她的精神！

我绝没有一丝忸怩，勇敢地面对她，像专注地欣赏一幅极难得到的画。我说：你可真美啊！然后，离开这块圣土，毅然到街上去……

我每天睡得极晚，总是在夜间搞一点儿私人研究：研读祖父留下的那本古旧的《周易》。我已读了十年，十年还没读出真味。我不恨自己迟钝：因为书中写了宇宙间该写的一切内容，是人在漫漫时光中磨砺出来的光芒，每个字都是一颗不朽的头颅！

人是嗜食的动物，每个人都爱在口里嚼点儿什么。比如口香糖，比如陕北米枣……妻爱吃为儿童特制的那种甜点心，那么，《周易》则是我的甜点心，是一盘总也吃不完的甜点心。不要骂我亵渎圣品，我不想轻易给自己制造圣品，不然我会消化不良。不断地、随意地嚼一嚼那该有多好！正如妻总不能靠甜点心饱腹。

所以，新书也该读，那是缤纷的现世花朵，是五彩的温馨人流，即走在路上，就不能不看；但这一切都只能是过眼物，只需交给大脑去自由储存。你不可能记住每一个看过的人，也绝无必要。父亲应该记住，朋友应该记住，太阳应该记住，老师虽然讨厌也要记住……人不知道都哪些应该记住。人很累。

祖父是个伟大的人，当我贪婪地吞食肥肉的时刻，他说：吃两块得了，肉不是好东西；当父亲拼命盖房，堂皇门面的时候，他说：够住得了，盖多了没用……我当时觉得这老头儿真没劲，整日摇头晃脑的，很消极的一个老朽。现在看来，不应该骂他，若肯于骂他消极，那么辩证法呢？

那日跟二弟三弟哥儿仨玩儿土仗，玩儿得昏天黑地，祖父就说：别太疯了，疯得都不知自己姓什么，那不好。甭管，谁爱听你说怪话呢，我说。便接着昏天黑地，终至将二弟脑袋开出汁液，惹全家大呼小叫。后来明白，原来他是在说：莫太狂热，莫太贪婪，莫忘乎所以……什么都可以忘，千万不要忘了自我。我想，幸亏他当时没学过辩证法；若学过，便肯定不会辩证得如此深刻。

也许我正在阐述悖论，但现在真的不需要悖论吗？人可以没有文化，可以没有财富，也可以没有爱情，但绝不能没有恬淡和心灵的自由。

因为，窗外，充满喧嚣。

儿子生下来那天，我极悲哀：哀悼我青春的逝去，也哀悼我的不再完整。我很想背上一只水壶，装几件消遣物独自游历，游历一些名山大川和梦中制造的景致。但儿子的哭声，已是一根很不柔顺的缰绳，它驯顺了我那可爱的野性。妻暗暗笑着，笑自己造出了一件极好的武器。因为，真正的汉子，并不惧怕男女之情，却俯就怜子之情。这是祖宗的一条尾巴，割了近一个世纪，并没有割下来。

很相信这样一个判断：高远的理想属于独身者，属于阉者，属于被女人折磨苦了的人和形形色色的献身者；而不属于得意的丈夫和温厚的父亲。因为我们太注重完美，太注重被人喜爱，也太注重称谓和所谓的义务；于是，就只能缩进浑然的一个圆，任路径把我们滚到任何一个地方。

我就是什么都不愿割舍，所以，注定了没有什么理想，并且害怕理想，因为它让我负载太重。

儿子三岁时还天天尿床，总让我于半夜打醒，他就拼命啼哭，招来许多鸡婆的啼叫。妻便对我产生憎恨：让他尿个痛快不好吗，她说。长到四岁时，竟自己就不尿了，且每日卖乖巧：爸，瞧我没尿。但我却像一下子失去了什么，心情极阴暗：我长到十二岁还天天尿床，他竟只尿了四年！

妻说，其实，儿子的最大的敌人不是别人，而是父亲。

我说：那么，今天最大的敌人便是历史了？

妻说，当然。我极惊愕。

一天，儿子画了一列火车，竟在首尾画了两个反向的车头，且都冒着粗壮的黑烟。我说：你他妈的没画对，这样的开法能走吗？他说：爸你说它怎么没法走？我说：我说它没法走它就是没法走。儿子白了我两眼，说：爸，你可真傻，它们俩在打架，总有一个被打败的。我说：它们谁也甭指望能打过对方。他说：那你就给它们拉开，各走各的了事。说罢便从中间剪上一剪刀。分裂，反而成全了两个完整，世界不再有战云，观者也怡然。

于是，我发现：儿子与自己是先天就注定了的两个世界，你徒然和他过不去！

但我的心却很战栗：人生来就被两种不同的势力争持着，你无权决定自己的隶属。主宰你的，并不像那极明了极简单的一剪刀，它是在冥冥之中的一种什么东西，你无法看到它，你更无法抓到它；而你又绝不能跟它过不去，不然，你注定要毁灭。所以，人天生就是怯懦的，人追求的要适可而止。于是，高峻不必蔑视平俗，英雄也不必咒骂懦夫，而死亡最接近人生的真谛。

然而，又有谁不惧怕死亡？！

于是，我没必要给儿子制造框架，不必勉强为他担负什么责任，他并不患有先天性痴呆症。他将来，或许抛弃他的亲人，而去投奔世代的宿仇；或许因狂傲和虚妄而陷入一个不可自拔的怪圈……换言之，他或许伟大，或许卑小，或许踏上红地毯，或许误入地狱之门……只要他恪守着自己的信念，未沦丧自己的意志，我都将尊重他、敬佩他，甚至弯下父尊的膝头。

面对来者，我绝不是赐者，我已不再睿智，只有向隅的悲叹和夜半的哀哭。而我唯一的高贵处，便是学会了沉默！

最后的日子终于来临，我紧紧抓住儿子的手，缓慢但清晰地说：

儿子，大胆地朝前走吧，你只需记住两点：

一、不要偷别人的东西；

二、不要强奸女人。

然后，死去。

女性妄谈

天气酷热，女人开始轻薄着装，走在市井上，满街的花枝招展，让你目不暇接。女性的衣饰，真的是她们的另一层皮肤，她们公然地袒露出性感，毫无顾忌。这在以往，是不可想象的，那时的观念，对她们有太多的束缚；如今则不同，时尚隶属于想象，只要她们有足够的灵感，什么风格的服装样式，都会立刻变成现实的风致。

从女人的美衣美饰，不禁想到了她们的美仪美韵，即对女性之美，有了一点儿个人的思考，遂信笔写来——

一

毫不讳言，女人的容貌，整体是诱人的，一笑百媚，面庞如花，自然令人怦然心动。但问题是，如果没有一个好的身姿，面容之美便无所附丽。美丽的女人，身姿的万种风情，是其美的呼吸，没有这种呼吸，便美得呆板、美得遗憾，甚至不是真正的美人儿。常有这种情形：一个女人，面容美得惊人，但身姿却丑陋无比，让人感到造物主对人的捉弄，心里很不是滋味。所以，爱一个女人，不要仅仅凝目于她的面庞，更要审视她的身姿，身姿是女人的标牌，女人的美好大多是从身姿的曼妙变化中辐射出来的。人们赞美柳丝的柔媚，这是从女性身姿的柔媚对应来的感觉；所以，没有女性身姿的美，便没有柳丝的美。柳丝的美是女性化的美。朱自清把绿比作女儿绿，实在有些牵强，但如果把柳丝拟作女儿柔，则是一种极其自然的事，由是，有卓绝的身姿，面容无须大美，只要端庄便是矣。

至于女人，秀美的脚踝，腴润的大腿，袅娜的腰肢，平匀的肩背，会令你产生无限遐想，使你感到女人的韵味；而女人的韵味，是一种可以久久回味的东西。对于美丽的身姿，衣饰便无足轻重，粗糙的衣料，随意的款式，都遮不住灵动的美妙；正如花朵，花朵若开得风光绰约，叶子便被人视而不见。罗丹第一次见到美丽的女雕塑家卡米尔，当时她穿的是一件肥大的便于工作的罩衫，但当卡米尔从他身边走过的时候，他依然发现了她喷薄而出的身姿之美，并被深深吸引。后来，卡米尔成了罗丹的情人。毫无讳言，若在市井上看到身姿美丽的女人，我们会久久驻足，痴迷得大为失态。我们会想：她如果不着衣饰，一定会更美丽。相反，身姿欠佳的女人，须执着于衣饰的“包裹”，没有华衣美饰的帮衬，她会黯淡无光；这对于女人，是一种难堪，对于爱她的男人，是一种遗憾。所以，女人到健身房去，比到美容屋更为重要。

女人能把男人吸引到自己身边，除了身姿外，还有一种极具磁性的东西，便是她的声音，莺啼为什么动人，并且在古诗中吟诵不绝，概因为它最接近女人的声音。并不是所有的女音都动人。动人的女音，是一种可触可感的东西，从芳唇中吐露出来，便若伸开了纤柔的指头，给你的皮肤、给你的心以轻柔的抚摸，使你感到通体的舒泰，并沉溺于这种抚摸中不可自拔。川端康成说他一听到美丽的女人声音，便会合上眼睛，思绪在世外桃源般的梦境中翱翔。所以，他说，女人美丽的声音是“纯洁的声音”，是女人最本质的美，是女人的一种芳香的气息，是女人之所以是女人的性别之美。那么，没有美丽声音的女人，便是她的性别的缺陷。女人美丽的声音，会融化男人心中的冷漠，唤起他们无限的同情心。一部经典曾写道：一群男人围着一个女丐，那位女丐腰肢平板，面容灰暗，没有一丝女性气息；他们冷冷地看着她，心中暗想，与其做丐，莫如死去。但当她开口乞讨时，那低婉凄迷的女音之美，把他们惊呆了。他们冷漠的心在瞬间得以复苏，纷纷解囊。在这里，并不是男人们解救了女人，而是女人那美丽的声音打动了男人的心，让男人感到了人性之温暖。是女人自己救了自己。列宁在最后的日子里，躺在病床上，听克鲁普斯卡娅给他读杰克·伦敦的故事，使他的生命得以休憩和绵延。我总觉得，并非杰克·伦敦的作品有何神奇的灵动之光，而是克鲁普斯卡娅的美丽声音把列宁送入一个陶然的境界。一个枯寂地躺在病榻上的病人，最希望得到的是人性光辉的照耀，而女性美丽的声音是最温暖的一丝人性光辉，像泠泠的小溪流水，流到病人的心里去了。

于是，跟声音美丽的女人交谈，即便不是妻子，亦有妻子的温情；常和声音美丽的女人通通电话，生活的浪漫会在你身边久久弥漫。

但现实之中，又有几多女子有美丽的声音呢？充斥于耳的，多是异化的女音。不幸的是，最知美丽的女音在两性间作用的，又恰恰是女人。所以，一些女人，便吸紧鼻翼，做一些人工的娇声，嗲声嗲气地给你以揪心的刺激。而美丽的声音是一种天籁，人工的造作难以成就。所以，悉心想想，做女人也是件不容易的事；对那些粗俗的市井女音，与其厌恶，不如默默承受，寄予同情，那样，男人女人的心情也许会慢慢地好起来。

二

1

女人，成功于不寻常的追求，亦毁灭于不寻常的追求。

凡常女人，生活在已有轨迹上，少磨难；但因陷于“众”，个体虽生，却已消亡，了无声迹，如脚底漫漫黄尘。

有个性的女人，偏离了既定秩序给女人规范的轨迹，成了一个焦点，命运多舛，但形象生动，尽管她依然卑微，但她像不容你躲避的一颗飞尘，飞到你的眸子上。你因此而流泪或沉迷，你便不得不吹拂，这飞尘便给了你一种感觉，一种悸动。在那一刻，这粒飞尘，就是你感觉到的全部。

凡常女人是脚下默默的黄尘；

个性女子是落入眼里的那粒飞尘。

2

女人，是一种特殊的容器。

她不仅能盛下幸福、快乐、爱情、富有、希望、温馨和乐生等妩媚的东西；亦能装得下苦难、悲哀、仇恨、毁灭、贫穷、动荡和死亡等无情的东西。

容器的盖子握在什么人手里呢？恰是女人自己。

如果她不愿，再妩媚的东西，也不予接纳；如果她情愿，再无情的东西，也决然承受。

女人这种容器若被外力毁坏了，会靠心灵的柔韧、肉体的耐力，黏合如初；如果她自己放弃自己，破损的容器，就再也不能修复。

女人只有自己才能毁灭自己。

女人自己把自己从土里诞生，又自己把自己埋进土里。

3

女人是男人的一面镜子。

女人的镜子能够照出男人的灵魂；而对女人的态度是女人给男人定位的坐标。

透过女人的纯洁、妩媚和安静，折射出的是男人的坚定、淳厚和忠诚；透过女人的阴郁、鄙俗和轻佻，折射出的是男人的浮滑、刻薄和放浪。

男人施予女人一个什么样的外力，女人的镜面上就呈现一个什么样的镜像。

尊重女人的男人，女人心镜上给他照出一片明朗的空间；轻薄女人的男人，女人心镜之上会给他设一堵无形的墙，他不会在女人心中成像。

好女人成像的焦点上，一定站着一位好男人。

女人的堕落若是果，男人便是因。

男人可以毁掉女人这面镜子，但镜子的碎片依然会折射出男人的真面目。美美丑丑，无遮无拦。

这是一件可怕的事。

4

波德莱尔说，女人不懂得分离心灵和肉体；又说，什么是艺术？——献身！

追求爱情，是女人的天性，而女人的爱情是自我牺牲，把自己整个儿地献出。所以，女人的爱情与艺术，是等价的东西。

人越是耕耘艺术，就越不束缚自己。

女人越是追求爱情，就越活泼生动。

阻止女人的爱情，正如扼制艺术一样，是不可想象的事情。

本质地说，影视艺术是一种浅显的艺术，接受这种艺术太久，人们变得慵懒而俗媚；同样地，在女人的爱情中浸泡得久了，男人会变得愚钝而自私。

女人教育男人的最好的办法是，不要轻易为男人献身，而是用情感的鞭子，抽打懒而自私的男人，激起他们的热情，去自己追求爱情。并且为了爱情，毅然丢掉名利、地位，甚至肉体的健康。正如呕心沥血的艺术生命持久一样，那样的爱情，才更珍贵，更神圣。

关于家园

许多作家写过“寻找家园”这个题目。但什么是家园呢？至今尚未有人界定清楚。

不是不想界定，而是不好界定；家园是个主观上的概念，因人而异也。所以，人们写寻找家园，多写“家园情绪”或“归家情绪”，宣泄一番之后，不了了之。

对家园的认定，不是一个恒定的东西。比如，有一刻，我疯狂地爱上了一个女人，便咬定，心爱的女人便是男人的家园。无论你漂泊到哪里，只要夜半醒来，摸到相爱的女人在身边躺着，便有一种居家之感。男人是飘动的枝叶，女人是根须；只要不失去爱情，便未失去家园。后来我变了，因为爱情是那么地不可把握，她把你弄得遍体鳞伤之后，竟会飘然离你远去，把你扔到荒芜的大漠：脚底无一抔“家园”的泥土。头上无一片“家园”的屋瓦。我哭了。

家园啊。

冷静下来，感到家园首先与生养你的那块土地有血脉联系，即“家园”与“故乡”或许是一种等同的东西。我离开故乡已经很久了，回忆它的时候，已模糊不清，只留下沟壑纵横、荒草漫漫的大体印象——这几乎是北方山区共有的特征。

一想到故乡，便想到那株柿树。

那柿树，长在石板小屋的背后。柿树很高大，将小屋整个荫盖起来。这是我至今唯一看到的，远远高于同类的一株柿树。在故乡的地盘上，能够攀上这株柿树的，只有父亲。树和它的主人像有一种宿命的关系在。于是，便不担心人为的损失：柿子可以放心长到很深很深的秋境，直到霜降将来临，不得不摘下来。

柿子结得很多，果实长得很大，大得出奇，称“磨盘柿”。

摘柿子的时候，我坐在小屋的顶上，看他如何作业，从第一只柿到最后一只柿。

父亲攀柿树的技巧，清晰地印在我的大脑深处：他用摘柿子的长竹竿把长长的大绳挑到树的中干，用力抽一下绳身，活扣便系牢了。他双手抓住大绳，双膝紧紧夹住树身：手往上攀一下，双膝便也往上挪一下，是一个同步。若不同步，那绳子便会把人荡起来，荡来荡去，将人荡晕了头，重重地摔到地上。往中干上爬时摔到地上，只会摔断脚，无生命之虞。人已到了相当的高度，绳子是万万不能荡起来的，若荡起来，其后果：一、摔断脚杆；二、摔断脖颈；三、摔碎心肝。

攀树之前，父亲叮嘱说，无论有多大的惊险，绝不可叫喊。谁若叫喊，谁便是盼他死去。那么，有谁敢叫喊呢？所以，看他上树，心里不是滋味。他攀上树膛之后，坐在树杈间，抽一袋莫合烟，然后脆厉地咳一声，开始摘柿子。他摘完一只，再摘一只，不急不躁。果实到手，急什么呢？

这个过程写得太长了。但不能不写得长一些，这个过程诞生了故乡的意义：

在故乡，或许什么都没有，却有一株奇异的柿树。由于这株奇异的柿树，便产生了一个有异样秉性的父亲。我的幼年，只能同一株柿树联系起来，而不会是一条船、一尾风筝、一匹骆驼……

去岁深秋，回了一次故乡。柿树依旧茁健，果实正期待着收获。在回归的儿子面前，父亲意气风发起来，他要再攀到柿树上去，收取荣誉的果实。

他攀到树的中干，夹紧树干的双膝便颤抖起来。他用力并拢膝头，一块树皮脱落了（柿树老了），他随绳荡了起来。下意识地，我心中怦地响起一个声音：故乡老了，家园衰颓了！

父亲跌下的时候，被我托住了。我想替父亲攀到树上去，双手却怎么也拽不拢那摇荡的绳子——我根本不能开始那最初的攀缘。

父亲白了我一眼，在膝头上裹了两块兽皮，吃力地攀上去了。

我忽然感到，无论如何，那株柿树，只能属于父亲；待他不再能够征服它的时候，他会依偎着它悄然死去，它也会因为他的消失，变得毫无价值。而我只能远远地望着它，任它孤独地伸向岁月的深处。

于是，故乡之于父亲，才具有永恒的意义；之于已远离故乡的我辈，故乡这座家园便只是一个心像，一个回眸。

故乡是父辈的家园。

那么，我辈的家园呢？

为了栖身，在工作的小城，要了三分土地，盖了几间房子，整了一个庭院。刚住进的时候，我整夜睡不着觉：我觉得我枕的是一块异地的土壤，除了给我提供一个栖止的场所以外，它无法填充我无边的心灵落寞。这种落寞是远离故乡的一种伤怀，是远离根系、无依无靠的一种恐惧。

伤怀之下，从故乡弄来一些马齿苋和谷头蓟的种子，在庭院之中开了一片小小的田园，将种子撒下去。很快就长出幼芽，一周便长成完整的植株。割下嫩茎，沸水浸渍，凉拌之口，不改故乡滋味。一周之后，二茬的植株又异常繁茂，若不割采，便老了，老得菜茎如柴，割下丢弃，令人叹息。于是，即便是出远门，也要叮嘱内子，莫错过采割佳期。

后，又植了一株香椿。香椿幼株，遇雨疯长，几天之内便长出一尺开外，若不打尖，只长主茎，不生旁条；而香椿的食用芽，均长在旁条之上，只长主茎，于人何益？便遇雨打尖，悉心调理，感到它的成长，责任在我。

奇怪地，在小田园里侍弄久了，竟不再有异地之感，心里充满着对马齿苋们的多情牵挂，落寞的影子亦跑得不见踪迹了。

我的马齿苋、谷头蓟啊！我的疯长不息的香椿啊！

所谓家园，不正是生长属于你的植物的地方吗？寻找家园，不正是在寻找一株牵系你的植物吗？

这不是荒谬的叹息：土地是人类的母体和出发点，我辈虽然不会完全拥有父辈垦殖的植物，亲近土地的情结却是血脉相承的。远离故乡之后，不再有父辈家园的依靠；若不做漂萍，便要开辟自己的家园：翻耕脚下的土壤，种下属于自己的植物。

这不是简单的植物啊，是家园的根系。

城市人，有钢筋水泥构筑的屋舍，却没有属于自己的土壤，望着华丽的墙壁，望着满室的豪华电器，觉得自己不过是一个看护夫，一个匆匆过客。以一个过客的心态生活着，冷漠自己亦冷漠他人，空虚自己亦空虚他人，便是自然的事。

正是疯狂发达的物质世界，渐渐把人类挤出自己的家园。

梭罗远离物质的都市，到林草丰沛的瓦尔登湖畔，给自己造了一座小屋——他亲近土地，亲近风雨，他活得很健康，用人的神经叩问自然，叩问心灵，便培植出了一株茁健的属于自己又属于人类心性的大植物——《瓦尔登湖》。

他找到了自己的家园，亦指给人类一条找到家园的路径。

自己的风景

文人与妇人

文人，是孤独的妇人。

渴求情感，却无情感之树；追寻忠贞，却错上了背叛之船。也曾哭泣，却四壁无声；也曾怨艾，却面色苍白。以幻想做津桥，回首却踌躇；以等待做风景，却杳无造访之人。肉身久旷，以窗花镜影做情人；内心清冷，以檐滴涧流做烧酒。

便不再渴求与追寻，不再哭泣与怨艾，不再幻想与等待。把自己作为刀剪与针线，剪裁世情入梦，编织人心入诗。妇人的日课是纳鞋底儿，纳了一双又一双，且一双比一双针脚细密。一双比一双式样精美——不纳鞋底儿，又做何？于是纳鞋底儿，纳来不精又做何？便纳得精。文人的日课是纸上的缝补，灯光是线，纸是布头，笔则为针。写了一篇又一篇，且一篇比一篇心血凝稠，一篇比一篇质地精良——不事写作，又做何？于是写；写来不精又做何？便写得精。于是，时光深处，自身便成了情感，自身便成了风景。孤独着，也幸福着；面对造访者，已无话可说。

文人与妇人一样，把时光坐出了根须，生命力便异常强韧起来。

人与大蒜

大蒜是个凡俗的东西。

一头大蒜放在角落里，干涩的外皮，兀自皱着，如老人之卵。

引车卖浆者流，喜其开胃的药性，餐饮时，大肆咀嚼；故，弥漫着大蒜臭气的地方，一般不会是太高雅的地方。

小姐与贵族，对大蒜厌恶而远避；但以大蒜做调味品的菜食，他们却吃得很欢畅。为避免尴尬，你不要告诉他们那道大菜中有蒜末儿。其实他们自己也知道。何谓贱？便是这般境地：既用之，又厌之。

一日，把大蒜剥去外皮，一瓣儿一瓣儿地环穿起来，放到一个有水的浅碟里。数日后，莹白的蒜瓣，竟发出翠绿的嫩芽，鲜美夺目若水仙。这绝对是一种高雅的风致，让人怎么也不能与大蒜联系起来。

果然有二三美人趋而观之，啧啧赞叹，美靥竞绽。由是观之，大蒜是一种无言的存在，并无凡俗与高雅之境，亦无分辨之机心。是人，以不同的视角和不同的品位方式，标定了它的品格。人若俗了，大蒜亦俗；人若雅了，大蒜便也雅了。

天真、善良与贞洁

梁遇春的《天真与经验》，是我的常读篇目。每读一遍，都有新的感受；把这种感受原汁原味地记录下来，就是一篇比刻意的构制还要耐读的文章。所以，时间深处的经典之作，是思想的触媒，是诗文生成的母体。

就《天真与经验》的解读，我已写了三篇文章，都得到了文友的认可；所以，阅读经典的过程，就是承接灵魂之赐的过程。日前再读，竟又引起我对“天真、善良与贞洁”的思考，且颇有心得；特抄录在此，以报答先贤之赐——

一

人，在机心与诡巧的生活中过得久了，感到身心疲惫，便呼唤天真。

然而，并不是所有天真都值得崇尚；应该弄清，我们到底需要哪种天真。

儿童的天真，是一种本性的东西，它缘于无知，缘于“少不更事”；它是好看而无用的花朵，无须赞美与欣羡。而成年人的天真，是在深知人生况味，深知世道人心之后，而不甘沦入世故流于油滑，而常葆清纯率性的境界。正如梁遇春所说：“这个建在理智上面的天真绝非无知的天真所可比拟的，从无知的天真到这个超然物外的天真，这就全靠着个人的生活艺术了。”也就是说，成人的天真是一种自觉的选择，是一种生活艺术。

成人的天真，是经验培植的智性之果，是一种“见花不采，看到美丽的女人，不动枕席之念”的天真，是一种纯洁智慧的生活方式；于是，是一种人生境界，改变着人生走向和生活质量，是我们的生活所依，亦是我们效仿的主臬。

成年人的印堂之上，为何闪耀着童子一般的净洁之光，概因深知“天真”之味也。

二

同样，弱者之善，是没有力量的。善，是弱者赖以生存的保护网，他们企望善的荫庇，胆怯而自顾不暇地生活。所以，弱者之善是一种无奈，是一种被动消费。

而强者之善，才是真正有力的、有用的。强者之善是建立在实力与良知之上的，是自我觉悟之后的自觉给予。

正如梭罗所说的情形：一个善人，并不一定是不杀生的人。他先前可能是一个猎人，一个钓鱼的人。捕猎生涯，使他真正懂得了生命的可贵，内心播下了善待生命的种子；他找到最能表现善保护善的方式，于是便毅然决然地把猎枪与钓竿抛诸脑后。

所以一个真正善良的国家与民族，往往是有实力的国家与民族；善的主体(或曰载体)往往是强者或有支配力量的人。

我们尊重弱者之善，但我们更呼唤与珍爱强者之善。于是，我们要自强。

三

贞洁与淫欲常存在于人的一人之身。

小仲马的茶花女是淫荡的，却又是最贞洁的，这是一个不争的事实。

是贞洁还是淫欲，并非靠外界的改善，而是靠人自身的调控。照吠陀经典的说法，能够控制我们的情欲和身体的外在官能，并常做好事，是在心灵上接近神的不可缺少的条件。

一切的淫欲，虽然有许多形态，却只有一个后果，便是心神的昏盲；一切纯洁，虽然有许多表现，但亦只有一个镜像，便是灵魂的清爽。

梭罗说：智慧和纯洁来自力行，从懒惰中却出现了无知与淫欲。这是朴实而本质的论断——一个人，淫欲是他心智懒惰的结果，一个不洁的人往往是一个懒惰的人；他坐在炉边烤火，在阳光下沐浴，他没有疲倦，却要睡觉。要避免不洁，就应该热忱地工作，即便是收拾一下房间也行。饱暖思淫欲，这不是俗谚，而是真理。人，到什么时候，都要选择一两件正经事做；做正经事，才能做正经人。根本在于，做正经事，是对俗欲的有效克制；当克制成为一种惯性之后，正确健康的生活方式便成了一种自然习惯。读书人耽于读书、思考者勤于思考就是这个道理。

每个人都是一座圣庙的建筑师，他的身体是他的圣殿，在里面，他应该用他自己的方式来崇敬他自己的神。这个神，就是各自的操守。操守无高低之分，只要能使我们的内心贞洁起来。贞洁是人性的花朵；而创造力、英雄主义、理性与神圣等是它的颗颗果实。

创造力、英雄主义、理性与神圣，不是一些抽象而漂亮的字眼，而是伴着生命脉搏被灵魂受用的精神力量。

只有它们，才能抵御物质主义、拜金主义和享乐主义对人类灵魂的侵害与蚕食。

上帝即人

我们是无神论者，宗教信条中的那个上帝对我们没有意义。尼采说上帝死了，人的意志寄寓于“超人”。而这个“超人”亦是极抽象的，是不可触摸的；不可触摸的东西便是虚妄的东西，不可太认真。

退回来想到人，想到人在这个世间的位置。

人在宇宙间处于最优越的位置——所吃稻谷与菜蔬，均系植物界的精华，是植物饱纳阳光之后，生命在时光中最甘美的结晶。所啖之肉，亦是动物界的精粹：动物在自然法则的淘汰中，在生物链的终级，还是走上了人类的餐桌。至于人类的居停，均选择于风光水汽调和丰赡之地，系“诗意的栖止”。那么，人类占尽了宇宙“阴阳五行”之极，也享尽了生命世界的价值供奉。世间万物差不多生来便是人类的“牺牲”。

由此，人类自身岂不就是上帝?

这是个肯定的答案。被宇宙万物供奉的人类，没有理由不是上帝。

人即上帝，上帝即人。那么，人类自身就要自尊、自爱、自珍、自醒。这是作为人必须具备的要素。

具体地说，作为“上帝”的人，须具有两方面的操守——

其一，要有超凡的理性。

上帝的尊严在于掌握真理，在于能够把持自己的命运。由此，人至少应该具有追求真理的天性，就是说，即使不能“穷尽”真理，也要追求真理：离荒诞虚妄远一些，距客观规律近一些；求索于高拔的理想，超然于低俗的功利。

既然上帝是主宰世界的，那么人类自身就不能盲从：不能盲从于个人及小团体的世俗利益，不能盲从于市井与时尚的价值取向。

从本质上说，上帝手中的“圣经”是崇尚精神的，字里行间鄙薄着物欲与肉欲；那么作为上帝而存在的人，便不应该沉溺于物欲与肉欲。躺在金银堆之上的人，只能想到消费；吃得太肥腻的人，只能仰倒睡觉；握着女人乳峰的人，首先想到的不可能不是性交……如此，还有几分上帝的面目呢？

于是——

盲从的人，不过是不露奴隶相的奴隶；

追逐时尚的人，不过是打着斑驳脂粉的小女人；

着眼于世俗功利的人，正如一只饿狗眈视于一根尚有几点肉星的猪骨头……

其二，要有博大的爱心。

在我们有限的经验中，哪个具有上帝身份的存在，不是拥有仁慈、仁爱的面目？耶和华为拯救人类，被钉于十字架上，是一种仁爱；玄奘西行，不忍伤一蝼一蚁，亦是一种仁爱。仁爱的具象，系要有博大的胸怀，要有悲天悯人的殷殷情结。

胸怀的博大，在于不自私、不乖戾、不冷漠；在于包容、宽容、真诚与热情。

自私者，人们避而远之，担心有限的一点儿拥有，被其巧立的名目不由分说地剥掠而去。

偏狭者，人们惧之三分，怕于无意中无因由地获罪。

冷漠者，人们亦敬而远之，你为冰我为炭，不但不能融化你，反而我熄灭。

于是，无大爱者便失了众。无众所拥的人，无论如何不会拥有上帝的荣光，只能是孤家寡人。

所谓悲天悯人的情结，系对宇宙万物的关怀与垂爱，系对弱小生命的同情与抚爱。人类既然消受宇宙的精华，便应视宇宙万物为我之生命所系，或干脆为我生命的成分。若要自爱，便要爱万物。爱万物，便要万物自由生息，并尽人类之所能给万物的生存给予养分与空间、温暖与雨露……于是，人类就不能没有环境意识、生态意识和宇宙意识。人类要尊重万物自然生长的消长规律，不能凭主观施以破坏性的束抑；人类之间的民主与关爱更是不在话下……

一言以蔽之，既为上帝，便要给万物以福音。

当人类做成暴虐、专制的上帝之时，万物(包括人)或许不能作暴烈的斗争，却可作潜忍的抗争——

绿茵凋敝，还你以风沙；

良种退化，还你以秕谷；

水流枯竭，还你以瘦寒；

……

即便是一只弱小的狮头小狗，若被温柔地抚爱，亦会钻进妇人的被衿，温顺地与之耳鬓厮磨；若被愚汉痛打，亦会决绝地逃向山林，即便饿死，亦不会乞尾求和……

上帝的名目，是建立在平等和仁爱之上的。

梦之梦

一

我不是职业书写者，所以每周都有个卑微的期许，便是双休日的到来。

其中的理由也是卑微的，便是在这个私人化的时间段里，可以卧读，可以睡懒觉。

睡眠在这时，已不是生理的需要，而是为了完成一个完满的梦境。平日扮演的角色，使自己深陷于他人编织的网络，被动地奔走与居停，令神经衰弱，常于凌晨三四点钟勉强入眠。昏睡之中，或无梦，或梦境凌乱。醒时，肉身乏力，心神黯淡，苦不堪言。

然而还要到社会上奔走，像被身外的一条绳索牵引着，颇有被役使、被物化之感。

而慵懒地睡在床上，完整而清晰地延长着一个梦境，才感到魂归故里，自己依然是自己。不禁想到闻一多的一首名为《睡者》的小诗。诗句感性而又质朴，写出了大美无痕的自然律，人性极了。诗的最后，他对“睡者”之境有毫不掩饰的认同，写道——

那人心底禁闼大开，
上帝在里头登基了！

梦这种对现实的疏离和超越，使我们梦想着梦。

当我从长梦中醒来的时候，居室里已洒满了阳光。在眼皮睁开的初始的迷蒙中，甚至看到了阳光是在颤动中游走的。阳光透过厚厚的被衾，照在臀上，热热的、痒痒的，身子不禁膨胀起来，像一只充满汁液的虫子，直想蠕动。尺蠖一样蠕动了一番之后，把自己松软地摊开了，有一种透彻的舒泰。

窄仄的居室，因阳光的充盈与流动，也豁然开阔了。

人和环境在同时扩张。

二

这是多么难得的自由伸展啊！

此时的我，远离了与他人的争竞，也远离了被时尚裹挟的利益追逐，无须再作茧自缚，无须仓皇争抢，真正进入了“人”的生存状态，便懒得起床，便做率性的卧读。

信手绰得一册，是西班牙超现实主义电影大师布努艾尔的自传《我的最后一口气》。

书中竟有一段与“当境”谐美的话，静静地候在那里，一经读到，便让我大为动容，且唏嘘不止。他说——

> 如果有人告诉我，我只有二十年可活，并问我怎样打发这二十年时光，我会这样回答：我每天只拿两个钟头进行活动，其余二十二个钟头都用来做梦，而且，最好都能记住这些梦的内容。

情动之下，我一口气读完了整部传记（十七万字）。体会到，他的这段话，几乎就是对他一生生活样相的形象概括——他的每一部电影，都是对梦境的一次记述。比如，他的经典作品《一条安达鲁狗》，就是他与达利梦境的融合。从艺术史上看，对做梦的热爱和对梦的内容的极端兴致，是所有超现实主义者的最重要的共同点——他们活在梦中。所以，与其说布努艾尔的话是一段率性的戏语，莫如说就是超现实主义者最庄重的行动宣言。

坦率地说，布努艾尔是自觉地生活在梦的“余影”中的人，是被梦成就的。如果没有梦，就没有他的那些独标影坛的作品；没有梦的“超现实”品性，依他本人中常的智性，甭说大师的地位，他能否从浩渺人海中秀出，亦未可知。

玉米靠阳光的牵引，获取了拔节向上之力。

文学艺术因梦的托举，才成了超现实的存在。没有对现实的超越，艺术品的有精神属性便颇可疑，像一般商品一样，消费之物而已。

三

事实上，中国人是很早就懂得梦在艺术创作中的作用的。

“梦笔生花”便是个坚实的例证。这个成语的知名度是很大的，只要是初通文墨的人，便都能准确地理解其中的含义。

“人生如梦”，最原初的词性，也不是贬义的。从老庄那里得来的信息，梦是一种理想情怀，是对肉身的超度，即人性之上的神性。

关于梦的字句，在中国古老文化与哲学的典籍中，俯拾皆是，梦，几乎就是中华民族传统文化的母题与核心；中华民族就是在梦中发愤图强、生生不息的。曹雪芹的《红楼梦》便是最具经典意义的文本符号，它把中国作为“梦之乡”的生命基因和遗传信息从古老的历史中凝聚，又延宕到未来的时空深处。于是，在雨果、伏尔泰的意识里，以中国为代表的古老的东方文化，甚至就是西方哲学与艺术的根祖。

鲁迅那代文人是懂得梦的。在一九三三年的元旦，在胡愈之主编的著名的《东方杂志》上，鲁迅、胡适、章乃器、王芸生等几乎当时所有的重量级文化名人都留下了关于梦的畅想。这种有关德先生和赛先生的畅想，使他们不能再忍受体制的捆绑，在“黑屋”的墙上凿开了一扇扇窗口——把“五四”新文化运动的精神和传统张扬到了极致。

在这里，梦与变革有关。

说到鲁迅，自然想到他说的一句话。他说，中华民族若欲图强，其第一要务乃是“立人”；而立人之道，“乃必尊个性而张精神”。进入二十一世纪，人们在利益最大化的鼓噪下，血脉贲张地追逐时尚和物质的占有，精神之光黯淡了，人生活在共同消费的欲望里，于是，我们面临更大的“立人”的危机。

所以，我们到了非得谈梦不可的时候，因为梦是对“物化”的消解，是对“精神”的崇尚。

四

阳光温抚下的慵懒，使我陷入冥想。

尺蠖为什么不停地向前蠕动呢？前面一定有一个终极的存在，给它以足够的诱引。

也许就是摆脱物化、追求更高方式的生存之梦吧。

这让我想到钱钟书《石语》中的一个词，即诱励。

诱励，是由外到内再到外的驱动力。它属于梦。

《天方夜谭》中的水手辛巴达，在沧浪中漂泊，每遇劫难，总有一种曼妙的幻境在眼前闪现，给他一种“诱励”，像虚妄的双足踏在坚实的大地上，只需忍韧地走下去而已。

杰克·伦敦《热爱生命》中的那个淘金者，在绝境的昏蒙中，也正是一个对人间回望的梦境，诱励他把钝化的牙齿尖利地咬向饿狼的肚腹。

…………

梦尽管是一线缥缈的希望，是一丝将断的鼻息，但它却给了人峰回路转、起死回生的期盼和信念。无形无力的梦可以演化成诸多有力的实体，譬如金丹、渡船、天梯、翅膀、响箭，甚至小小的拐杖。

郑智化是个尺蠖般的残疾人，但就是他那双小小的木质拐杖，却支撑起了无数人金刚不坏的生活信念和生命尊严——

风雨中这点痛算什么，

擦干泪，不要怕，至少我们还有梦！

梦使人羞于言痛，更耻于弃绝。人毕竟不是尺蠖，生而为人，不能不弘毅。

五

或许因为自己究竟还是个书写者的缘故，我再次想到了文学。

想到当下的中国文学时，我感到很难为情。

近来，一些忠实的文学读者纷纷对我说：当今文坛，无书可读。

缘何如此？正如蔡毅先生所说：现阶段的中国文学，过于世俗，缺乏超越感、悠远感和艺术性，眼界狭小，拘囿于对具体人事的热切关注，而忽略对普遍性问题的观察和思考，太多现蒸现卖、急功近利的作品，缺少目光远大、意蕴深邃的精构，更缺乏具有精神超越性和灵魂升华感的杰作。

原因可列种种，但最根本的症结，是书写者对现实的匍匐，由此而来的，是追逐时尚而被时尚所奴役，索求功利而被功利所阉割。本来耕耘的是一块梦园，种植的是一种叫精神的植物，最终是交给灵魂去收割，偏偏要开办流行商品分店，趸卖市井风情和物化趣味，供感官消费，给肉欲埋单。于是，文学从本质上已经沦落了；如果时尚是一条宠物狗，那么，文学就是人造的狗食。

文学之所以存在于人的生活，因为文学是人性之梦——人类寄希望于文学的非功利性，乃至神性的“诱励”而摆脱其动物属性，它也是人类对抗物化，乃至异化的“最后的救赎”。那么，文学的根本存在，应该是对现实的疏离和超越。

然而，我们的书写者已被现实收买，他们放弃了做梦的权利；因而他们的想象力水平甚至尚不如一个寒而望暖的街头乞丐，也只能制造些琐屑的“平面化”的文字。

一个伟大的书写者，应该是一个伟大的梦想家——

马尔克斯的《百年孤独》，如果没有那块在天空中载人飞行的乖戾的“魔毯”，就没有时光的流转和灵魂的再生，就不会在世界文坛产生那么强烈的震撼，无非是《创业史》的非洲版而已。《尤利西斯》的浩瀚长卷，如果没有大梦一般的意识涌动，人的精神就不会打破时空界限，作无限的扩张。《尤利西斯》所立足的一个人的一天的生活历程，依当下的中国书写者的逻辑而作“平面化”的现实叙述，不过是一个畸恋者，面对着一张性感的白屁股，手淫一次而已。

六

我无能力给梦厘定一个与现实对应的概念。

但是，我可以毫不心虚地说，梦是灵魂在生命中的现世存在；因为梦，我们的肉体一次又一次地触摸到了灵魂。

对这个时代，苇岸有一段准确的概说：

> 这是个被剥夺了精神的时代，一个不需要品德、良心和理想的时代，一个人变得更聪明而不是美好的时代。仿佛一夜之间，天下只剩下了金钱。对积累财富落伍的恐惧，对物质享受不尽的倾心，使生命变成了一种纯粹的功能，一切追求都仅止于肉体。

于是，人们拼命地追求实际、实惠、实利、实用，交换法则取代了情感尺度；以至于品德和良心、理想和信仰、爱和美，这些人间最珍爱的东西，因为不实际、不实用，越来越被人轻薄和嘲弄。

然而，生命有它自身的律令，这些不实际、不实用的东西，正是人性生成和涵养的土壤，它能让人感到与其他生物的区别，体会到自身的美好。人性的深处总有一些永恒的价值，在人性迷失时发出声音。譬如，“能用钱办成的事都不是大事”，“能用钱买来的感情也能被钱买走”。

清风明月的亘古之美，怎么能被金钱所独家占有？爱得无怨无悔又怎能评定价格？

正因为“无用”，才悲壮才崇高，才让人感到精神的高贵，因而产生对灵魂的敬畏。

而买来的爱情，让人轻贱；欲望拖累之后，肉体成为可憎之物。

于是，人要活得有些尊严，不能没有“形而上”之梦——

物欲蠢动的时候，我们独守精神；工于算计的时候，我们哺育爱心——

一个年幼的乞丐，在呵斥和羞辱中好不容易讨到了一块面包，然而他却转手就送给了身边的伙伴。这不是小说，而是我亲眼所见的一幕街头实景。现在想来，我依然泪流满面。

七

其实，所谓梦，不过是摆脱物质覆盖的心灵操守，超越流俗的价值取向，以及对现实规则的自觉完善。因而梦具有超世、背时，甚至忤逆的味道。梦者往往被看作不识时务、不合时宜的人。

然而，真理往往属于那些“大梦不醒”的人。

这已不需作具体的例证，因为例证太多，每个人都能随手捡拾到他感兴趣的个例。

我想到的是，正是那些不识时务、不合时宜的梦想，使他们放弃了现世的得失，不被现实奴役，并克制了一己的物欲，寄情于普世与众生，成了具有“公共灵魂”的人。

于是，正是这些伟大的梦想家，使“利他性”成为人类的可能，因而提升了人性的标尺，拓展了心灵的纬度，让人成为人。

今人之所以幸福，是因为生活在前人的梦中。

当我惭愧于梦在现世的缺失的时候，我突然想到了一个人，即苇岸。

苇岸在几年前离世时还不到四十岁，相对于人生的漫漫长途，他还是个少年。个体生命正处在人生享乐的年华，社会潮流也是被享乐主义至上。然而，他固执地与时俗对抗，在商业原则主宰的大合唱中，他以足够的理性和耐心，兀自吹奏农业文明的田园牧歌——建构、践行一种本质在于远离欲望、忠于内心、节制自守、利他奉献的“土地道德”。

他伫立于朝露浸润的麦田之中，感受大自然的自然律动和地平线之美，从

“大地的事情”中寻找人间正义、生活道义和人性含义，试图把人从物还原成人。他说：

> 看着生动的大地，我觉得它本身也是一个真理。它叫任何劳动都不落空，它让所有的劳动者都能看到成果，它用纯正的农民暗示我们：土地最宜养育勤劳、厚道、质朴、所求有度的人。

透过字面，他的“土地道德”不仅是一种“诗意栖止”的生活方式，更是一种本质上的民主原则——在利益追逐的道路上，投机、欺诈、排挤、盘剥、独霸比比皆是，“自己活就不让别人活”的现实操作，恶化了人与人之间的关系。

苇岸作为大地的一名守夜者和梦游人，多么像现代的堂吉诃德！他的声音在物欲的喧嚣中是那么微弱，他的努力很可能徒劳。但是，大地是人性的主要储存器之一，在时间深处，大地会无声地消融掉一切污浊和劣迹，长出最合它心意的美丽植物。

八

公元前六世纪的希腊诗人品达在他的《圣洁之死》中，把人叫作“影之梦”或“烟影之梦”。

这个意象，形象地揭示了人与梦的关系。

人的眼界和触角是极为有限的，借助梦，人可以拨开迷障看到和到达不能到达的境界。

人的趋利本性使人的生活太过于实际，借助梦，人可以学会艺术地生存而在诗意中迷醉。

自身的局限使人残缺，而梦却让人实现圆满——人须臾不能离开梦。

电话铃声打断了我的冥想。一个开书店的残疾人打来电话说，他整天守着书，知识和智慧始终像小葱一样在他面前鲜嫩着，如果不从中“趸”点儿什么，实在可惜，便试着写了两篇，不知您有没有时间、不知您肯不肯给看一看、指点指点？

这是与梦相和谐的情致，像阳光温抚我的肉体一样，一下子温抚了我的心灵，我毫不犹豫地答道：有时间，有时间，我怎么会没时间？

我开始穿衣服，心里莫名其妙地生出一种富有的感觉。

平日里在市面上游走，看着人家的香车美庐，感到自己很穷；看着人家的前呼后拥，感到自己很落魄。现在想来，自己忧虑的原来都是身外之物，生命的必需品，其实自己一项也不缺。正如梭罗所说，金钱所买乃多余之物，灵魂之道无须钱。

换个说法，眼光太“实”，则忧于物、忧于利；心灵守“虚”，乃乐于情、安于智。“园小栽花俭，窗虚月到勤”，这样的境地多清洁，多美。

美好的情感都是乘“虚”而入的，梦让心舒展，感到充实。因此，人成为唯一能在非功利中存活的动物！

身贱之人，更不能缺少梦，因为“禁闼”一开，“上帝在里头登基了”。你会成为自己的“心中之王”，即人人皆可为尧舜。

出得门去，新鲜的阳光一下子簇拥了我，迈出步去，感到从来没有过的自信和从容。

突然就想到了《沙恭达罗》里的一个句子——

> 因为臀部肥重，她走得很慢，袅娜出万端风情。

沙恭达罗因为有大美，她无须急迫登场；我们因为有梦，能感到心灵的圆满与充盈，生命也因此而风流有自。

风吹在风上

一

“在最远处，我最虔诚”，因为它与杰出者的终极理想有关，因此被天才诗人海子所极力推崇。

我虽然不是杰出者，但这句话，却也令我百般回味，咏叹不止。因为没有哪一个词，能比它更准确、更私人化地表述我阅读的起点和精神生活开启的过程。

我出生在贫寒之家，但贫寒却并没有让我感到忧伤；让我感到忧伤的倒是因大山的遮蔽，远眺的目光总是瞬间之下被反弹回来，给我一种自生自灭的恐惧和幻灭感。祖父麻木地赶着一群羊，混浊的目光中是一种卑微的沧桑。他习惯性地亲热着他的每一只羊，在羊被赶进屠宰场时，又习惯性地流下悲伤的泪水。他被这种亲热与悲伤推着往生命的暮色中走去，周而复始，微不足道，仅是习惯而已。

于是，我躺在滚烫的土炕上，常常臆想着山外的事情，莫名其妙地烦躁起来。

在上小学的时候，不知哪一天，我意外地读到了一个叫闻一多的陌生人的一篇题目叫《睡者》的分行文字，读着读着，便泪流满面了。里边有一个简单的句子——

灯儿灭了，人儿在床

就因为它的简单，所以我哭了。因为少年的心在热炕上变得异常敏感，总是能在风声中听到远方的呼唤，而现实却把自己牢牢地钉在这温暖而僵硬的方寸之地。灯儿灭了，人儿在床，那是壮年的父母所喜欢的光景，在微光中，他们总是叠加在一起，颠簸的破棉被下，他们发出知足的歌吟。这不是我想听到的声音，因而我厌烦着、蔑视着、仇恨着，想在屋顶上捅个窟窿。

那屋梁上，正蹲伏着一只夜鼠。尽管光线幽暗，但是我们的目光还是碰撞在了一起。我难为情地笑了笑，只因为我识破了它的企图。房梁的另一头，有一挂玉米种子，穗大而沉实。它顽强地等待着一个间隙。我知道，它强烈的欲望和足够的机智，它的目的一定会实现。于是我合上了眼，我不屑于干涉一个鼠辈的生活。并且那是一种可怜得很简陋的生活啊！

我想到远方。

那个时代所给予我的关于远方的概念，是由这么几个关键词构成的：北京—韶山—井冈山—延安—苏修—美帝。

第二天放学之后，我用从学校偷回来的粉笔，在村里的几处房屋的墙壁上画上了三角形的站标，形成了一条环村的行程路线。起点当然是我们家，终点便自然不会例外。其余几处房屋分别是：大队部、饲养棚、关帝庙、村口茅厕和下放右派南国仁的居所（一座四面漏风的土屋）。站标上标的站名是石板房、北京、韶山、井冈山、延安、苏修、美帝。石板房是我们村的村名，首先就标在我家的墙壁上，那么这条环线的顺序便是：石板房—北京—韶山—井冈山—延安—苏修—美帝—石板房。

我想，在这条线上走的，当然应该是火车，那样，才真正具有远行的味道。便集合了十二位同学勾肩搭背地组成一辆。我是车头，嘴里弄出一声汽笛，伙伴们便哐当哐当上路了。

“火车”一启动，一种幻化了的辽远感觉，就幸福得我们心尖儿奇痒，每人眼里都噙着庄肃的目光，山村的贫寒与窄仄顷刻间就离我们远了。我们在环线上不停地走着，似乎真的有了一股来自列车的惯性，直到把星辰走得繁密了。

当时是隆冬季节，火车一边走着，小伙伴们一边用鼻子往棉袄的袖子上蹭鼻涕。但是手臂是绝不能松弛的，因为那是车厢间的搭钩。

虽然受到了大人的呵责，但我们的梦中，终于有了辽远的笑声。

“假的就是假的，伪装应该剥去。”时间一久，伙伴们的热情就消失了，一边喊着这样的句子，一边陆续缩回屋里，“猫冬”去了。猫冬是祖传的生活样式，一进入寒冬，人们就像猫一样缩蜷在热热的土炕上，隐忍地栖止着，外面的尖风与狼嚎与自己无关。由此而遗传下来的务实的品性，使山里的孩子不会有经久的浪漫。

而我的心却因不能收束而愈加忧伤，像一只孑孓，落寞地游弋在清冷的街头。我鄙视着自己，因为自己太像一只孑孓了。

游移到下放右派南国仁的居所前，不知为什么，我兀地停了下来。抬头望时，发现南先生就在我的眼前，朝我眯眯笑着。他脸白无须，颊肉丰腴，无男人样相，像个胖大的妇人。

“你笑什么笑？”我发出一声愠语。

“你敢不敢上我的屋里来？”他还是眯眯笑着，但笑里却含有逗弄的成分。

我说：“龟儿子才不敢！”

进到屋里之后，双方都感到无话可说，便很尴尬地站在地上。我的目光是简单而率性的，甚至是挑衅地盯着他的那张大白脸。他竟像做错了什么似的，极不自在地躲闪着。后来，他像得救了一样，呃了一声，迅速地转过头去，掀开他炕上铺的破毡子，拿出几本包着牛皮纸封面的小册子。

看着我吃惊的样子，他反而平静了，说：“几本世界人民反帝反修连环画而已。”

记得一本是中国人民反修的《珍宝岛反击战》；另一本是越南人民反帝的《琼虎》。

琼虎是一个越南游击队员的名字，我接过连环画之后，不假思索地念道：“京虎。”

“不是‘京’，是‘穷’。”南先生笑着说。

“你不要胡说八道，革命的越南人民会是‘穷’吗？就念‘京’。”我生气地呵斥道。

他并不辩白，依旧眯眯笑着。

趴在自家的土炕上，首先翻的就是那本《琼虎》。画面上那高大俊美的椰树，铺天盖地的修竹，戴着斗笠英勇不屈的战士，都给了我前所未有的震撼。远方的一切，不仅美丽，而且是那么壮丽！便亢奋地喊了一声：“操，我应该到越南去！”

心中荡漾着的豪情，居然支配我找来一本字典。那个字，果然是“穷”。

像激流遇到礁石，我的心被硌了一下，觉得这个世界，太多太多的东西还不属于自己。那些东西不在身边，而在你还未曾达到的地方。

那几本连环画，我翻了好几遍。起初是为了满足好奇，待激情过后，便为里边的许多生字而耿耿于怀，便怀着一股莫名的仇恨，借着字典的指引，把它们都认熟了。

这之后，我对阅读产生了强烈的欲望，因为在文字中逡巡时，我忘记了当下的处境，感到自己就生活在远方。

这种由阅读而产生的“身在远方”的现场感，给我带来了微妙的心理变化——

我不再是山沟里的一只孑孓，也不再是房梁上仅仅觊觎于食物的夜鼠。反正我被膨胀了，我被洞开了一道裂缝，看到了上帝洒下来的一丝光亮。

二

二〇〇三年十月二十九日早晨。在我所供职的政府机关门前，集聚着一群上诉的村民。

空中飘着一点儿雪霰。上诉的人群议论着：今天的冷，是超过历史的。

然而我心里却熊熊燃烧着一团火。

因为大门被人群堵塞着，车子开不出去，我便两次徒步到二里外的街角去，那里有一家精品书店，我要去买一部叫《海子诗全编》的书。

昨夜，耗去整个通宵，读了一本燎原写的《海子评传》，发现我和海子有相同的生活经历，有相同的血性气质，更有相同的心路历程。不同的是，他用他天才的创作和轰轰烈烈的人生告别仪式，把自己"完形"成一个杰出的精神的丰碑，而我却还是一个普普通通的读书人。

由于他，我变得既自卑，又自信。自卑，当然是因为自己的平庸；自信，是因为自己究竟也是个写作者，是完全可以把自己造就成杰出的。

因此，我迫切地想要读遍他全部的作品。

不仅是要找到迈向杰出的坐标，而且是要从海子这个悲壮者那里获得勇气，剔除怠惰与浮躁，从自己的血管里掘出新生之血。

那个年月，由于贫寒，南先生给的连环画读完之后，因为买不起书，便从大队部借回"两报一刊"（《人民日报》《解放军报》和《红旗》杂志）。在灯捻炸响中，我读得像夜鼠一样贪婪。版面上虽然堆积着太多的、与少年的口味不甚适应的政治术语，但这些术语，也是属于远方的信号，也足以把少年的心摇曳得绰约多姿。

即便是假期，我也在土炕上蛰伏着，吸啜报刊上浓浓的墨香。

母亲颇多烦怨，不迭地催促道："你也去挣几个工分吧，咱家不是地主老财。"

我被催促得怒了，恨恨地跪在她脚下："娘，你让我多读点儿书吧，如果我出息了，可不是几个工分能比得了的。"

我的口气太大了，把母亲骇着了，她不再言语。

我接着说："娘，你且放心吧，如果我不能出息到山外去，那么我就拼命地给你挣工分，不管是刮风下雨，还是数九寒冬。"

少年的悲壮又把她骇住了，她转过身去，擦了擦眼角，不声不响地走了。

卓越的海子也经受过工分的困惑，只不过他有过人的天分，他能够在学业之余，拼命地帮家里干活儿，在生产队的计时工里，以每天两分工值的顽强叠加，为家庭作出本分的贡献。

所以，在他的评传里当我读到这个细节，我失声大哭。

这不是自爱自怜之哭，而是悲天悯人之哭，因为在黑土地里，只能生长出麦子这样的植物。

所以，在读了他给他城里的恋人的献诗之后，我心里低沉地叫道：“海子，我的兄弟！”

诗中云——

你的母亲是樱桃

我的母亲是血泪

我们都是土地之子，是承继着相同的背负而走出乡间的。

于是，正像艰苦的农人怀着仇恨收割期望得太久的麦子一样，困厄中的读书，反而激发了少年对阅读的苦大仇深般的热爱。到了后来，像祖父习惯性地亲热着他的每一只羊一样，我们习惯性地亲热着到手的每一本书。

但是，生命一不留神进入了时尚和享乐的时代，我们被孤立了，陷入了死一样的寂寞和孤独。因为，一般来说，生命的世俗快乐，无不是以“群”的形式体现的，但是“群”又使生命个体必须付出代价，它是以对个体生命中那种最具光彩的个性的剥夺，使之获取“群”的接纳。一般的土地之子，在“群”的吸纳面前，很快就屈服了，因而在“群”的价值分配体系上得到补偿，甚至是超量的奖掖。而不幸的是，海子和我都因阅读而成了崇尚精神和个性的人，不愿为世俗的利益而牺牲自己的原则，于是，被“世所不容”。在精神者的傲骨面前，这种挤压，更诱砺出更加决绝的抵抗——海子在悲愤地写出了《在昌平的孤独》之后，凛然自决；我则仰天挥泪，辞去一个在别人眼里炙手可热的官职，为受伤的心争得一个喘息的机会。

《海子诗全编》终于买到了。那人群还在门口集聚着，为了遮蔽飘落的雪花，甚至搭起了两座简易帐篷。我上前同他们搭话，得知是一个乡亲因交不起电费在村部被电工打了，伤得很重，而村部却置之不理。他们并没有绝望，因为他们相信，上级机关一定是亲民的，便自发地来到这个大门前。

我知道，他们的问题一定会得到解决，因为我看到信访办的几个干部正急急地朝这里走来。

但是，我还是生出一丝不安，甚至愧疚。感到，平民百姓在为生存奋争的时候，我却躲进了书斋，这种生活是不是有些奢侈？

稍作沉吟之后，我突然看清了自己：我虽然是个读书人，是个沉浸在思想中的人，但毕竟也是一介平民。所不同的是，诉众是向政府要生存的说法，寄希望于权力话语的价值评判；而我却是向书本、向自己的内心寻找生活的理由，建立一种能安妥灵魂，甚至具有普世意义的道德评判。他们是世俗的，也许卑微；我是精神的，却未必高贵。因为我们的来路、诉求和对未来的追索，在本质上是一样的。

因此，愧疚是不必要的，相反，要想真的高贵起来，就要扮好自己的角色，在终极价值上作不懈的追求。因为民众是精神者的生存麦田——麦子收获了，仍旧是一片空旷和荒凉；而通过阅读，使自己有能力发出一些声音，恰恰是对麦田的知恩图报——“风吹在风上”，增加一点儿正义和公正的力度与分量。

同时，我也体味到：精神之光在坚硬的现实中，从来都是微弱的，所以，纵然有超人的天赋和超常的感悟，也绝不应该轻薄矜夸，以聚群喝令的“王”而自美，从自我救赎方面计，从增强对现实的道德干预能力计，读书人（包括写作者）应该是带着使命而读书，做自己心中之王。

“在最远处，我最虔诚”。实在是读书人应该具有的理性和理想。因为，所谓“最远处”，其实就是知识者的人文理想和终极价值。做自己心中之王，其实就是寻找或者营造自己内心的“光源”。当你本身就是一个光源的时候，你便不再是一个可有可无的旁观者；面对莽莽苍苍一望无际的麦田，你会从容地不图回报地播撒人文关怀之光。

这当然是一个漫长而痛苦的过程。

但拉丁美洲有一句格言：罪过一定是痛苦，而痛苦未必就是罪过。那种功利性的阅读、享乐主义的阅读和自恃高人一等的阅读，却绝对是一种罪过。因为，这种阅读，疏离了与民众和民生的联系，遑论普照与救世，便是读书人最起码的良心与操守也因之阙如。这种缺失，即诗与悲悯。

寂寞之上没有更上的寂寞

作为社会中的人，常常会有这样的感觉——

在酒吧中坐着，灯红酒绿的闹热中，会突然孤独得浑身发冷，感觉那是别人的氛围，是别人调配的一坛盐水，而自己则只是一只带泥的萝卜，被腌渍之后，身上仅有的一些汁液，也被盐水吸出体外，抽缩得越来越小。便找不到自尊的影子。

偎在沙发的软窝中，断守着一爿令人眼花缭乱的屏幕。屏幕像个魔镜，方寸之间，拨弄着整个世界的物与事，是与非，富足得遍地金银，生动得满目时尚。但是，渐渐地，无聊和寂寞弄得你无法忍耐，无论你怎么变换频道，懊丧总是锁在心中。感到那是别人的风景，那铺天盖地的绚烂，让你无所适从。汪曾祺在《泰山片石》说过类似的感觉——泰山固然伟大，但我是个体弱的小老头儿，横竖拿它没办法，便望而却步，便心存忧郁。

这也正如在密密的雨脚之中，那远处的楼宇虽然有着阔大的屋檐，但给你的却是阴郁的忧愁；因为近处的你，当下的需要，仅仅是一把小小的伞而已。

如此说来，个体生命为何常感到孤独、寂寞、忧伤和无奈？盖因身外的世界太闹热了，环境的浮躁使人不能清静自守，煽起了人们多余的欲望。

然而世间遍地都是诱人的货色，且都在个人拥有之外。

于是，在迷惘中生出酽茶一般的凄怜便是很自然的事。在欲望中的人，谁能忍受自己拥有得太少？失落之中，一个叫卑微的东西，便如影随形了。

但有些人，却不被这种卑微所折磨，比如文人——

阳光汪在玻璃窗上，毛茸茸的，即便在房间的最暗处，也感到温暖；书册斜在架上，沉寂寂的，即便是在远处望上一眼，也有徜徉在字里行间的快感。不在于阳光有黄金的质地，也不在于书册有岁月的格调，而在于他们的需要比较单纯。

沈喜均先生有一首题为《夜读》的短诗（载《新民晚报》二○○五年三月二十八日），可作一例说明——

自有诗中趣味长，
爱它良夜好推量。
读深不觉时间久，
错认灯光是日光。

轻简的生活欲求，使文人不旁骛、不觊觎，其精神世界可自给自足，心中饱满，寂寞着也快乐着。

这种情形，给人一种有益的启示：身外的颜色再好，世间的诱惑再多，如果视而不见，不为之所动，潜心过属于自己的日子，所谓凄怜，所谓迷惘，所谓失落，也就远你而去了。

年老体弱的汪曾祺对巍峨的泰山望而却步后，并没有因此而自哀自怜，而是淡然一笑，拉着他的腻友林斤澜在泰山脚下喝黄酒。喝得意兴阑珊，心中温暖。看着艰难跋涉的青年人，他甚至很得意：你看，咱拿泰山没办法，可它拿咱也没办法；咱虽然没能得到攀登之乐，但咱享受到了饮者的趣味。

他当时说了一句俚语，即人生在世，不能小鸡吃黄豆——强努。

就是说，人要有自知之明，处世为人，要量力而行，不强求自己能力之外的物事。

这是一种生活智慧。

安于自己的人生理想，安于自己的生活趣味，还有什么不可释怀的苦恼？

揣度一下，感到他的这种睿智，缘于两种途径：一是他本人的人生阅历，及建立在这个基础之上的理性思考，通过读他的书，知道他是个喜欢“琢磨”生活的人；二是他饱经了书香的涵养，他是个能够静下心来读书的人，书页中悠远的文化信息，被他“化”为自己的生命细胞——不拥有森林，未必就不闻松香。

知堂在《自己的园地》旧序中说：“我因为寂寞，在文学上寻求慰安……得到了相当的效果了。反正寂寞之上没有更上的寂寞。”依照这样的逻辑，悲苦之上没有更上的悲苦，失意之上没有更上的失意——人只要定低了生活标杆，节俭了对身外的欲求，细小的所有，就是大有；些微之所得，便会得到大的满足。

海德格尔也说过：人诗意地栖居于世上之时，静静地听着风声也能体会到真正的快乐。他的话在一个叫梭罗的美国人那里得到验证。梭罗离群索居于一个叫瓦尔登湖的地方，在只拥有基本生存条件的情形下，居然快乐地生活了两年，写出了一部精神盛典《瓦尔登湖》，告诉人们，人，完全可以生活在自己的精神世界里！

在现世世界上，还有一群在生命本质上与文人一样的人——那就是清贫而幸福的农人。

为什么茅屋里有不断的歌声？朴质的脸上常堆着麦子一样灿烂的笑容？

盖因为他们只索求自己真正需要的，没有过剩的欲望。

他们与文人不同的是：他们虽然“琢磨”出了生活的本质，却连一句多余的话都懒得说了。

惊悚之玉

波裔美籍女画家塔马拉·莱姆皮茨卡（Tamara de Lempicka）是个时尚画家，她擅长画人体，特别是女体。从伊甸园中的夏娃、沐浴的苏珊娜到康复中的小女人，传说与现世，贵妇与仆女，各色女人她都画到了。但是，尽管身份不同，女体的特征却近于同，均是一团白皙、健壮与丰满，肉感欲滴。本是一个纯情少女，体态也是母妇的丰韵。可以看出，她欣赏的情调，是玉白与温润。与富丽、富有的肉身形成反差的是，人物的表情却像陷落在贫穷和患难之中不可自拔，满面凄楚、忧郁、惊惶与绝望。于是，这些女体即便是温润之玉，也是曾经跌落过的、险些破碎的惊悚之玉。

这反而强化了作品的艺术效果。

高贵的身体，一旦被驱之不开的不安笼罩着，便让人想到了“伤害”这个词。而又有谁能忍心看到温香软玉被伤害呢？便加重了凄楚动人的成色，让人不禁寄予同情和爱怜。

西方人虽然很现代、很时尚，但在精神的表达上，却也是很传统的——他们也借重于东方的哲学内涵，具体到莱姆皮茨卡，她借助了中国男人的经典感情：怜香惜玉。

她的女人体，视角是男人的。所以她的画很受中国人的欢迎，许多时尚杂志，甚至许多艺术杂志都用她的画做封面。

这不禁给人一个启示：物质的流行，湮没不了精神的永在；人性往往不随潮流而变，一直在暗处发出温厚的幽光。

由这个话题，我想到了女人与玉的关系。

玉在中国人眼里，有清雅的品格，它腴润而沉静，美得含蓄，像淑女隐忍于闺阁，给人幽秘的诱惑，却也心存敬重。历代的诗文里，便都有咏玉的文字，且都是一些堂皇的文字。玉的物质属性因此就淡化了，很文化。

而金银就不同。金银里有遮挡不住的物欲色彩，仅仅一个“纸醉金迷”的字眼，便界定了它世俗的品性。就像万丈红尘中的美妇，越是艳光四射，越是与淫邪和流通有关。这风尘中的美艳，醉眼卑心，令正人君子遮遮掩掩，著不得诗文，仅留下私语。

所以，我不太同意四川女作家洁尘的观点，她说：“迷玉的人好像都是男人，女人不迷东西，她要迷人。”

女人是最在意品位的，或者说她最在乎自己在别人眼里的品位：即便不是大家闺秀，最起码也应该是个小家碧玉吧。

如此，懂风情的女人，她是不能不迷玉的。

日本作家小海永二在《心声欲吐时》一文中阐述了他的一个见解：女性最美的年龄，当在三十五六岁至四十三四岁。只有在这个年龄，才可能具有女性特有的成熟美。因为这个年龄的经历，使女人有了相当的人生经验，有了女性的自我意识，不再被时尚所左右，也不再取媚于他人的欣赏眼光，一切凭着自己的心性。于是，举手投足间少了游移和仓皇，有了一种迷人的自信与雍容。

我理解小海永二话里的深意：女人到了这个年龄，不仅身体有了莱姆皮茨卡式的丰润，内心也变得沉实和丰盈了，有了从内到外的魅力。这种韵致，不同于少女的浮艳，它才真正耐人寻味。

这正暗合了玉的品质——玉虽然不属于时尚，但那温温润润的“手泽”，总让人缱绻不止，品着品着，魂儿就被勾走了；而且，沉浸其中，不可自拔。

所以，迷玉的女人往往是成熟的女人，是懂风情的女人。

而小女孩太肤浅、太浮艳，太容易使气弄性抢风头，她们静不下来，所以，一般都迷金银，迷宝石钻戒，甚至迷香车、豪宅。再有，青春在她们眼里是一汪挥霍不尽的、无边无际的水，她们一定要迷那些可以挥霍的东西。

贾平凹也说，玉和人是一种互相涵养的关系。那么有隐忍魅力的玉，必然配有内在魅力的女人——成熟女人会使玉更加温润，沉静自适的玉亦会使女人更加心安——她从心里认可自己。

女人和玉相互涵养到最后，便浑然成一体了——玉不再是一块石头，而是女人的一块皮肤、一方操守；女人也觉得自己有了玉命，即便被人忘在了那里，也有不变的价值——在这个势利的年头，与其迷人，不如迷自己。

玉因此成了女人的魂。

这一点，首先就从自家女人身上得到了验证。

这两年她毫无征兆地就痴迷上了玉。不仅经常光顾大大小小的玉器店铺，而且还毫无戒备地跟形形色色的玉贩子勾勾搭搭。

我说：你得当心，那些玉贩子不仅骗财，更骗色。

她说：你得了吧，你哪儿知道，现在倒腾玉的，也多是女人。

不知不觉间，她弄回来一堆玉的小挂件儿。她喜津津地展示给我看，我总是蹙眉摇头，说：没一件上眼的玩意儿。

她便跟我斗狠，更狂热地去搜求。

终于弄到一件上眼的货色，火柴盒大小的一块烟叶形的翡翠。

那翡翠的成色很打眼，我不禁心中一动，但嘴上却说：颜色太油滑了，一看就是假货。

她因此变得迟疑起来，让我陪她到菜市口百货商店的首饰柜台，那里有搞鉴定的专业人员。经鉴定，是一块真玉。她兴奋得脸都红了，脱口叫道：这翡翠买值了！

因为柜台上有一块同样大小、同样成色的翡翠，标价六千八百元，而她的这块，玉贩子的出手价才两千元。

她的一声叫，吸引了许多人的目光。人们狐疑地看着我们。

我顿时有一种做贼的感觉，拉着她急急地走出了商店。

到了一个远离人群的地方，她想再看一眼那令她兴奋的翡翠，却找不到了。她的脸霎地变成一纸惨白，嘤嘤地失声而泣，挽着我胳膊的手，狠狠地掐进我的肉里。

那一刻，她那失魂落魄的样子，让我感到她很卑贱、很可怜——布衣荆钗的女人，能经受得了啥？

一阵紧张的搜寻之后，竟从她手包的夹层中找到了。原来她受不了众人目光的注视，下意识地把它塞到了那里。那个地方，素日里是不装东西的。

玉找到了，她的惊魂却没有收束回来，依在我怀里瑟瑟发抖，不停地说：你这人真讨厌！

她惊悚的样子，呈一种无依无靠、令人怜爱之美，我爱心大动，把她紧紧地搂在怀里。

我说：不就是一块破石头吗？要是把我丢了，你又该如何？

她说：我会笑，因为男人是女人的累赘。

她因此配了一条结实的链子，把那块翡翠挂在脖子上。每到一个时辰就从衣领里拿出来看一眼，一惊一喜，让人跟着揪心。

我说：你这是何苦呢？

她说：你懂什么？女人就是这个样子。

奇怪地，有玉的牵挂，她的性情越来越温柔，对我的体贴也越来越周致。我开始明白，在女人那里，其实是既不想失去玉，也不想失去男人的。

后来又从那个说女人不迷玉的洁尘那里进一步得到验证。她在一篇《玉》的随笔中说：

> 一直迷玉，却一直没有玉。上珠宝店，逛文物市场，常常有机会看到玉，但从来没有下决心买，一是觉得自己不温婉，不是戴玉的人，再就是怕丢玉。我认定自己是个丢不了钱包却一定会丢玉的人……丢玉是一件可怕的事，像贾宝玉，玉丢了，魂也丢了。

原来她说不迷玉是口不对心，她迷玉，却忍受不了丢玉的那份惊悚。

然而我从自家女人身上体悟到：不经受丢玉的惊悚，女人哪会温婉起来呢？

本性的力量

心有定力的人，肯定不会在红尘中飘摇，他懂得绚烂背后的真相，所以从一开始就过一种属于本性的、朴素的生活。

正如大地上的一棵树木，由于根须深扎在土壤之中，具有向上生长的本性，便可以从容地接受阳光，经历风雨，不担心倾倒，不害怕被遗忘。即便是被遗忘着，甚至是被轻贱着，也不影响它生长。

它自信也自足着，外界的熙攘，已无关它的痛痒。雨果的《欧那尼》刚上演时，被包厢里的贵族喝了倒彩，但雨果却不惊不恼，因为他知道这部剧作的成色和自己通过它要表达什么，便对自己说：喝倒彩有何用呢？将嫩芽捻碎就能阻止树变绿吗？

即便是被流放了，他的面色也有着阳光般的质地，与流放者一道认真地过着每一天，在这个特殊的群体中，他耕植同情和悲悯，让失意者心灵强大起来——身在奴，而内心为王。为什么？国王拥有今天，人民拥有明天。这是不能阻挡的自然法则：小树终究是会长大的。

他曾经是国会议员，但失去权力之后，他反而找到了生存的理由：只有当智慧和权力两种力量结合在一起的时候，社会才能得到公正的管理和统治。既然议员们只看重权力，而鄙薄智慧，就很难从这里输出公平和正义，所以远离未尝不是一种自救。

正如阿尔费里所说，专制下的秩序，是一种没有灵魂的生活。既然雨果是精神高度自治的人，他如果安于做一具行尸走肉，反而会让人感到不可思议了——既是参天大树的本性，岂能有葛藤之姿？

自由地向上生长就是树木存在的理由。树木蒙尘，却不蒙羞，风雨浇淋之后，是青翠欲滴的勃勃生机。

叶圣陶在《昆曲》一文中说道："……人的癖性，往往会因为亲近了某一种东西，生出特别的爱好心情来，以为天下之道尽在于是（了）。"他道出了"人的癖性"，也就是兴趣爱好形成的真相：人的确是这样，他一旦在某种东西里浸淫得久了，就会生出特别的感情，以为这种东西在世界上是最有价值，甚至是唯一有价值的东西了。由此看来，人世间的所求所倚，往往只是一种个人趣味，甚至是一种个人"偏见"，与事物本身的客观价值无关。因为来路不同，就会呈现出种种不同的"趣味"；因为都是"偏见"，就无所谓长短、高下。所以，作为一个独立的生命体，每个人都应该平静地看待周围的事物，在红尘翻滚中，坚守自己的"习性"，不为世风所动，不为他人所动，不妄自菲薄，不迷失自我，按照自己的"趣味"行事。比如，楸树与松杉，各有品格，且不可取代，所谓贵贱，是身外的概念。大地上的树木之所以自得，原因就在于此。

读路德维希·维特根斯坦的《战时笔记》，得到进一步的验证：只有生活在自己的"趣味"中，才会有身心的安妥和应对环境的从容。维特根斯坦有着对哲学研究的特殊兴趣，所以当他被作为最低军阶的列兵送往俄德战争的前线后，耳边的炮声，破碎的肢体，并没有让他惊恐不安；相反，令他难以忍受的仅仅是面对雪白的纸页而"不能正常地工作"。只有当研究工作不能正常进展的时候，他才想到了死。为了平息内心的烦躁，他不停地做一件事，手淫——试图用肉体的疲惫拯救他的精神。

整个战争期间，别的士兵关注的是战争如何推进，如何开辟晋升的途径，而他的兴奋点则始终是如何能得到一间单独居住的房子，能把稍纵即逝的观点定格在纸上。战争结束后，别人的肩膀上都增加了星豆，有的甚至成了将军，而他还是个普通的士兵。但是在别人的鄙视和嘲讽中，他笑容灿烂，因为他完成了期待中的著述。

他说："一个人的肉体是软弱无力的，经由精神他才是自由的。"

他告诉我们，一个人只有得到了自我本性的满足，才真正找到了生命的支撑和存在的意义，外界的价值评判，与心灵的愉悦无关。

由此看来，心有定力的人，往往是有着强烈的精神爱好（癖性）和沿着这个方向矢志不渝地追求的人。

梁漱溟说："在人生的时间献上须臾不可放松的，就是如何对付自己。如果对于自己没有办法，对于一切事情也就没有办法。"这是通透之论，对今人，特别是以文字为生的人，有太强的现实意义。在今天这个时代，物质的诱惑，时尚的喧嚣，太容易使人迷失了自己。用谢有顺的话说，多少人都拿自己没办法，远离了本心，失去了本原，不仅细小的利益可以动摇他的信念，随波逐流者更是不在少数。

信念或许是个过于空洞的东西，但是遵从自己的内心需要，坚持自己的个人爱好，是完全可以做到的。它是能够用来"对付自己"的没有办法的办法。世界的大局我们无法改变，但个人的价值实现还是存在种种的现实可能的。渺小的人力对历史的推进，往往是式微增长和积蓄的过程。关键就在于，我们是否能够用我们自己的方式有所作为有所贡献。第一次世界大战中的奥地利将军们，墓木已拱，尸骨已朽，但维特根斯坦的哲学思想却散发着永恒的光辉。

人的力量何其微弱，而人的欲望又何其蓬勃。这是人生痛苦的本质原因。

进入自己的内心世界，立足于精神自治而选定一种爱好，甚至形成一种"癖性"，或许是一种自救之途。因为沉浸在自己的"趣味"之中，会心无旁骛，一意前行。这样，就减约了欲望，因而也就远离了失落和不安，就会品尝到幸福的滋味。

对此情景，雨果说道："我充分地享受了生命中的美好和温柔……到了不再有人爱我的时候，啊，我的上帝，我希望我死去。"

为何豁达到如此程度？真正按照自己的本性和意愿活过的人，心中没有遗憾。

善待“过程”

一

人的一生，是不断承受痛苦的一生；痛苦与生命的关系如影随形，是与生俱来的。这一点，只要有起码的生活阅历，就能体会得到。

积四十年的人生经验，感到一劳永逸、根除痛苦的灵丹妙药是没有的，只有缓解痛苦的江湖偏方。人们所能做的，只能是做缓解痛苦的工作。真实的情形是：旧的痛苦被缓解了，新的痛苦又不期而至，人始终处在无奈的应对之中。于是人就变得从容了，抱着应对一会儿是一会儿的心态去做缓解痛苦的努力。然而，也正是这样，一会儿，一会儿，又一会儿，在“一会儿”的叠加中，人完成了与痛苦的最终和解，走完了人生旅程。

也正因为在缓解痛苦的过程中，没有统一的中成药剂，人们拾取的都是在各自“属地”上能够撷取的药草与偏方——苦菊、地丁、车前子、茯苓草……所以，人们有着不同的生存状态，人生轨迹也就各自不同，便成就了丰富多彩的人间世界。

人们本性上是畏惧苦难的，世间所存在的各种各样的享乐哲学便是明证。但痛苦与生命的如影随形性质，就决定了无论对未来存有多么美好的期待，眼前的痛苦，正如脚下的路上所横亘的石头，是无法绕得开的——必须直面，必须想出解决的办法。这同时也反证了人生“过程”的重要性，它既不能省略，也不可减约，几乎可以说，是“过程”决定了人生。

二

在四十岁以前，看各地民俗，只是欣赏其中的趣味。现在不同了，更看重它其中蕴含的道理，也就是有关人生的哲学。从这个角度看，各地民俗虽有不同的外在形式，但本质上却总有相通之处。

绍兴有一种“当当船”，尾巴翘翘，身子狭长，上面置备一面小锣。船一旦划起来，那面小锣就当当地敲着，急火火地往前赶。对岸虽然没有重大的期待，但也是匆匆地到达。京西有一种“铃铛车”，在辕马和车身上都挂着铃铛，只要一上路，铃铛就清脆地响起来，催得骡马像逃避虎狼的追逐一样拼命地往前跑。其实要做的只是凡常的农事，毫无急迫奔竞的必要。所谓“车动铃铛响”，简直成了一种招摇。

绍兴还有一种船，叫“航船”，篷大，船宽。摇橹的人，叼着一支长长的烟管，有一搭无一搭地摇着。船走得无声，船上的乘客也无旅人的行色，谈天说地，调侃谑骂，赏玩风景，其乐融融。京西也还有一种“小驴车”，拉车的牲口，是一头低眉顺眼的小毛驴，赶车的人手里也没有鞭子，只是握着一柄长杆烟袋。人放任着驴子自己走路，人则晃荡着双腿，或品烟，或唱俚曲，或与遇到的熟人逗笑，一派怡然自得的样子。

以上两种风情，之所以有不同韵致，虽有种种生成因素，根本地，还在于人。

划“当当船”的和赶“铃铛车”的，很少有四十岁以上的人；而摇“航船”的船夫和驾“小驴车”的驭手，则很少有四十岁以下的人。前者总觉得前边才有好光景，只有迅速地达到目的地，才算作真正的拥有，便很难有耐心，忍受当下的过程。而后者，已醒悟出了一些人生真相，懂得了“今天难得”的道理，便把心态放从容了，悉心品味“路上”的风景，享受“过程”中的趣味。

这其实就是人生态度的问题。把“到达”当成目的人，不会有“到达”之后又如何的心理准备，一旦到达后的境界不像他们期待中的那样，他们便会失落，甚至会陷落，至少会被灰色的情绪所笼罩。青年人有激情有活力，但也最容易患得患失或许就是这个原因。把“过程”当目的的人，正如叶圣陶所说的那样，他们抱着“反正一个到”主义，知道“过程”也是生命的时光，也是不能被浪费掉的，便把“过程”当日子过，不紧不慢、有板有眼、有声有色。于是，即便“到达”之后很不尽如人意，他们也会心定气顺，面带笑容。因为他们已经“拥有”过了，没有更多的奢望了。所以，中年人沉稳的目光、老年人平和的面容，不是生理的现象，而是心理的特征。

一个西哲说：大事不着急。四十岁以前我不理解其中的道理，现在看来，这与叶圣陶老人的“反正一个到”主义是相通的。

三

然而，中国人的生存历史，是整体忽视“过程”的意义的。这一点，作为教育家的叶圣陶在《双双的脚步》一文中有很“经典”的描述——

小孩子看见好玩儿的东西总是想要的，他不懂得成人的“欲不可纵”的条例，“见可欲”就老实不客气地拿到手，否则便哭、便闹。家长们为了爱惜几个铜子，经过玩具店时，常常是牵紧了孩子的手，装作什么也没看见的样子匆匆地走过去。论理，到了手的玩具，总该忘情地玩儿一下了，但父母总会说：你当心啊，不要一下子把好玩儿的东西玩儿坏了，赶快收起来吧，藏起来日后再好好玩儿；只顾一刻工夫的快乐，忘了日后的，这是最没出息的孩子了。于是，孩子便颓然地与玩具分了手。但是到了日后，孩子长大了，也做了孩子的父母，再拿出玩具，已没了赏玩的兴趣，通常地，是羞于做孩子式的赏玩了。送给自己的孩子，孩子们也没有兴趣，因为他们已经是新一代的儿童，时代赐予了属于他们的新型玩具。

平常人家总是要储蓄钱财的，理由是备“不时之需”。但当到了需要的时候，却犹豫了，对自己说：现在还不是最需要的时候，留待日后吧。缕缕地如是想，储蓄的理由就变了，变成看重存折上积攒的数目。人们成了储蓄的奴隶，不会想到，其实真正的富有不是有多少存款，而是实际享用了多少。

学生在学校里念书做功课，最初的动机是为着启蒙和立身的，学习生活本身就是意义所在。但在望子成龙的家长那里，学生的学习已不是生活，而是预备着将来做人、成事；他们只注目于遥远的将来，而抹杀了学生当下的存在和正当的生活欲求；绝不允许他们“过”生活，而只管埋头“预备生活”。这时的学生已不再是“人”，而是“工具”，人格的健全发育便无从谈起。为什么从大学里走出来的许多高才生，往往是现实生活中的低能儿，原因就在于此。

述及种种，叶圣陶得出结论：心性高傲、自以为是的中国人，其实是不懂得生活的，正如吃甘蔗只把握一头而丢了中段一样，没有取得合理的“生活法”，因而中国人所过的日子，“其实只是一种极贫俭极枯燥的生活而已”。

叶氏的文章写于二十世纪二十年代，我们本该作“告别式”的阅读，但稍一翻检今天的日子，就会发现今人还站在那样的起点上，本质上是没有多大变化的——生活的着眼点，依然是“预备生活”。

于是，便有反省一下的必要了——

昨天的玩具珍藏到今天，已成了背时的废品；昨天的金钱储蓄到今天，已大大地贬值；昨天的风华正茂积攒到今天，已成了人老珠黄……预备到最后，我们到底预备到了什么？

冷藏到缩水之后的蔬菜，不仅缺失了营养，也失去了固有的美味；放到明天的爱情，不仅钝化了激情，也错过了享受的心境；许配给彼岸的欣赏，由于没有携带此岸的底片，便对比不出美在何处……匆匆地到达之后，明天到底能给予我们什么？

以当下为不足道者，是信徒；以现世为不足道者，是佛士；而我们是什么？我们是血肉之躯，是羁于温饱、敏于苦乐的“人”。也就是说，真正属于我们的生活，不过是“过程”而已。

朱自清也作过一首名为《双双的脚印》的诗，这首诗虽已被众人遗忘了，但却正适合我们在当下吟味——

从此我不再仰眼看青天，
不再低头看白水，

只谨慎着我双双的脚步；
我要一步步踏在泥土上，
打上深深的脚印。

就是说，我们要以入世的眼光，认真地过好每一天，因为我们的每一份喜乐、每一份痛苦，即便再小，别人也不会替你承担。

况且，昨天是今天的过程，今天是明天的过程，明天又是未来的过程——既然一切都是过程，我们存有这样的态度，怎么就是形而下？怎么就会无所作为？

怎一个“吃”字了得

中国文人是善谈吃的，无论古今，也无论名分大小，几乎每个文人的笔下都有谈吃的篇章。吃，虽然是形而下的事体，但一经文人描摹，就“雅”，就“文化”，就跟民族历史、民族性格有关了。

袁枚的《随园食单》、梁实秋的《雅舍谈吃》好像都成了文化经典，是不能随意阅读的，要品味，尽管琐碎无聊到了不堪忍受的地步，但也是要读出深文大义的。否则，你就会失去文化人的身份。

事实上，文人在现实中，是相对贫困的一族，吃饭是很成问题的，美食精馔常与他们无关。但他们有太强的身份意识，灶间的清汤寡水，会转化为字纸上的曼妙趣味。不必吃得好，一定要“说”得好，否则，就真的落魄了。

大户、市商、官人，是占据着美食资源的，然而他们不会“说”，所以他们虽饱享滋味，但依旧是凡夫伧父——文人正是在这一点上找到心理平衡的。满清贵族是最懂得文人心理的，他们请来一大批有头脸的文人做食客，让食客替自己“说”，因而，同样是“朱门的酒肉”，却也香雅了。

所以，孔乙己虽然不幸，但却有“符号”价值，那几粒之乎者也的茴香豆，吃出了文人的风度。鲁迅真是深刻得刻薄，他揭裂了文人的面子。

不由得想到伊壁鸠鲁所说：一切好东西的开始和根基，都是肚子的舒服。因为即使是高级动物，也必须考虑这个问题。他是个堂奥深广的哲人，说的却是大白话（大实话）——一切精神的、道德的和文化的升华，都取决于身体需要的满足程度。食不果腹的时候，是无力进行思想的，更遑论文章的精深和精致。像孔乙己那样式微的地位，连自己的生命都朝不保夕，却还要承载文化上的担当，殊可笑，也殊可悲。

中国的许多古话也是很朴实的，如“食、色，性也”“民以食为天”等。它们道出了关于吃的最本质的含义，饮食无非是为了生存，为了活命而已。所谓饮食文化，不过是饱暖之后，一点儿闲心而已。这一点，东西方是相通的。

北方人在茅厕里见面，打招呼的一句话也往往是“你吃了吗？”可以想见，吃作为人生存的第一要素，已深入人的潜意识了。有得吃就是有得活，这是最重要的，至于文化不文化，真是闲扯淡的事！茅厕里的气味，对食文化的香艳，是莫大的反讽。我每一想及，都会窃笑不已。

纪晓岚的《阅微草堂笔记》里有一则故事，一个落魄的秀才为了体面的缘故，在门后放上一张猪皮，每出门前都要在嘴巴上蹭一下，让嘴巴沾着油光，给外人一种总有肉吃的印象。虽然肚里只装着几碗草根菜叶，但也是肥厚膏腴、腹笥充盈的样子。这就给自己制造了障碍，当人家赏他美食之时，为了虚荣的缘故，他会摇头说道：“吃过了。”走脱了人们的视线，他失声而泣，因为他错过了一次打牙祭的机会，自己欺骗了自己。

我觉得莫言的《丰乳肥臀》是一部严肃得近乎残酷的书，里边有个细节把人性的底色淋漓尽致地揭橥出来了——一个农场里的女知青，被饥饿折磨得昏沉不清，就渴望着去死。那个农场的负责人手里攥着两个馒头，对她说，我可以让你吃到馒头，但是你得给我你的身子。那个女知青沉吟了片刻，点点头，把清白的一张臀耸给他。她一边承受着男人对自己身体的野蛮冲撞，一边泪流满面地吞咽那两个馒头。事毕之后，她面带微笑地投河自尽。她内心是平静的，并没有所谓伦理上的自责，因为最终还是填饱了肚子，没有做饿死鬼。中国文化的轮回部分在普通人那里最有市场，饿死鬼是不得托生的（即前生的不幸，在来生得以补偿）。

记得当时读到这一节的时候，我泣不成声，一下子明白了一个道理：道德的底线，是建立在生存的底线上的。从那一刻起，我感到美食家们的审美趣味，包括所谓的文化评判，都是可疑的。吃的名目尽管纷繁，但归根结底，无非简单的一个生理过程而已——吃本身，是大于天的。

那年去凤凰，在产地喝到了当时名噪全国的“酒鬼”酒。当地人介绍，别看这酒有大名，且每瓶卖到五粮液的价格，其实酒的成本才几元钱，只是因为装酒的瓶子很文化，且是一个近似明星的大画家设计的，便有了巨大的文化附加值。所以，文化有放大功能，文雅得近乎欺骗，不仅与事实的真相远离，也遮掩了朴素的真理，对诚笃的人有很大的伤害。

因此，对普通人来说，吃饭只求饱，切莫追“味”，更不能迷信“文化”，因为那是要付出代价的。

汪曾祺和林斤澜被文化“伤害”得人情练达了，他们绝不迷陷在酒池肉林之中，也不当高餐大菜的奴隶，而是本分地享受几瓶绍兴花雕。这种黄酒，价低质真，不欺心，也不欺肚腹。在他们看来，所谓美食，所谓美味，首先在于要有美的情调、美的情趣。心境好，可以娓娓地说几句人话，再卑微的小菜，也是大餐。

前不久，看了一张碟，是饮食题材的韩国影片《厨娘》。影片的调子很朴实，大部分的镜头都闪回在一个小小的厨间和一个小小的厨娘身上。影片的情节也很简单——顺英的父亲因贫困把她和妹妹顺喜卖到宗氏大户做厨娘。顺英本分平静，潜心厨艺，受尽寂寞的煎熬，但把自己成就为受人尊重的韩餐大师；而妹妹顺喜爱慕市井颜色，不堪老死庭厨，悄然出走，在声色场上享尽荣华之后，终为弃妇。东家的少爷，也觉餐饮的家业虽殷实却琐碎无聊，扛着一把小提琴去当他的浪漫艺术家，最后的结局是壮志未酬，心已飘浮，浪迹江湖，踏上不归路。

撼动灵魂之处，是顺喜与少爷每到路绝之时，都要回到顺英的灶间，吃一顿她亲手为他们烹制的家常饭。填饱肚子之后，他们落魄的心立刻找到了一种平衡，激愤的心也平静了。感到万事的争竞，千里的奔波，无非落脚于一餐一饭，日子里只要是还有东西可吃，就还有路可走，生活就有理由继续下去。

因此，顺英在局促的小天地里，竟把人间沧桑看透了。有人可怜她，说，你把如花的韶华都耗尽在一粥一饭之上，不觉得很可惜吗？她说，人活着就要吃饭，而且每天都要吃饭，所以厨间的事平常、平凡，但却是最重要的。她有成就感，因为她是在为天理掌勺。

感于食坊的利薄，老板娘改行经营酒店，于是原本清静之地，变得夜夜笙箫，男昏女浪，红尘避日。在发达的同时，因为陪酒，老板娘的身体垮了。奄奄一息地躺在床榻上，她心如死灰。顺英调制了些素软的吃食，劝她吃下。那个濒死的生命，竟慢慢地将息过来。顺英说，酒肉盈腹，只可以乱性、乱智，生多余的欲望，而朴素的食物才养人呢。

老板娘惊叹不已，觉得顺英不是简单的一个厨子，而是承载了天启的人。于是她毅然把酒店关了，恢复了原来的食坊，她们生活在平静、温馨而心甘情愿的日子里。后来，身边那些暴饮暴食的人都死了，而她们却有滋有味地活着。她们寂寞地美着，让人心动，犹生嫉妒。

我想，朴素的食物，与人间的炊烟相近，与生命的本质相近，是真正吃给自己的，是认真的活法。品食甘味的时候，嘴是不说话的。为什么民间总是劝告自己的孩子，要“寝不言食不语”，盖因为一旦说话，真香真味就从嘴角悄悄地溜走了。

所以，文人真是可怜，他们空留下了一个“吃”的名分。

“杂在别的东西里面的甜”

八月初的天，闷热得令人心慌。晚间，邻里都去附近的一个公园避暑，人群攒动，混迹其中，心烦气躁，暑热反而难消，便懒在凉席上，裸身读金岳霖的《哲意的沉思》。不期竟沉浸而入，享受到习习凉意，如沐春风。

此公有真气，不仅因为他为爱才女而终身不娶，更因为他把复杂的逻辑搞得很简明。比如，人们严重地说道：金钱如粪土，朋友值千金；可他却像顽童一样说道：如果用这两句话作前提，推出的结论恰恰是“朋友如粪土”。他弄的是玄学，生活中却说质朴的话，不混淆做学问与做人的区别，自己活得率性，也深入浅出地点拨别人的单纯——朋友就是朋友，既不是金子也不是粪土，不过是一种正常的人际关系而已——志同则合，品异则离，无须弄得那么严重。

读过他的几篇经典论文，发现，他在中国开创的逻辑学，虽然有西学的底蕴，却绝对是东方的，其核心是“顺生”助人，不高高在上，刁难凡人，而是让人懂得自适的道理，在庸常中，活得有些趣味。

他不主张世间万事非此即彼，不鼓励极端的情绪，而是要保持一种中间的状态，心平气和、厚德载物、仁心对人。从他那里，分明能感觉到所谓“中庸”之道，绝不是大批判话语所说的消极哲学，而恰恰是安身立命、循序渐进的进取之途。

他在自己的回忆录中写道：

> 甜是人们大都喜欢吃到的味儿。但是，糖的甜是一件直截了当的事，

西洋式糖果的甜非常之甜，似乎是一种傻甜，好些人欣赏，但我不欣赏。我欣赏的反而是杂在别的东西里面的甜。“大李子”的甜，兰州瓜的甜都是特别清香的甜。“清”字所形容的品质特别重要……

他的说法，我是会心的。“直截了当”的甜是一种极端的味道，没有回甘的余地，会钝化味觉，口舌黏着，喉咙发痒，已无快感可言。这点感受，是稍有些人生阅历的人就能体会到的。比如，民间有“齁”之说，即是用来形容太甜或太咸的食物使人的喉咙不舒服的感觉的，这个时候，甜和咸是没有区别的。

京西是杏的产地，而我是京西人，注定对杏子有特别的嗜好。但是，这里的杏子有两种不可调和的品质：甜的太面，口感差，而爽脆的又太酸，容易倒牙，总让人感到遗憾。夏天去了一趟新疆，在南疆的喀纳斯居然也发现了杏子，这纠正了我只有北方才产杏子的认识。更令我喜出望外的是，新疆的杏子，又酸又甜，又爽又脆，综合了两种让人欢爱的口味，一经品尝，便欲罢不能，每次享用，均二斤有余，惹同伴瞠目。这时的甜，是“杂”在酸里的甜；而酸，又有甜的中和——酸甜这两种口味在此时都不极端，便都显得清爽，反而都好。

由这种切身的体验，我觉得金岳霖那个“清”字概括得真好，他告诉人们，厚味反而没有真味，在适度的状况下，美味才能品赏得清晰。所以，他的学问不是形而上的空论，而是一种对人生了悟之后的生命哲学，是可以拿来用的。

大家都知道，由于终身未娶，金岳霖没有自己的家庭，也脱离了亲情的生活，一生都是生活在朋友的屋檐下，甚至完全“进入了朋友的生活”。其中，梁思成和林徽因夫妇、张奚若和杨景任夫妇以及钱端升和陈公蕙夫妇都把他当作自己的家庭成员。一般人是很难处好其中的关系的，而金岳霖却能如鱼得水，喜悦了自己，也感动了他人。为什么会这样？盖因为他能清楚地分辨出“爱”与“喜欢”两种不同的感情和感觉。他说，爱说的是父母、夫妇、姐妹、兄弟之间的来自天伦的比较自然的感情；而喜欢说的是朋友之间源于相互交往、彼此接纳的感情。二者经常是统一的，既是朋友又如家人，这种关系是人人都希望的。但是，恰恰是不统一的时候居多，在这个时候，如果处理得不得当，往往会出现怨恨和背叛。有了这样的思维逻辑，金岳霖在与朋友交往时，绝不向朋友索求“爱”，而是追求彼此之间的“喜欢”。爱是一种极端化的情感，是使命和担当，相互之间是需要回报的；而喜欢是一种趣味，不需要附加条件，只要能共同分享到一种叫“喜悦”的东西，大家就都心满意足了。他说，朋友的关系不想则已，想起来是非常古怪的：血统既不相干，生活方式也可不必一样，然而居然能走到一起，似乎是一种山水图案，因为总有可以欣赏的部分。有了这种“欣赏”的心情，除了特别枯寂无聊的人、各色人等，都是可以成为朋友的。

所以，金岳霖一生都没有陷在朋友间的恩怨纠纷中，之所以有那么多朋友，道理就在这里。

静下心来想一想，“杂在别的东西里面的甜”的这种情味，西方人也是认同的。苏珊·桑塔格在《论保罗·古德曼》一文中述及他与保罗的关系时有一段耐人寻味的话——

> 我发现我只能连名带姓地称呼他，而无法只喊他的名……在我脑子里，以及在我与别人提起他的时候，他从来都不是“保罗”，也不是“古德曼”，而是连名带姓的“保罗·古德曼”，同时也带着全名所包含的情感上的全部距离感及熟悉程度。
>
> 保罗·古德曼的去世让人感到悲痛，但我感到更悲痛，因为我们尽管共同生活在几个相同的圈子里，却不是朋友。

不是朋友，却更悲痛，给人的启示是深刻的。苏珊对保罗的人格和学问充满了敬意，为了能够在心灵深处永远地保留神圣的位置，即便十分熟悉，也必须与之保持“全部的距离感”，如果“甜”在一起，做成通常意义上的朋友，家长里短，香香臭臭，就俗了，就同化了，就失去了精神互补、心灵提升的功能。同时，因为死亡使能够走到一起的人永远定格在那样的距离上，留下无法弥补的遗憾，是永远的痛，对生者的影响是邈远的，所以，就“更悲痛”。

换言之，“杂”在“敬意”中的“情意”是永不掉价的，有恒定的重量。

皮埃尔·勒巴普的《纪德传》中记述了一个小人物对待友谊的态度，也是颇耐人寻味的。

纪德的家庭教师安娜是个平民小姐，但在与纪德那个资产阶级家庭的成员相处的时候，却也没有感到地位和财富的挤压，相反，她享受到了友谊，且常常笑容满面，似乎所有的忧伤、挫折都与她无关，灵魂深处只有无上的快乐。究其原因，固然与那个家庭的人们都有很好的修养、待人友善、富有同情心有关，但起决定因素的是她选取了“符合身份”的情感姿态——“虽然有美貌、气质、善心、智慧、品行，但安娜并没有忘记自己是个穷人，只配拥有这么一丁点友谊”。她识趣、知足，不奢望人家给得更多，因而既保持了独立的人格，又不与雇主陷入敌对情绪，既与之情感交融，又不得意忘形而自讨其辱。节制、适度，成就了她情感上的自在、富足与快乐。

在这种摇曳不拘的联想中，在那个溽热的晚上，金岳霖的那本书，竟一气读完了，然后香甜地睡下了，虽然有热汗的附身，蚊虫的叮咬，居然一夜未醒。

现在想来，立足于让人受用的书，不仅能抚慰心灵，也能舒展肉体。

过度而反

苦茶啜后，再饮白水，水是甜的。

啖过苦瓜，再嚼素馍，馍也甘美如饴。

蜜水饮多了，不仅不再甜，相反，还生出涩味，类似盐分摄取过量之后，嗓子齁在那里。

热恋中人，过度的耳鬓厮磨，会生出隐约的厌烦；只有分离之后，才会重新找到对方的可爱。

酷寒之下，金属的表面结一层毛茸茸的细霜，手摸在上面，会煞地缩回来，那感觉不是冻，而是烫。

困久了，反而失眠；睡久了，反而还困。

疾速的车辆，好像停在原地；河舟悠缓，转眼就到了对岸。

大痛叫不出，大悲却无泪，濒死的人反倒带着微笑，好像看到了新生的影子。

在暗夜里站久了，眼前竟有了光亮，四野都有轮廓，像行走在白日里。雪光盈眼，跨进门槛，便一片漆黑。

夕照如果绚烂于天，与日出无异；晨光熹微，与黄昏类同。

大旱的土地顿遇大雨，会生板结之态，反而拒绝渗透；大饥之后，反而饱，没有进食的欲望。

蛮夷之地的人不怕死，面对身边的死亡表情麻木。都说他们愚昧，没有生死意识。但稍一留心他们的历史，就会认识到，为了生存，他们频仍地争斗，杀戮不止——整天生活在死中，眼里就没有死了。

小水弄波，喧哗不止；大水却凝滞无声，譬如大海——丰沛到了极致，沉重到了无以舒缓，便只有沉默。

狄金森也说过，我不怕喋喋不休的人，怕的是沉默不语的人——他一旦张口，往往会一语惊天，一如谶语。

雪覆大地，一片莹白，点墨即污；戈壁浩瀚，虽飞沙走石，寸高不增。

水至清无鱼，人至真无友，山至高无树。

人尖子往往命运多舛，颟顸者往往福如东海。

人在顶峰，迈步就是下坡路；身在低谷，抬足就是步步登高。

寒风中久立，会钝化冷，反而精神抖擞；久居暖屋，会怕风，且莫推窗，一推窗，就有了感冒的症状。

战乱中人，渴望和平；太平居民，反倒屡惹事端。

大富贵者，往往淡化物欲，心存朴素；贫寒之士，反倒张嘴是钱，追慕奢华。

一如大地上的物事：沉实的谷穗，谦卑低垂；干瘪的稗草，反而昂首挺胸。

无节制的庄重，到了后来，会演化成滑稽；嬉笑到泪流满面，倒让人心情沉重，唏嘘不止。

一味地展示痛苦，接近娱乐，诱发变态的审美。反之，过度的同情，反而加重了痛苦的分量——同情者沦为痛苦制造者的同谋。而且，一味地同情，不过是宣布了同情者的清白与善，与此同时也恰恰证明了同情者的无能。

善于冥想，必怯于行动。正如西谚所说：谁也不能同时既思考又打人。

还有，深思熟虑的谋反往往流产，一触即发的暴动反而可能成功。

过于依赖记忆，往往会远离了真相。记忆有过滤的功能：趋利避害，喜乐忘疼。一如伤口是用来包裹的，锦衣是用来示人的，脂粉是用来搽脸的——隐显之间，本质都变了。

燎原之火是灾，星星之火是源。

绷得太紧的弦会断，思虑过度的人会疯。

填塞得太满的画幅往往笔断意断，留白的画面反倒让人浮想联翩。

不间断地阅读，近乎无书，因为它没给思考留下间隙。

刻意雕琢的文字，往往苍白无力；率性的挥洒，反而指点江山。

孔子述而不作，絮语成经典；乾隆遇壁题诗，积数逾万，却无一句风流。

书卷无言，“静观价值”自然呈现；无所顾忌地破解，反倒造成意义的流失。桑塔格所说的“反对阐释”，反对的不是感性的鉴赏，而正是这种“过度的阐释”。

以上种种，均系常识，却耐人寻味，一如禅。归结成一句话：物极必反，亘古如斯；适度的人生，才会走向成功。

因势而立

同样是一棵柳树，生在山林叫毛柳，长在河畔叫岸柳，植在街衢叫市柳，立在宫廷叫官柳。毛，譬贱；岸，譬景；市，譬名望；官，譬高贵。虽柳，而不柳也。

同样是一座如厕之地，在乡下，叫茅房；在楼区，叫盥洗室；在街头，叫公厕；在宾馆酒店，叫卫生间。与之相对应，农村人叫拉撒，城里人叫方便，官人、贵人叫出恭，一蹲一起，一开一合之间，差距是大的。

同样是一把坐具，矮檐下叫凳子，教室里叫椅子，厅堂上叫沙发，官人胯下叫位子，帝王则叫龙椅宝座。普通人的坐具可以移动，可以借人，官人的坐具，却绝对不能位移，帝王的坐具，则摸一摸，动一动，都是冒犯，都是僭越，轻者杖罚，重者杀头。

同样是居停之所，农民叫屋，市民叫房，文人叫斋，僧人叫刹，商人叫厦，隐者叫庐，官人叫邸，贵人叫馆，美妇叫香巢，绅士叫豪宅，阔人叫朱门，帝王叫金銮宝殿。屋里有土灶，斋里有笔墨，朱门里有酒肉，宝殿里有歌舞升平，檐下的分寸，是乱不得的，因为它关系到风水和身份。

同样是饭后的行走，村里人叫遛食，城里人叫遛弯，白领叫散步，艺术家叫漫步（卢梭在焦虑下的一派胡思乱想就叫《漫步遐想录》），贵人叫安步当车，即便这等小事，也牵系着胸怀与境界。

同样是杯中物，普通人叫猫尿，知识者叫琼浆玉液，帝王将相叫宫廷御酿。好像普通者之饮，只是动物属性；知识者之饮，是浪漫情怀；至尊者之饮，则关乎江山社稷。

同样是流通货殖，普通人叫钱（与“贱”谐音），文人叫阿堵物（文人固穷，心有块垒），商人叫资本，官人叫票子（与位子、房子、车子、面子共同构成“五子登科”的至上格局），帝王叫国帑或官银，好像天下此物都是他私人所有。

同样是配偶，民间社会叫贱内、荆妇、糟糠、婆娘，或内人、内子，上流社会叫爱人、夫人、太太，到了顶层社会就叫王后、皇后、国母、第一夫人。同样是情人，依地位递进，从下至上，叫法颇不同——姘头、相好、傍肩、小三、红颜知己、生活秘书，不一而足。女人如果生错了地方，跟错了人，即便天生丽质、国色天香、闭月羞花、沉鱼落雁，也是私通货色，上不了台面。

同样是袅娜身姿，在农村，叫卖弄风骚（“母狗不摇尾，公狗不傍前”，这著名的乡下俚语背后，喻着一个“淫”字）：在城市，叫摇曳多姿，譬其美和可爱；在殿堂，则叫玉树临风，誉其气质和高贵。

同样是眠余生梦，小民叫痴心妄想，文人叫梦笔生花，官人叫美好愿景，王者叫神赐玄机。同样是生而长寿，在小民那里，是老而不死为贼；在贵人那里，是德高望重、蔼然人瑞；在王者那里，是百姓福祉、万寿无疆。

同样是纸上的书写，幼者叫作文，少者叫习作，无名者叫作品，得名者叫力作、杰作、经典。

一切，一切，都是因势而立，相同的物质、相同的行止，因所居位置的不同，就有了不同的说法和价值定位。所以，虽然只是称呼上的不同，但社会上的种种不公，人心中的种种不平，盖缘于此。如同在写作上，语言和形式，不是工具，其本身就是内容一样，名号与本质类同。“名不正，言不顺；言不顺，则事不成。”圣人之言，乃锥心之说。

然而——

柳树究竟是柳树，春天芽发，秋天叶落，无论长在哪里，都是一样的。即便贵为官木，枯了，也会倒，倒了也会朽，直至腐烂在泥中。

厕所究竟是厕所，无论名号多么雅洁，都是容纳粪臭之地。管天管地，还管拉屎放屁？乡谚有理，譬在屎尿面前，人人平等。即便是皇帝老儿，到乡间微服私访，一遇内急，见到秫秸秆围成的贱民的茅房，眼里也会放出欢悦之光！

坐具究竟是坐具，离开了人的屁股，再堂皇的款式，也不过是一块死木，一个摆设。而且，遭逢喜事，再硬的杌凳，也软；江山易色，再软的龙椅，也硬。

居所究竟是居所，能够容膝，能够安眠，一切就都在了。即便是有千间万间房，睡觉只需一张床；茅屋里有歌声，宫殿里有哭声；寄人篱下，高阁也是矮檐……人世间的种种说法，都证明了，人的幸福指数与居所的规模、数量、质地、建制甚至所属均无关。而且，什么样的居所，都依托于廊柱——大柱小柱都是木头，都会腐朽，都会坍倒。也都经不住火，富丽堂皇的阿房宫在大火之下的灰飞烟灭，与茅屋的归宿等同。

杯中物究竟是杯中物，都是饱食之余的陪衬，辘辘饥肠之下，不管是什么身份的人，首先要抢的，肯定是食物。而且醺然的境界，不取决于酒的质地，而取决于人的心情。即便是琼浆玉液、宫廷御酿，喝多了也一样会醉。酒醉之下，昏君与愚民无异。况且，杯中物所产生的道德与酒品无关，有关的是人品与襟怀——几杯下肚，清者益清，浊者益浊，根本地，是被人性的底色所左右的。即便是俗劣猫尿，善者引之，也会生出万千悲悯；即便是金樽人头马，进了恶人的肚腹，也会恨天、恨地、恨人。

配偶究竟是配偶，不管是糟糠、贱内，夫人、太太，还是皇后、国母，在基督那里，都是男人的另一半；在道教那里，也都是阴阳据守，互补盈缺；在生物那里，也都是生儿育女，延续香火。而且，太太往往造作，糟糠往往率性，皇后往往冰冷，贱内往往温柔，在情感的体验上，王公大臣与贩夫走卒，都是一样的。

情人究竟是情人，都是“正”之下的“偏”，都是不能公然面对的“私情”，都是地下、准地下的情感状态。无论名号多么堂皇，情事多么浪漫，都是遮遮掩掩、羞羞答答的内循环。而且，情人总是一种暧昧的身份，即便是一块温香软玉，外人视之，也都是打折、再打折的目光。为什么情人都追求“转正”，为什么情人背后总是怨女幽魂的故事，都是不明不白的沉重，让柔软的人心难以承受。即便是大势拥戴的皇帝，可以摆得平江山，却摆不平佳人的忧愁，所谓“爱江山更爱美人”，那是悲苦的变调，豪迈的背后，是无奈。

身姿袅娜就是身姿袅娜，不管是褒词还是贬语，都不改“令人心痒”的感觉。“好看”是直觉，卖弄风骚、玉树临风都是观念——直觉是真实，观念是虚伪，而虚伪是观者的境界，与那个客体无关。所谓见色生淫，见贤生妒，不是美色之错，贤者之过，是见者卑污，不会鉴赏，无福消受。

梦究竟是梦，无论是痴心妄想、梦笔生花，还是美好愿景、神赐玄机，都不是实有之物，而是日之所思，夜之所续，都是对现实残缺的下意识修补。美梦成真者稀，梦幻如烟者众，在梦中沉浸而不能自拔的人，无论高低贵贱，最终的结局都是践行能力的弱化，都会失之于一个“误”字。所不同的是，小民误家，大人误事，君王误国。

……

种种然而之后，不禁看到，其实“势”这种外力是靠不住的，甚至是无用的。虽然《增广贤集》里有“运（势）来铁如金，运（势）去金如铁”的说法，但在常识之下，金就是金，铁就是铁，其内在品质是不变的。虽然称呼之好，很光鲜其颜面，名号之差，很黯淡其格局，但物有物格，事有事理，尘埃落定之后，尊者自尊，贱者自贱——这是天地伦理，超越于人的一厢情愿之上。所以，太看重名称、名号、名分的社会与人群，表面往往代替内容，虚拟往往代替实有，品牌的打造往往代替真切的实干，浮夸、浮华与浮躁，虚荣、虚幻与虚妄，渐成风气，会消解了真正的价值判断，到头来，本末倒置，罔无定力，徒然为多余的部分买单。由是，因势而立，也必因势而废，古往今来，概莫能外！还是不务虚名，不尚空谈，老老实实地处世、为人、做事为好。

疼在疼痛之外

近日来，我莫名其妙地思考起关于痛感的问题。

也许是年过五十，各个器官都有异动，时时有一些不请自来的隐痛。

反省人生经验，发现，所谓疼痛，不在其自身，而是疼在疼痛之外的附加因素。

幼时随堂兄一同到山上挖药草，一堵墙里生着一棵胖大半夏，堂兄撬动石头伸进指头抠，半夏虽被抠出，但指头也被石头压断了。断指滴血，但他脸上却是得意的笑，因为他有收获。能望见自家的炊烟了，他才喊疼，因为他想到了伯父的责备。

表舅嗜偷，从邻人的鸡蛋，到村口小卖部的商品，他都有悄悄拿走的欲望。即便是架设高压线的电料，虽无日常之用，但他也想偷回家里。柴棚是他储存赃物的处所，每天坐在一角检阅自己的所获，他有快感。但总有被捉住的时候，被人沿街痛打，虽然被打得遍体鳞伤，他却不发一声呻吟。那年他偷了下拨的救济物资，由于性质恶劣，被批捕，被五花大绑地扔上警车，他还喊革命口号。我随亲友到看守所看望他，他脸色铁青，说自己很痛苦。以为他痛苦于有了悔改之意，他居然说，已经偷了那么多年了，应该练就了隐身之法，却还轻易被捉，嗐！我十分惊异，原来他痛苦于技艺不精。

堂妹生得美，族人总是把赞语挂在嘴边，这就助长了她的虚荣，便追求脱俗的爱情。她认识了一个官员，这个人有权、有势、有钱、有容貌、有风度，但是也有家眷。她不听劝告，一味痴迷，甘心做外室。一做就是二十年，其间不断做流产，直至风湿加身，骨节肿胀变形。家人为她痛，但她自己不觉得痛；族人为她蒙羞，但她自己不觉得羞，因为她能感受到爱情。那个男人给她美庐香车，还带她出国，还给她的兄弟姐妹安置工作，还像亲女婿一样给她的父母养老尽孝，这一切都是爱情的证明。那一天，我们一同出席一个晚辈的婚礼，中途她突然泪流满面，悄悄地退出来。我尾其身后，想看个究竟。她坐在酒店的台阶上，不停地捶打变形的双腿。以为她风湿病犯了，便走上前去，关切地问，要不要送你去医院？她凄然一笑，说，哥，我没事，就是突然觉得心中虚空，我突然想，我什么时候能有个亲生儿子，也能像模像样地给他娶一房媳妇。我知道，这个时候，她看到了痛苦朝她钻隙而来，身残可忍，不能忍受的，是她永远失去了做母亲的权利。

父亲刚过五十岁，就得了直肠癌，总是脱肛。一个老中医说他中气不足，得多吃甲鱼，特别是甲鱼的脖子。吃时要用淡水炖，少油寡盐。这个吃法，即便是偶尔行之，都难以下咽，更何况经常食用。但他强迫自己吞咽，不以为苦。后来又扩散到肝上，疼得他夜里无法入睡，佝偻在炕角，并用头撞墙，但他都默默忍受，不吭一声。因久治不愈，怕他怨恨亲人，就告诉了他病情。从那一刻起，他就像换了一个人一样，坐着喊疼，躺下喊疼，整个家庭都疼痛在他的哀号里。其实为了缓解疼痛，每天都按时给他服用吗啡、注射杜冷丁，但为什么他还每时每刻都喊疼？不是因为他不够坚强，而是他疼在绝望。

父亲于一天晚上去世，看到他伟岸的身躯瘦成了一把骨头，我心中大痛。但是我没哭，而且竟连一滴眼泪都没有落下。我平静地把他推进太平间，并仔细地给他系好领扣，然后蒙头大睡。天一透亮，我就动身上路，到十里八乡，给亲朋好友磕头报丧，之后是联系火葬场进行火化，再之后是抱着他的骨灰盒把他送回祖坟安葬。在这期间，我还要接待前来凭吊的族人，赔着笑脸，说着感激的话，一切都处理得井井有条，没表现出一点丧父之痛。母亲大惑不解，对人说，这孩子心真硬，死了老子居然还能平静如常。待父亲入土，看到眼前堆起了一座新鲜的坟茔，我才突然醒悟到，父亲真的没了！于是，被压抑的痛苦瞬间被激活，我一下子扑倒在地，放声号啕。那哭声异常怪异，不似人声，却似野驴哀号。事后回想，不是我意志坚强，能够承受失父之痛，而是因为我是长子，父亲的后事都需要我悉数担当，让他体面地入土，是第一等的要事。在责任面前，痛苦失去了它本身的锋芒。

回望种种，我感到，人生之痛，不在于身体的创伤，而在于内心的失据，这一如在伤口上撒盐。

率性之思

一

罗丹说过，生活中不是缺少美，而是缺少发现美的眼睛。

这句话，人人都耳熟能详，却缺乏更深入的思考。

依着罗丹的逻辑，思考人生，人生其实就是一条“发现之旅”——

无论远山，还是僻地；无论深海，还是浅滩；无论故土，还是他乡，奇珍异卉，美好物事，都默默地生长着，都静静地发生着。你之所以不察，是因为你没有抬腿走去、放眼望去。

无论是远古，还是今朝；无论是家门，还是异域；无论是现世，还是梦境，人类历史，人间经验，都默默地被史册记载着，都静静地被典籍陈述着。你之所以不觉，是因为你没有潜下心去、埋头阅读。

之所以有这番感慨，是因为儿子和儿媳日前到澳大利亚旅游，耗金太重，惹家婆心疼；也是因为居室被铺天盖地的藏书所拥塞，她眼里只有一堆堆废纸，厉声曰卖。而旅途自有美景，册页自有意义，一路走去，一径翻开，会让眼睛发亮，会让心灵充盈。

她不懂其中的道理，蛮民般苦恼，并喋喋不休。始知道，人的大小，不在体格，不在地位，不在资财，而在于心中的格局。换言之，大人物不在守成，而在于发现。

二

性爱被民间称作“那事”，有鄙睨的语气，好像不能公开谈论。

民间只是埋头做，直奔主题，之前的蜜语、亲吻、抚摸，也就是西方所谓的“前戏”，是不屑做的，被认为是淫荡、下贱。

中国人不管行动能力强弱、修养水平高低，总是先要给自己找到一个道德高度，然后咄咄逼人地评判、议论，好像自己一贯正确，错的总是别人。因此，鄙视“前戏”的态度，正折射了这种国民性，他先把一顶“淫”的帽子扣给你，他自然就是正人君子。

从此可以看出，中国人缺少“游戏精神”或“娱乐趣味”，而这两者，正是区分人和动物的地方——动物只有本能，传宗接代、保留物种，而人之所以为人，因心灵的愉悦，超功利的需求，是其基本特征。民间的婚姻质量之所以低下，就是因为这种游戏精神的缺失，使其只见器官，而不见人。

在我们的社会，人一旦有了一把年纪，就更不见这种游戏精神，无论愿不愿意，都要严肃持重，否则就会被骂作“老不正经”。但是我发现，那些被人视作老不正经的人，正是眼界开阔、心灵丰富、趣味盎然的人，是他们，使这个没有意思的人间世界有了一点意思。

李银河的性学著作，被人大泼污水，但潜心看过，她的用心，是立足于涵养人的情感趣味，让国人的“那事”有精神在场，变得可以正视，可以优雅，可以脱离动物属性。就国人的性爱状况来说，多的是性的暴力，少的是爱的艺术，周作人二十世纪初发出的一声感叹，至今仍回音不绝——物质极大丰富之后，人们仍旧不会爱，还在原地踏步。所以，李银河她心存救生之念，有纯洁底色，堪称性爱世界的圣女贞德。

三

卢梭说，人是生而为自由的，而又无时不在束缚之中。

这里的束缚，是必然性的存在，包括文化、制度、宗教、法律、道德、舆论等都对人类个体产生着规限和压迫。所以，人的生活史和心灵史都是“反抗”的历史。

霍布斯把自由分成两类：“行动自由”和“愿望自由”。行动自由受外界的限制，一如鲁迅所说，即便是开扇窗户，也要付出血的代价。但愿望自由，是主体的、内在的，相当于俄国哲学家斯洛基所说的“意志自由”，它有人自己支配的相对空间。也就是说，在这方面，主体是可以有作为的，可以作出“心的反抗”——个体的人可以恪守独立人格，可以进行独立思考，甚至可以沉默，可以不合作，可以回到自我，独善其身。

巴金的随想录，整体表达的是主体的觉醒，解决“奴在心”的问题，找回心灵的自由。他开了思想解放的风气，为人文知识分子争得了尊严。但是，现在的状况是，人们拜金、拜物、拜权势，甚至拜大仙，不再有独立的自由意志，不仅“奴在身”，也“奴在心”——为了获取利益可以丧失人格，为了一时虚荣可以随波逐流，人们心中不再有“本我”和“自在”的原则，他们主动把自由出让了。

这种倒退，让人惊惧，因为主体意识还在的人，身拘，还可以神游，但如果自己斩断了翅膀，就没了飞翔的希望，就会堕入万劫不复之地。

四

见红唇思吻，是温柔；
见秀足思抚，是欲动；
见小犬思宠，是爱心。
所谓爱情，就是温柔的欲动。

故事诱人，因为是别人讲的别人的事情，遭遇像传奇，悲苦像风景；
传说醉人，因为是今人讲的古人的故事，现实像梦境，生死像游戏。
所谓美丽，都是不虚之虚，不痛之痛，无用之用。

鲜花怕寒，脂粉怕汗，红颜怕嫁错了汉。由此才有了怜香惜玉之说，才有了一种特殊的感情：悲悯。

五

早晨枯坐，突然想到“惰性”一词。

惰性，在一般意义上说，自然是指懒惰，好逸恶劳，好吃懒做，不思行动，厌倦劳动。性懒惰的人，注定了终生得过且过，一事无成。

但这里的“惰性”，则指习惯，指守成，指长期形成的思维定式、行为方式。在惰性之下，人往往驾轻就熟，不思改变，沿着已有的轨迹一路竞走，忽视了别的道路。即便是有所张目，也视为畏途，怯于走。

之所以想到“惰性”，是缘于身边的物事——

居室里的门松动了，门把手不能入位，不能关。找来工匠，卸下把手，用新型胶固定门框，用木托抵住，等待其干。这期间，工匠去服务别的客户，不能给予及时安装，门就那样敞着。家婆说，安装把手是件极其简单的事，你何不自己动手？硬着头皮动作，怎么也找不准榫位，只好悻悻作罢。

多年来习惯于读写，就不敏于动手——水龙头漏水、马桶堵塞、菜刀刃钝，别的男人顺手就可以收拾，我却弄不来，视为繁难，只好花钱请人。家婆讥道，你是个废人。

但是，一到案头，再繁杂的资料，我也能理出头绪，找出内在的联系，提炼出主题，生发出思想，写出漂亮的文章；再深奥枯涩的典籍，我也能读出趣味，找到入门的钥匙，作出深入浅出的阐释、写出好看的阅读笔记，惠于人。

家婆常挂在嘴边的一句话是，你除了会写几篇文章之外，一无用处。

起初很是反感，觉得她小瞧了自己。后来却坦然承受，因为她的话，类似赞语，毕竟自己还有一技之长。

可以看出，每个人都不会是全能的人，因为每个人都生活在自己的固有领地、思维习惯中，也就是说，每个人都有自己的“惰性”。这个惰性特征，造成了能力的此消彼长、用进废退，在自己的世界中，你有巨大的热情、足够的耐心和施展才华的自由空间，可以是巨人；而在他人的“国度”访问，你处处陌生、处处忐忑，游移彷徨，无所适从，无计可施，便往往就是侏儒。

所以，你不要轻易地被别人的价值评判所左右，你要立足于自己的优势，懂得坚守。

六

谈到“惯性”问题，其中有一个“用进废退”的概念。这里固然有“刀刃常用，不会生锈”“脑子常用，会愈加灵光”“手艺常用，会熟能生巧”的正面意义，但也不能“滥用”，滥用，就会走向事情的反面——

善美食的，总是先脱落牙齿；

善做爱的，总是先阳痿早衰；

善跑步的，总是先损坏关节；

善承重的，总是先矮下身姿；

善言说的，总是先露出破绽；

善登高的，总是先走到低处；

…… ……

因为能量不是无限的，才华也不是永不枯竭的，生命之树也不是永远常青的，用道家的话说，一个人的运势、进退和所得都是一个定数，不要急于达到，要收敛、要节制、要从容，更要有让自己时不时从自我世界中走出来，暂时作为旁观者，一路欣赏、回味的心境。那样，就多了顿悟、多了乐趣、多了幸福。

辑 三

顺 生

祖父生前信命。遇事不主张争竞。

他说："是你的东西，别人抢不去；不是你的东西，

即便你抢到手了，也会从指头缝里漏出去的。"

他一辈子随遇而安，没有追求过什么，却该有的都有了。

祖上的果木

老核桃

曾祖父在世时，那棵核桃树就已经很粗壮很蓊郁了，把三间石板小屋衬得极孤陋、极拙朴。鸡婆在荫下咯咯地唱，曾祖母在荫下仄仄地扭，是一方长满苔藓的风景。

曾祖父也不知这树到底经了多少岁月，逢人问及，便随口答道："老核桃了。"

这树就叫成了老核桃。

老核桃的果子结得很稀，仅数十颗；其果皮比一般的核桃要厚两倍，任你在街石上、沟坎上摔来摔去，只听到叭叭的脆响，表皮的纹理竟不曾有一丝破绽。所以，若想食核中之物，便需重锤砸。砸开之后，令人叹息不止：果核的内里多隔，其隔厚且坚硬，果仓就极狭小，核仁不易弄出来，就用刀尖剜。一剜，果肉就碎，只好把砸开的果子放在鼻翼之上，张大了嘴巴，接碎下来的果肉，细细嚼来，甘香无比。

这甘香是一种诱惑，激起人的贪心，便想多剜些果肉入口，但多隔的狭小的果仓里，并没有多少果肉，剜不到两下，便罄尽了，就只好觊觎下一个果子。仍是收获甚少，仍是不能满足，就不停地砸下去。待果实已砸尽，入口者却零星，贪心得不到平复，心里就忒烦，骂道："什么鸟果，招人性起，又惹人性丧！"

于是，这果就珍贵得近乎无用。

谙其性质，每当新果下来，曾祖父就以他从私塾那里温习来的古旧语气，说：“这果，啖一啖十，其性同焉，啖一足矣。”

大家就都只吃一个果。

余下的，曾祖父就放到砺石上去磨，那密密的纹络就越来越明晰，晶晶地闪着光，让人爱不释手。山里人管这叫麻核桃。曾祖父就分头给老伙计们送去，揉玩于指掌之中。

曾祖父每只手能搓动四只麻核桃，双手可同时搓动。他将身子陷在太师椅之中，不慌不忙地动作着，室内便哗响成一片。这气氛竟有几分诡谲。

到后来，老核桃的果结得越来越少，枝杈也枯了二三。每到夏日，老核桃的肥叶上，就会爬满了黑色的毛虫，蹲在院中吃饭，便常有毛虫掉到碗中，令吃饭人吐咽两难。更甚者，便是在溽热的晚间，老核桃的上下，均是蚊蚋嘤嗡之处，树下的梦境，便总是被咬得很红肿。祖父便说：“爹，还是把老核桃砍了吧。”

曾祖父不停地捻着麻核桃，像什么也没听到。祖父便大了嗓门又说。曾祖父的麻核桃仍捻得声色俱在，若进入忘川。祖父就挪到跟前，刚要再张口，猛地发现，曾祖父那鼓鼓的眼泡，分明是悄悄地垂得沉了，便倏地一个冷战，偷偷地退出屋去。

祖父便对父亲说；“别急，这树早晚是要砍的。”话里的意思是很分明的。

但曾祖父活得极硬朗，一活活了一百零八岁。他掌中那八只麻核桃，被揉搓得光滑如润，抚之若温，放在托钵之上，置于油灯之下，灼灼然，如八只小星。

曾祖父殁去的翌年，父亲问祖父：“老核桃，砍了吗？”父亲没忘祖父说过的话。

祖父赧然一笑：“砍它做甚？老爷子高寿辰，兴许跟它有干系哩。”

后来，老核桃干脆就不结果了，只是叶子长得又黑又肥，招更多的毛虫，聚更多的蚊蚋。秋冬变节，便“败叶纷纷拥砌石”，小小庭院，总也收拾不干净。祖父却耐心地扫着落叶，似出家人，无欲无念地扫冷清的庙门。

但老核桃的荫惠，并没有让祖父比曾祖父更长寿，虽然也活到了九十岁高龄，与其父相比，到底是差了一些。那日，他叫父亲把曾祖父的八只麻核桃拿来，两只干瘦的大手抖抖地握住，却怎么也搓动不起来，便哀叹不迭："到底是前人的物件，怎么敬重，也不属于后人。"

到了父亲这里，我总以为，那无用的老核桃该做釜底之薪，尽一点实实在在的用处了。但父亲却说："都习惯了老核桃了，没有它的日子到底咋个样子，想一想，都觉得凄惶，就留着它吧。"

老核桃就依然是老核桃。

于是，老核桃下的生活，因为不曾改变，便很让我迷惘，很让我郁闷，也很让我无可奈何。

……

在远离故乡的地方生活得久了，故乡的许多记忆，都渐渐地淡去了，但奇怪地，老核桃的影子却愈来愈清晰了——一想到故乡，就会出现老核桃。

老核桃，你还好么？！

老核桃，原来在游子的心中，居然还有这样一种情不自禁的感情。

对老核桃的思念，使我的心永远与故乡贴近着；且思念愈久，愈有一种深沉的况味，它滤去了许多市井风尘。

但思念归思念，老核桃下的日子，却横竖不想再过了。一如思念过往的恋情，之所以时时感到美好，因为都是无用之用。

杏的故事

也是一个曾祖父与树木的故事。

曾祖父在祖父娶亲那年，在庭院之中植了一株杏。栽时，他并不知其性之甜苦，因它的叶子长得硕大而干净，日后是可以用之包一些肥肥大大的粽子的。

到了第二年，杏树竟结了第一颗果实。杏极红艳，硕大如鸡卵，是曾祖父平生所未见也。曾祖父便终日厮守，以防不测。待熟得滴紫时，曾祖父烧过一炷香，才小心翼翼地将它“请”下来，且于掌心中摩挲复摩挲；终是不敢尝一口，便奉在祖祠里，任红艳的光芒幽幽地照，那灰黄薄脆的龛纸上，就亮了好大一片。

数日后，满室便奇香氤氲。病中的曾祖父便让祖父搀他入室，拼命地嗅。

此时，祖母正小心地孕育着父亲，那奇香扑面的杏子便很让她不安分，便将“圣果”偷吞了。正巧被祖父撞见，脸色就煞地灰白，便偕妻在曾祖父膝下跪了。曾祖父果然就气得手舞之足蹈之，纵情的骂声，是一串极动人的歌子。兀然，他住了声息，俄顷竟说：“拿册子来！”祖父便将曾祖父枕边的书小心地捧上：是一部古旧的《周易》。

待曾祖父极沉重地翻了一过，竟朗朗地笑了起来。又沉吟片刻，对祖父说：“一颗杏，为‘独’，独谐‘犊’，她身怀六甲，泽被后世，该受用也！”祖父母的泪才敢流得恣肆一些。

曾祖父竟问：“味儿厚吗？”

祖母便一把抹去满脸的泪水，努力绽出微笑：“好香好甜！”

曾祖父说：“但要记住，明年的果子，你们切莫动了。”

“记住了！”

来年，竟有十数颗杏子在枝头红艳着，但想到曾祖父的叮嘱，即便果实多多，祖父也是不敢摘的。祖母却经不住那奇香奇甜的诱惑，忘了已应允的孝悌，任自身的贪婪去嗫嚅。曾祖父得知，也不说话，只是两腮抽搐了一下，把手中的拐杖扔给祖父。祖父的两腮也抽搐了一下，捡起了拐杖。但久久不见动静，他是等待着拐杖的主人能猝然生出悲悯。然而却听到严厉的一声低吼：“孽障！”祖父无奈，便把拐杖打在祖母的身上。羞恼与怨恨，让祖父手下失去了方寸，不小心将祖母的一条腿打折了。于是，祖母瘸瘸拐拐了一辈子，祖父的爱情也瘸瘸拐拐了一辈子。

祖父那年冬天病得很重，以为自己不会再有来年了，便对父亲说：“你娘几十年不吃杏了，院里的杏熟了，给你娘留着。”

杏一下来，父亲便给祖母端去。祖父看见，远远地躲了——他是在躲内心的惭愧和迂腐的夫尊。祖母长长地一声叹息，泪水就汹涌了，两腮抽搐了一下：“且留给你们的父亲吧。”

祖父竟也不曾动过一颗，就久久地搁在一边，终至烂得淋漓，惹苍蝇满室嘤嗡。于是，父亲便觉得心里别扭，杏子再熟时，也就没心思去摘，任璀璨的杏子掉在地上，被猪狗们噬得得意……

我长到能爬树时，就盼着那棵老杏树结得一年比一年多，杏子才熟了五成，便攀到丫间，一颗接一颗地吃下去，酣然无顾忌。父亲便在树下或斥或乜，我便骂：

“爸，你真是个大傻蛋，恁好的玩意儿，谁吃不是吃呢！”

现在想起来，老杏树毕竟是属于岁月的。而且，祖先的规矩因为跟他们的私心有关，反倒让后辈失去了敬意。

老人与猫

外祖母与外祖父的结合，在我看来，是一桩很有意思的事。

说是包办，却也不完全是包办。外祖母的爹问她："有人给你介绍了一桩婚事，愿意么？"外祖母并未见过外祖父，竟说："愿意。"外祖父的爹问他："有人给你搭勾了一桩婚事，愿意么？"外祖父也不要求和姑娘见上一面，竟也说："愿意。"

于是，坐轿的坐轿，抬轿的抬轿，故乡就又多了一个家庭。

第一次吵架是婚后的第七天。

外祖父从地里回来，抱着一捧新剜的土豆，高兴地对外祖母说："焖一锅土豆小米饭吧。"外祖母便马上生起柴火，高兴地焖土豆小米饭。

高兴的外祖父不是抽他惯常的铜杆烟袋，而是依在被垛上，耸肩摇头地吹荆管制的笛子，呜哇呜哇好听得很。外祖母觉得他真了不起，就被他的笛声吸引了。当锅中传出煳味的时候，外祖母才怔地觉醒；外祖父也住了笛声，勾勾地盯着外祖母：

"煳了？"

"煳了。"

"你怎恁不中用！"

"谁让你吹那勾魂的玩意儿。"

"你的魂儿就那么容易被勾吗？又不是吹给你的。"

"那你吹给谁？"

“反正不是你。”

“既然不是吹给我，最好别在我跟前儿吹。”

“……”

外祖父这才发现，外祖母的脾气蛮倔，是个爱顶嘴的主儿。便窝在被垛上，生外祖母的闷气，饭也不吃了。

外祖母也感到委屈，认为外祖父有些浑吝，有些不懂人情礼短。所以，她不但不劝慰气郁的外祖父，竟也倚在土炕的另一头，默默地不吱声了。

一对新人，竟有了分庭抗礼的样子。

外祖父便觉得丢了面子，极想发作；但想到正在蜜月里，就忍了。

过了蜜月，外祖父对外祖母说：“我是当家人，不管什么事，面子上得让我过得去，不许跟我鸡一嘴鹅一嘴的，那样，邻人见了，成何体统呢！”

外祖母头一歪：“看美得你……”话音未落，外祖父的巴掌就已打了过来，外祖母便掩面而泣，心中竟渐渐生出恨意。

这以后，外祖母常常和外祖父因一点小事而吵嘴，并不顾及外祖父要的所谓面子。久了，外祖父便习惯于动手。起初尚有一些顾忌，到后来竟发展到在门后放一把荆条，待外祖母再耿耿地与他争持时，外祖父便大打出手，外祖母白皙的手臂上便常常留下一道道抽痕。但她仍不屈服于外祖父的威压，一边挨着鞭笞，一边还勇敢地申辩……

待儿女们该嫁的嫁了，该娶的娶了，只剩下两个孤独的老人时，他们却突然不吵了。外祖母再也不屑于顶嘴：外祖父发作时，她呆呆地圪蹴着，似不再听到声音；外祖父觉得没趣，兀自唠叨一番后，也戛然陷进沉默。

有一年，我去外祖母家。外祖母也是焖一锅土豆小米饭，给我盛上，她自己也盛上，殷切地劝我吃。外祖父被冷在一边，那黯淡的目光，透着一种无奈的阴郁。我想给外祖父把饭盛上，外祖母却说：“甭管他，他自己有碗。”在我纳罕间，外祖父从碗橱里拿出一双碗筷。那碗又黑又脏，像久未刷洗。他低下头去盛饭，手不停地颤抖。我抢过他的饭碗，给他盛上了。外祖父很激动，一边闷声吃着，一边悄悄地淌着泪。未咽下几口，他就咳咳地喘起来，晚年的外祖父害着极重的肺病。

晚上，患肺病的外祖父竟要我陪着喝酒。我劝他要保得身体，少喝一点才好。他竟执拗地喝下去，一杯接一杯，招惹着阵阵喘息。待到微醺时，他竟对外祖母说：“他外祖母，不喝一口吗？”那表情有些巴结，但却是极真挚的。

外祖母说：“老了不是？知道俺有用了，晚了！”她将那一双端酒的老手，无情地挡了回去，令外祖父尴尬地说不出话来。

外祖父是可悲的。并没有征服外祖母，却吃了自己专横的苦果。

两位老人一辈子都没照过相，来时我带了机子。临走时，想给他们照一张合影。凳子放在日光融融的院井中，可怎么也不能将二老拢在一起。让外祖父先坐在凳上，外祖母就怎么也不去坐；外祖母先坐下了，等外祖父刚挨她坐下，她就又起身了。好不容易将二老哄妥帖，但挨在一起的那种表情却令人哭笑不得：一个脸朝东，一个脸朝西，两张脸扭曲而僵硬。就只好让他们分开来照，再到暗房里做技术处理。舅姨、母亲所珍藏的两位老人的唯一的一张合影，便是这样的作品。

到后来，孤独的外祖父，就只好抱养了一只猫。

外祖父整日里把猫放到膝上，用梳子细心梳理猫的毛发。晚上则把猫拥到被窝里，搂着猫睡。外祖父管猫叫“梅子”，而他的铜杆烟袋的玉坠上也刻着一个“梅”字。我觉得这里面一定有一个远遥的故事，或许与爱情有关。外祖父吃饭时，也把猫放到桌旁，把自己爱好的食物也放到猫碗里一点。冬天，他怕猫拉肚子，饮猫时，总是给猫晾一些温开水。渐渐地，猫竟与外祖父建立了感情……外祖父在屋时，猫从来不出门，总是偎在他身旁，咪咪地解除老人的寂寞；外祖父出门了，那猫便不安地蹲在门前，支起耳朵，谛听那一重一轻的脚步声。外祖父的衣裤都很脏，身上长了不少虱子，只要躺下身子，便不停地抓痒。他的胳膊抬起来很吃力，肩背抓不到。他把上衣脱下，斜倚在炕上，那猫便极殷勤地给他抓背。晚上，外祖父总是睡不着，便唠唠叨叨地给猫讲故事；那猫竟也久久不寐去，总咪呜咪呜地支应着，似全懂了外祖父的心事。

炕的那一头，外祖母也并未睡去，听着那低一声高一声的人与猫的对话，烦得很，便辗转不止，暗暗地恨着那只该死的猫。

一天，外祖父从外边回来，见那猫伏在地上不起身，只是一声接一声地叫着。将猫抱起，见那猫腿竟被打折了，露出尖细的白骨。外祖父那愤怒的目光搜寻着外祖母的身影，终于在柴棚的一角，搜到了外祖母那惶恐畏缩的目光。他抄起杌凳狠命地砸过去，终于将外祖母的腿也打折了。外祖父悉心地包着猫的伤口，任外祖母一声接一声地哀叹。

姨舅们闻讯赶来，拥着瘫软的外祖母，悲而无声。与其说他们不敢有声，还不如说他们悲悯，因为他们都知道，父亲的心上有一处心结，一如老伤虽然痊愈了，但留下的疤痕会一遇变天就痛痒，老人的愤怒，也是出于身不由己。

后来我才从外祖母那里知道，外祖父的表妹就叫“梅”，住在隔山的沟岔。那年沟岔上有几株梅开得艳，他和表妹把终身私订。表妹送给他的礼物也个别，就是那个悬着长长玉坠儿的铜杆烟袋。但不久，表妹竟被“皇协军”“协”走了，逼着给鬼子头当了小老婆。外祖母悄悄地对我说过之后，叮嘱我：“别叫你妈和姨舅们知道，更别让村里人知道。”其实，我知道，妈和姨舅们都是知道的，就独独欺瞒着她本人。既然大家都知道，为什么还要相互欺瞒呢？渐渐地，我懂了，外祖母的欺瞒，是为了自尊；儿女们的欺瞒，是为了体贴，都是为了亲情的圆满。如此一来，外祖父的悲哀就更重了。

最后，外祖父终于被肺病夺去了生命。我不禁觉得，他与其说因病而逝，倒不如说是再也承受不起那漫漫无期的心灵孤寂。

下葬那天，那只猫也嗷嗷地哭着跟到坟地，几次跳下坑去欲与外祖父同葬。掮工们极惊奇，说这是一个神猫。就没人舍得它被埋进土里，便派一个人把猫抱了回来。那猫倚在门边，叫了好几天，之后，便不叫了。只是不肯进食，直至饿得仅剩几把瘦骨，奄奄而毙。

外祖父一生没有得到爱情，只有猫理解他。我总是想：外祖父若是把对猫的那一份精心，匀给外祖母一点儿，那么，外祖父的晚景将会好一些。

怨侣逝去，外祖母也病了好几天，痊愈后，竟变得有说有笑了。后来，她竟也抱养了一只猫，也一心一意地将自己投入进去。

我去看望她时，那猫正极温顺地躺在她怀里。她接过我带给她的蛋糕，挖了大大的一块奶油，喂给猫吃。那猫肯定同外祖母一样，是第一次尝到奶油的滋味，因为它津津地咂摸着，久久也不咽下。外祖母快意地笑起来，那黑色的牙床，泛着幽幽的光泽。

我问她猫的名字，她竟做了一个调皮的鬼脸儿，“嘻嘻，叫梅。”并说，“我们姐儿俩可好了，我跟她说些心里话，她都能听懂。”这时我才留心了一下，原来那只猫是一只母猫。

外祖母的头发全白了，虽然白而稀疏，却梳得光滑，可观其心性。她足不出户，整日与猫厮守。那猫是她的钟，她从猫的眼睛里感受时间。因为好奇，便问她眼下的时辰。她乜了一下猫的眼睛，“正午。”恰是正午。猫眼里，无眼仁，皆眼白。便感到，她的形容虽然枯槁了，但她的生命却并不枯寂。

我唏嘘不已！

家族里的党员

祖 母

祖母姓贾，京西佛子庄黑龙关人。

她十二岁那年黑龙关发大水，爹娘皆被卷去，她的头发正巧挂在一棵古槐的枝杈上，活矣。

山里管灾异之后，幸存的人叫“落儿”，祖母自然是“水落儿”。

曾祖父是个“跑大海儿”的，到黑龙关去捡“水落儿”，把祖母捡了回来。

祖母便成了我们家族的童养媳。

少年的祖母极美，皮肤白，眼眸灵动，步态也袅娜。村里人都羡慕得很，曾祖父心里就感到熨帖，要家人对她好一些。

一好就好得祖母极温暖，感到生就便是这家的人，自然就很贤惠。

与祖父“合婚”那天，曾祖父叫家人杀头肥猪，因为他有一房好媳妇，很高兴。

祖母却对曾祖父说：“爹，咱是您闺女，不是外人，为咱糟践一头猪，咱心里不落忍，紧日子稳着过才好！”

曾祖父的心当时就热得不成，把祖父叫进来：

“你媳妇不是凡人，要好好待她才好。”

祖父愣了一下，说：“是哩，爹。”祖父不敢忤逆太爷的意志。

“合婚”当然要有个仪式。祖母对曾祖父说：“就别惊动大伙儿了，就让咱给您烧袋烟吧。”就跪在公爹脚下，给他烧烟。曾祖父是个烟鬼，但这么一袋烟，却把他抽醉了。他坐在太师椅上，不让人动一动，坐着睡了一宿。其实他并未真的睡去，而是在想他一生的德行。

祖母在屉里蒸了两个窝头：一个有眼儿空膛，一个无眼实心。一炷香下来，揭开屉盖，捧着热气吃。那个空膛的给祖父，实心的留给了她自己——

“这有眼儿的是说咱以身相许了，实心儿的是咱一辈子死心塌地跟人过日子。”

亏她想得出啊！

空膛的，熟得透，祖父吃得无声而顺畅。

实心的，还没熟过来，吃的时候，面渣儿就哗哗地落，祖母便捧着落下的面渣，一点不糟践地吃进去。祖母小巧的鼻尖尖自然就沾上一些个，其神韵就极别致。祖父看到，被击中了，很冲动起来，将祖母猛地揽进怀里：“娘的，你怎恁好看哩！”

祖父这一次之后，是从心里爱祖母了。

冬天，小日本开到山外，杀了一些个人，抢了一些个畜，毁了一些个美丽善良的女人。

祖父看着美丽的祖母，久久地发了一阵子呆。

临了，他把村里的汉子们聚拢起来，说，不能叫小鬼子进来。就跟山后的八路挂上了，八路给成立了一支游击队伍。

队伍常住在祖父家里，祖母就不停地焖大锅饭、热大锅水、补百件衣。汉子们感到幸福，就有勇气打硬仗。

小日本果然就进不来。

当然要伤一些个好汉。一个伤了脖颈的叫张成银的汉子，躺在祖母烧热的炕上，昏沉沉地说梦话：“这辈子，还能再吃上一碗炖猪肉吗？”

祖母听见了，泪默默地流。

她求曾祖父把那头猪杀了，炖了一大锅肉。

但张成银已咽不下东西了，祖母就端了一大碗肉，把他的头抱在怀里：

“哥呀，就让咱喂你吧。”

张成银静静地偎在祖母的怀里：“好吃得很哩。”

子弹好像从没有伤害过他，因为他感受不到一点痛苦，而且在脸上，结出了一串串鲜嫩的笑花。

祖母就这样与队伍上的人好。

一天，队伍上来了个瘦子政委：“贾婶，入党吧。”

祖母一怔：“不入，共产党不是凡人，咱配不上哩。”

瘦子在地上走一走，说：“贾婶，你看我瘦瘦的，连媳妇都说不上，比凡人还凡人，可我是共产党。”

祖母就乐了。

她说：“入党，咱凭什么呢？”

瘦子便说：“贾婶你很仁义，战士们常说，娶媳妇就要娶贾婶这样的。”

祖母的脸就红了。

入党那年，祖母才二十一岁，山里的斗争形势正一比一天严峻起来。

四 爷

四爷是队伍上的人。

杀了一百零七个鬼子之后，他入了党。

那年夏天，队伍在山里的荫处歇伏。四爷靠在一棵苦楝树上抽烟，身后有个叫张成银的战士在擦枪。

突然就响了一枪，四爷激动一番之后，就栽下去了。

张成银的枪走火了。

那枪打得还真是地方，子弹嵌进四爷厚厚的小腿肚儿里了。

四爷跪在地上，哗地就把枪栓拉开了。

张成银的脸被吓得惨白惨白的。

四周的战士就都围过来，谁也不知怎么办好哇。

四爷的眼神凶凶的，烧如两块炭。但不久，那火竟渐渐地黯淡了，手里的枪也绵软于地上：

“娘的，没你的事。”

说完就自己给自己包伤口。

张成银才哇地哭出声来，爬到四爷跟前——

“四哥，老了咱养你。”

四爷这才发作了：“娘的站起来，哪儿是条汉子，整个一个大老娘们儿！”

那时老区没医生，四爷的伤虽然慢慢地好了，子弹却留在了腿里。虽然路还是能走的，但走得长了，或遇到阴天下雨，便酸得如一截木头。

行军时，张成银要替四爷背一背枪，四爷竟说：“党员的枪哪能叫群众背呢？”

四爷一瘸一拐地在前边走，张成银就在身后一抽一抽地泣。

四爷就嚷：“连长，把那个叫张成银的家伙赶到前边去！”

于是，这个连队的队伍，有很长一段时间，打头的都是张成银，收尾的都是瘸腿四爷。成一种奇特的景致。

新中国成立后回乡，四爷的年纪也有些大了，腿就很不听使唤。家里许多该汉子支撑的事，就落到了四奶身上。一天，四奶挑水跌了一跤，红着眼对四爷说：“去找那个张成银，叫他给咱家挑几担水来。”四爷不动身，也不搭话，任四奶徒然地叫。那时，张成银已在外边当了大干部。后来的一年，山里大旱，没粮吃，许多人都拖儿带女到山外觅生路。四爷走不动，饿得整天躺在炕上。四奶便说：“去找那个张成银要吃喝吧。”张成银当着大官，吃着公粮，自然能给一些接济，而且这种接济是四爷一家应该得到的。

然而四爷死活都不去。

因此，四爷与四奶之间就一辈子都疙瘩着。

其实，四爷在困难时，找一下张成银，也是极合情理的，张成银也希望四爷去找他。但四爷却想：起初都没跟张成银提过什么，如今张成银做领导了，是组织上的人了，哪有党员向组织伸手的呢？！

四爷真是愚啊，张成银就是张成银，怎么能是组织呢？！

四爷的腿瘸了几十年，吃了许多常人难以想象的苦，对张成银却从来没有过一丝怨怼。

只怨过一次。

那年，搞运动搞荒了田地，无几多口粮，村里人就多喝菜粥。大家心里都窝着火，却无人敢吱一声。但四爷觉得自己是打过仗的，在一次“早请示”的时候，就甩了几句闲话：

万寿无疆万寿无疆，
一天喝三顿稀菜汤；
喝得老壮无力出工，
喝得少小黑介尿炕。

闲话甩完了，他就成了反革命，被推上台去批斗。人家叫他跪下去，他就是死活不依，就把他双手捆了，令其站在高脚险凳上，在毒日头底下暴晒。

“站就站球地，老八路了，还怕站吗？！”四爷心里说。

站得太久了，四爷那条伤腿就开始颤抖。

四爷心里就急得不成，死死地咬着牙关：“千万要挺住啊，别在人前丢了咱老八路的脸！”

可怜那条腿呀，一阵钻心的酸痛之后，竟失去了知觉。

终于在一个重重的闷声中，硬汉子四爷跪下去了。

那些人就乐得人不人鬼不鬼了。

四爷的泪就恣肆地淌下来。

他屈啊！

“张成银，我日你娘！”

他骂道。

顺 生

祖父生前信命。遇事不主张争竞。

他说："是你的东西，别人抢不去；不是你的东西，即便你抢到手了，也会从指头缝里漏出去的。"

他一辈子随遇而安，没有追求过什么，却该有的都有了。

到了娶妻的年龄，他对女色还是无所用心，整天赶着一群羊在山上跑。累了，就躺在细草上，唱歌。那山歌的词句很不完整，词义也暧昧，他高一声低一声地唱着，很任性，却不动情。比如：

风兮风兮风之上
大蓟荆蓁水之畔
粗盐疙瘩铜杆烟袋
草梢上的绳蛇
王二奶的卤水
熟透的柿子掉在地上
混蛋的父亲细瓷的碗
……

他唱的都是自己经历的物事，很细腻，却不追究意义。

一场罕见的大水，把上三村冲到下三村来。浊流中漂浮着死猪、死羊、仓板、木瓢、南瓜和半青不熟的谷穗。水中漂浮的东西很多，总称“水涝儿”。因为“水涝儿”是天赐之财，谁捡到归谁，所以，捡拾的人很多。

祖父站在齐腰深的水里，发现了一丛毛发，他抓住毛发往起一提，竟是一个白脸长身的大姑娘。他下意识地探了探人家的鼻息，吓了他一跳——那女子居然还活着。

他像扛木头一样，把人扛回家里，交给他母亲处置。那女子活过来之后，一声不吭地走了。过了两天，又不声不响地走回来，她说：“我再也不走了。”

洪水把她的家人都“收”走了，她已无家可归。便只有归到捡到她的这家人，便做了祖父的媳妇。

当悲伤从脸上消退之后，像塘里擦去泥后的藕，在滚烫的阳光下，这个女子竟异常的俊秀。祖父很长一段时间，一句话都不说。后来祖母问他：“老天平白无故地赐给你一房媳妇，你那时为啥没一点儿高兴的样子？”

他说：“我们山地上有一种叫‘马跑儿’的大蘑菇，雨过天晴，一袋烟的工夫，就从指甲盖儿大小长到锅盖那么大了。你见到之后，千万别喊叫，它一听见声响倏地就变没了——你要悄没声地挪到它跟前，等你把它的根脉掐断了之后，你再咋喊它都跑不了了，嘻嘻……”

这是祖父的一点小心机，再俊秀的女子一旦嫁做人妇之后，就像那被掐断了根脉的“马跑儿”，任你摆布了。

其实，祖父是在信奉着山里的一个古训：在意外所得面前，千万不要张狂，要隐忍。

祖父和祖母不声不响地过日子，不知不觉间生了八个孩子。六个男孩和两个女孩。其中最小的女孩长到六岁的时候，家里住进了一个下乡干部。下乡干部很稀罕这个女崽，把她认作了干女儿，从山外给她买了一件花衣裳。这个女崽太稀罕这件衣服了，穿着它挨家挨户地串门，晚上睡觉的时候也舍不得脱下。不期就得了一种热病，整整一个星期昏迷不醒，到了第八天她终于睁开了眼，但只是诡秘地笑一笑，安静地死了。

全家人都很悲痛，但祖父却不曾动容，用一张旧席把孩子裹了，像处理别人家的事儿一样，把她埋了。他说：“这孩子心性小，经不起悲喜，天生就是个短命鬼儿，留不住的。”

听他的话茬，好像孩子的死，已在他预料之中了。

这其实并不奇怪，他不是信命吗，在命运中，他活该没有这个女儿。

敬畏命运，会淡化痛苦。

祖父兀自放着他的羊，孩子们的衣食起居他从不放在心上。

一天，七个孩子像商量好了似的，一个不落地站在他面前。他吓了一跳，问他们：“你们想干啥？”

每个孩子的表情都很麻木，谁也不接话茬儿。

祖母说：“你看看他们的脚，鞋子都破得露脚指头了。”

祖父看都不看一眼，笑着说：“嘁，这也算事儿？”

祖母眼里含着泪水，反问道：“咋？穷得连鞋子都穿不上了，还不算事儿？”

“不算事儿。”祖父说，“没鞋可穿，不是还有脚吗，只要脚齐全就成。”

“哼，你自己咋穿得那么齐整的鞋？”

“废话，谁让我是他们的爹哩！”

孩子们一听，便知道跟这样的父亲讨鞋穿是没有希望的，便反过来安慰母亲说：“娘，你甭跟我爹置气，我们早晚是要穿上鞋子的。”

祖父毫不羞愧地笑了：“嗯，是我的种！”

面对一群光脚的孩子，他的底气依然是十足的。

虽然有这么一个啥也指望不上的父亲，孩子们却一溜烟儿似的长大了，且每个人都有一个很好的归宿——

大伯有一挂属于自己的马车，给村里人拉脚，能挣不少现钱。父亲排行老二，因为读完了高小，当了村里的支书。三叔当了国营煤矿的矿工，吃上了商品粮。四叔、五叔有荆编手艺，在村里挣的工分最多，年底结算，能挣不少钱。老叔到北海舰队当了海军，由于人长得机灵，当了舰队司令的警卫员，要不是不习惯南蛮子的生活方式，就给人家当上门女婿了。唯一的姑姑嫁给了邻村的一个裱糊匠，给人家贴窗花、糊顶棚，既吃请，又拿钱，过上富庶而体面的日子。

这家人日子过得都很红火，祖父便感到很有面子，村里人每一提到，他就会随口说道："哼，你不看看，是谁给他们掌持着哩。"

祖母撇一撇嘴，说："你有啥资格这样？孩子们的日子，有哪个是你给挣来的？"

祖父说："你只是个妇人，这里的道理你哪儿会懂？正因为我不给他们挣日子，他们才有好日子哩。"

祖母说："你净瞎拽。"

祖父说："咋叫瞎拽？你让他们穿不上鞋子，他们就会想办法去挣鞋子，而且，还要挣来好鞋子。"

大伯要娶亲了，按老礼，父母是要给盖两间新房的。祖父对大伯说："河川里有的是石头，沟坡上有的是黄土，你自己把房子垒起来吧，我只给你担当些木料。"

大伯就真的自己垒房子，啥怨言都没有。

兄弟们倒看不下去了，一边给大哥帮工，一边嘟囔道："咱这个爹，真是不通人情，咱挣的工分都记在他的名下，咱挣的钱也都交给他了，他就应该请些人来。"

大伯说："不许你们说爹的坏话，爹就那么个脾气，他有他的道理。"

房墙垒起来了，大伯对祖父说："爹，该扣柁檩了。"

"知道了，我明天去找几个木工来。"祖父漫应道。

第二天，祖父果然请来几个木工。按农村的风俗，上柁檩之前，要放两挂鞭炮，名曰：镇宅。镇宅炮放响之后，要抓紧动作，待鞭炮的余音尚未落尽的时候，柁檩就要安放妥帖，否则，木工的性命就有可能被鬼魂攫去了。

柁檩上到最后，竟差一根。向大伯要，大伯说："我上哪里去找？木料是由我爹担当的。”“那么你爹呢？”木工头急切地问。

找遍了整个工地，竟找不到祖父的影子。木工头一拍大腿，对伯父说：“快，到我家扛一根来。”

木工头就是本村的近邻。

待桁檩都上妥帖了，祖父也笑眯眯地露面了。

木工头哭笑不得：“你刚才到哪儿去了？找不到影儿，喊不应声儿的。”

祖父说：“哪儿也没去哩，就在茅厕里蹲着哩。”

“你这个人真是可气，缺根檩条你都不着急？”

“我着哪门子急？我知道，你们手艺人都是很迷信的，我耽搁得起，你却耽搁不起的。”

“真是拿你没办法。”

“嘿嘿……”

那根檩条始终没还人家。

不就是一根檩条吗？乡里乡亲的，谁还好意思张嘴？

这件事后来成了村里人的笑谈。面对众人的讥讽，祖父反而喜在其中，他认为村里的人都不开眼，都是上不得台面的小人物。什么是大人物？就是每遇大事不着急的人。

我们都是小人物，那么你是谁？面对村里人的反问，他竟毫不尴尬，坦然地说：“我是谁，难道你们真的不知道？”

他已经忘了，自己不过是个家无恒产的羊倌儿而已。

像祖父这样的人，在乡下人的眼里，其实就是那种无所用心的“混混儿”，用形象的话说，就是那种麻绳提豆腐——提不起来的人。

然而就是这样的一个父亲，他的儿女们对他却真心敬爱、真心尊重。

何以如此呢？

祖父虽然漫不经心地放着羊，漫不经心地唱着山歌，但骨子里却有一种别的庄稼人所不具有的浪漫。

一到春夏之交，沟沟坎坎、梁梁峁峁，都开满了荆花。这荆花的骨朵只有米粒大小，花香也泛着淡淡的苦涩，卑贱得让人漠视。

祖父却品出了其中的妙处，养了几群旱蜂。所谓旱蜂，是一种山地蜂种，它们个小、皮实、耐旱，采蜜时不挑肥拣瘦，且极为勤勉。

卑贱的荆花与卑贱的旱蜂便和谐相处、适得其所。

每逢一场小雨，蜂房里的蜜就满满地从蜂巢里溢出来，祖父便摇响了自制的蜜车。那个时节，缸瓮、盆罐，家里所有的器皿，都装满了蜂蜜。

庭院里弥漫着一股沁人的清香。

荆花蜜是一种稀有的药材，卖到山外去，可以得一笔大钱。但祖父至死都没有卖过一次蜂蜜。

他摇下的蜜只有两个简单的用途：一是供家人食用；二是留作蜜蜂过冬的饲料。

主人的不贪心，使蜜蜂能顺利地过冬，来年它们工作得更加勤勉，人和蜂处在一种互相感恩的关系中。在成长期中的孩子，最敏感、最贪恋的就是甜蜜的东西，而一贫如洗的父亲，竟大度地给予了他们这份近乎奢侈的甜蜜。

父亲苦了他们的身子，却甜了他们的心。

对父亲，他们怎么会不心存感激呢?

村里不少人也是感激他的。只要谁放得下架子，跟他伸手，他就会把蜜慷慨地送给他。

祖父不追究生活的意义，却漫不经心地产生了意义。

不争竞的祖父居然过得这般有滋有味，不免引起了一些人的嫉妒，有的人甚至把他的羊偷偷地推下山涧。他并不呐喊，也不调查凶手，而是默默地把死羊背回来，架起大锅炖肉请村里人吃，其中就包括那个跟他过不去的人。

村里人不得不承认，祖父到底是跟他们有所不同。

（现在看来，祖父的所谓漫不经心，其实就是他率性达观、随遇而安、不怨天尤人的生活态度。正是这一点成就了他自己，也影响或者说惠及了他的后人。过分争竞，就会导致失落，就会怨天尤人。怨天尤人是一种恶劣的空气，毒化了人的心情，即便是到了手心的收成，也会慢慢地失去。）

祖父进了花甲之年，无须的面颊上突然就有了两绺胡子。那胡子很柔软，即便是他静静地坐着，也会自己颤。孙儿们很稀奇，争相去抚弄它。祖父听凭着这种抚弄，呵呵地笑着，脾气好极了。

柔软的胡须，疏朗的面额，清瘦的身膀，他的风貌颇有几分与众不同。

即便他不大声说话，说出的话，在儿孙们的心中也是有分量的。晚辈们从心里愿意孝敬他，他的饭桌上，从来没短了酒。

他只喝一种叫竹叶青的酒。

绿莹莹的颜色，软微微的药性，他喝着舒坦。

但是后来在市面上再也买不到这种酒了，儿孙们不知该怎么办才好。试探着跟他说了这件事，他连眉毛都没皱一皱，爽快地说："那就换二锅头。"

都那么大年纪了，他却一点儿都不固执。

他喜欢用八钱小杯自斟自饮，每顿喝够两杯就止住了，他节制着自己的欲望。

他不喜欢让酒，谁要是想喝，他的酒瓶就放在那儿，自己倒就是了。倒多少他也不管，只要你能喝就尽管喝，不喝醉了就成。

谁要是喝醉了，这个人就再也甭想动他的酒瓶了——他也不指责你，只是冷冷地对你说："要喝，你自己去打。"

我等小辈对酒的兴趣也是被他培养出来的。

他喝得高兴的时候，会用筷子头蘸些酒液，放进孺子红嫩的唇里，小儿被辣得皱起了眉毛，他则开心地笑出了眼泪。

女人们是禁忌酒的。所以，在这种时刻，祖母总是骂他老不正经。

他说："你懂个屁，带把儿的不识酒性咋成？"

所谓"带把儿的"，是对男性器官的昵称，掺杂着一种悠远的优越感。

这般镜头，这般情调，曾出现在许多作家的文章里，无论南疆和北地，好像是相通的。

所以，老爷子对黄口小儿的戏酒，牵扯到国民性问题——或者说，与民族性格的形成有关。

最禁忌的地方，往往是亲情生发之所。这种说法，或不为过。有民歌为证：

酒红菜翠，
百宴接千会。
称兄道弟情姐妹，
挥手顿足都称醉。

山珍海味蛇龟，
金盅玉箸银杯。
白发青丝囫囵辈，
前生后世谁管谁。

在皇权专制族权森严的农业社会，这不啻是一阕伸展人性的“雅歌”。

祖父安静地度过了他的一生。

无论兵火，无论争斗，无论“运动”，都跟他擦肩而过。

全因为他是个羊倌儿。

羊倌儿在人生竞技场上是个边缘人物，充其量也就是个看客而已，不被旁人戒惧，他是永远的“良民”。

但这并不意味着他的生活就是无味的、枯寂的，相反，在隐忍中，他充盈而自足，感受到了常人所无从感受的美。

比如，他对羊的品位。

祖父喜欢一只羊，管它叫“二美”。问他为什么这样叫，他说：“我自己也弄不清楚，只觉得它应该叫这个名字。”

祖父总是喜欢久久地跟二美待在一起，二美慢慢地倒嚼，他则有一搭没一搭地抽他的板烟。问他为什么如此喜欢二美，他嘿嘿一笑，说："因为它最像羊。"

仔细看时，二美与周围的羊并没什么区别，亦没什么特别的标志，无非一只普通的羊而已。

我不禁嘻嘻地笑着。

"我知道你的心思。"祖父说，"为什么说它最像羊？你把它赶到羊群中去，不管多么混乱，你会一眼就能认出它。不信，你试试看。"

我当然不信，便把二美赶到羊群中去，且把羊们搅得一团糟。祖父点点头："你去找二美吧，你会一下子就找到它的。"

我笑着摇摇头。

但奇迹还是出现了，当羊刚刚平静下来，我居然一下子就认出了混在羊群中的二美，虽然我刚刚才只见了它一面。我把它牵出了羊群，对祖父说："就是它。"那种自信连我自己都感到吃惊。

祖父说："没错，就是它。"

我便坐在二美身边仔细地观察它。它真的跟别的羊没什么不同，但的确又觉得它真的与众不同——嘴上虽无法形容，心里却真实地感受到了这一点。

这是为什么？

到了不惑的年龄，我才恍有所悟：这可能就是一种叫"神韵"的东西。

正如一个伟人，尽管他长着一张农民的脸，穿着一身朴素的布衣，他身上也会有一种无声无形的东西让你情不自禁地肃然起敬。正如在美人堆中的一个"她"，虽艳光迷乱，却只有她能一下子吸引住你。

虽然我体会得晚了些，但我毫不感到惭愧。因为深刻的东西，仅仅靠思考是得不出的；更主要的是靠阅历、靠天启。

祖父之所以得到了这种天启，既是上天悲悯，感于他旷日持久的孤独，赐予他的一份独特礼物，也是他不轻贱小日子，活得用心的缘故。

关于二美我曾经问过他："既然二美这么与众不同，这么好辨认，您干吗不让它做头羊呢？"

“让它做过的，可它就是不肯，就愿挤在羊堆里，你拿它没办法哩。”祖父答道。

不知为什么我突然想到了祖母，随口说道：“我奶奶可是个好人，对您好得都叫人眼馋。”

“这倒是不假。”祖父说。

祖母知道祖父爱吃一些稀罕的小吃食，如黑枣、毛栗、树莓、仙人果之类，每有采集，怕被小儿们偷吃了，便把它们藏到高高的房脊上去。等到祖父想吃了，便竖起陡梯子爬上房去把藏品取下来。祖母只有三寸的小脚，那梯子的横撑很窄，却也上下灵动，让人惊心动魄。每一忆及，祖父都甜蜜得像孩子一般。

“你奶奶就是二美，那年大水把她冲到咱们村，当时湿淋淋的，模样长得并不扎眼，可我一眼就看上了她，不然，即便是她找上门来，咱也不娶她哩。”祖父说。

“您真是嘴不对心，奶奶长得还不扎眼？到老还清秀得像大户人家。”

“嘿嘿，你这样说，是因为她是你奶奶，在咱眼里，她就是不扎眼哩。”

我便故意逗弄他：“那么多扎眼的大姑娘您不选，您没后悔过？”

“后悔个啥？”祖父瞟了我一眼，“那些个扎眼的大姑娘，人懒、心花、张狂、霸道，都不服自己的汉子管，只有你祖母这样的，才低眉顺眼、一心一意跟男人过日子。”

“跟一个不扎眼的女人过了一辈子，您也不觉得乏味？”

“你整个说错了，你奶奶很女人哩！”

这不难理解——整天泡在驯顺的羊群里，祖父的性情也驯顺了。祖母本来就是个“水涝儿”，不存有更多的期待，却反而嫁给了一个好脾气的男人，岂止认命，岂止知足，天降大福哩！祖母做得很女人便是一件很自然的事。

羊—男人—女人，他们是一种互相涵养着的关系。

有很羊的二美，很女人的祖母，祖父这一辈子，也别无期待，活得很称心。

与羊为伍，山峦为路，不仅造就了祖父的好性情，也练就了他一副好身膀——到了九十岁的高龄，还腰腿柔韧，脚底生风。从他身上，看不到一点衰颓和死亡的影子。

有人说：古人说得好，老而不死便为贼——他即便不是贼，也是山灵附体的怪物了。

听到这样的话，他一点儿也不生气，反而受用得眉飞色舞，笑着说：“你们别高抬我，我啥也不是，只是一个人而已。”

那一年，祖母突然病了，一病就卧床不起。她拒绝问医，说：“我啥病都没有，就是老了。”

祖父随即便把赶了一辈子的羊全卖了，一心一意地守在祖母身边。

祖母过意不去，说：“你这叫我说啥才好？”

祖父竟说：“你以为我是为了你？我这是为了我自己。”

祖父告诉祖母，她这一病，恰好给了他一个收山的理由——因为他毕竟是老了，生命已到了强弩之末，他不想让儿孙们看到他爬不动山的样子，既然老天给了一个下马的台阶，应该见好就收才是。

他想到的是他最后的尊严。他要把一个矫健的身影永远留在后辈人的心中。

“我真不懂你。”祖母说。

“你甭说反话，除了你，还有谁懂我？”祖父说。

躺在床上久了，祖母身上长了许多褥疮，天气正热着，蚊蝇从她身上飞上飞下。

祖父木木地在她身边坐着，手里摇着一把大蒲扇。由于摇得太久了，他的动作，像别人推着他不得不摇，便有一搭无一搭的。

虽然他的眼神很散漫，且放在别处，但只要蚊蝇落在祖母身上，他的蒲扇便“啪”打过去，打得很准。

祖母皱一下眉头：“你能不能轻点儿？那是人家的肉。”

祖父笑笑，说：“你还争竞个啥？肉也是死肉。”

“咱这辈子嫁给你算是倒霉透了，你一点也不懂得怜惜人哩。”祖母虽然说的是伤心话，但脸上堆的却是微火一般的笑容。

“你净说亏心话，咱从水里把你捡来，又从炕上把你送走，谁有咱这份耐心？”虽然辩解的对象是祖母，可祖父的眼神还是盯着别处。

祖母专注地看着祖父那张麻木的脸，眼角突然就有了泪。

“我这辈子知足了，因为走在了你的前头。”她说。

眼泪触动了祖父，他说：“走就走呗，还凄惶个啥？要不，我先走？”

“你想得可倒美，你哪儿有那个福气。”

这个时候，两个人把生死看得很淡，好像是个很家常的话题。

因为彼此的心中都认可着对方，满满地装着对方，没有愧疚、没有遗憾，所以，到了告别的时刻，他们便没有忧伤。

祖母过世之后，祖父亲自在祖坟上给她划定了一个位置。那个位置，背靠青峰，远眺平川。

对他的这个选择，我是心有所悟的：虽然他听天由命、随遇而安，一辈子也没走出过大山，但对山外的世界也是有所系念的。从这一点上，我感到，他自我封闭的内心，其实是有波澜的，甚至是很丰富的。

后来的日子是他一个人独立过的。

他对儿女们说：“我身膀这么硬朗，手里又有卖羊的钱，用不着你们养活哩。”

虽然是一个望百的老人了，但他的日子过得很正常，屋顶上的炊烟，总是按时飘起来。

这是村里绝无仅有的奇观。

曾有家电视台的人来采访他，问他的长寿之道。他对人家说：“长寿？长寿是个啥稀罕玩意儿？你只要愿意到山里来，过山里人的日子就齐了。”

人家乐了，说：“现在的人，都愿意往山外跑，谁还有心待在山里？您这老爷子真有意思。”

“难道山里就不是人待的地方？你们这些城里人真是不好理解。”

祖父不是在故作姿态，自我记事起，从他嘴里，对山里的生活，我没有听到过一句怨烦的话。

就他的心态，我认为他一定会活到一百岁。

一天早晨，大伯心里突然漾起一阵难耐的烦躁，便对伯母说：“我去看一眼咱爹。”

老人双手抱膝地端坐在土炕上，头抵在膝盖上一动不动。

仁义的老人，在夜色中不声不响地上路了，放任着儿女们的梦乡，不忍打扰。

清理他的遗物时，没有见到一分钱。

然而，正是没有给儿女们留下任何遗产，他的后人反而更加敬重他，每个家庭都乐天顺生，在自立自强中过得那么和睦，那么红火，足以安慰他地下的魂灵。

或许，这是他意料到的，不然，他不会走得那么干脆利落、毫无牵挂。

（我甚至想到，本来可以活到一百岁的祖父，之所以走得那么干脆，或者说是走得那么匆忙，是因为他有着超然的心性——有一天，他清理了一下自己的积蓄，发现自己的钱快花光了，便给了自己一个清醒的指令：该走了！）

在山里，人们世代认为：一个人如果身过古稀，还无病无灾、无痛无痒，且神智清醒地戛然逝去，便是修得了大德大福的人。对这样的人，无论如何，你都不能再说他的坏话，否则，就是对“人”的不敬。

祖父的一生，没有刻意的经营，却步入了福德两全的境界，令人羡慕不已！

母亲无过

零

写母亲的文字已经很多了，但依然有一种别样的意绪在心中久久回环，便是在这个可亲可敬、近于完美的母亲身上，也有一些不尽完美的部分——在写与不写之间，我心游移，复生纠结。后来读到一个诗人的一段文字，获取了能够说服自己的理由，最终还是决定写。那个诗人说——

生活在低矮的空间和物质与精神都严重缺失的时代，母亲始终是我们心中的图腾。每逢谈论或诵读“母亲”这个光芒四射的字眼，在我们内心深处，总不由得升起一股崇高、伟大和不朽之类的感觉，她是圣洁的伊甸园，是温暖的代名词，是我们情感的归依。翻开人类的文明史，母亲如同一根血脉，贯穿人类发展的轨迹，对于我们弱小的人类来说，拥有母亲，便是拥有了一颗瑰丽的太阳。然而，这一譬喻，与其说是人类怀旧的情结，不如说是人类进入时空夹缝时的自慰。走在生活的平面上，我们不得不面临这样一个现实：情感中的母亲和生活中的母亲之间是有落差的，有时落差之大，甚至超过我们的承受能力。至少，浓浓情愫中不免夹杂着几缕不甘与失落，让我们隐隐作痛。有没有勇气走出人为的禁忌，重新打量渐渐隐逝的母亲世界，虽然是一种伤痛，但更是人类理性生存的一份证明。它区别于本能的爱，它进入了人性的深处，让人看到了光之源，是觉醒之后的大爱，更能撼动人心，更美。

于是我便想，如果不想让岁月将自己对母亲的那份真实情感以及生成的轨迹扭曲和遮蔽，还是适时地写一写为好。

一

想一想对母亲的感情，是在大爱中有微怨的，初时，怨竟多于爱。

七岁那年，一起戏耍的童子都去上学了，只留下一个孤独的我。我便求母亲，要母亲带我见一见校长，让校长开恩将我收下，那时的入学年龄偏迟一些，幼儿须到八岁才可入学。母亲却说，上学有什么好呢，还是在家里野着自在。话是不错，但没有伙伴儿了，你去和谁野呢?

就想上学。我说。

母亲便打我，巴掌打在稚嫩的脸上，开了一朵五瓣梅。

我极委屈，扯嗓号啕，将天哭得黑去了一大爿。她只好带我去见校长。校长问我的年龄，母亲怯怯地、久久地支吾不语。倒是我情急之下，大喊八岁，竟将校长蒙骗过去了。终于如愿。

回家的路上，母亲朝我歉然而讨好地笑，说儿呀给你缝个好书包。

我却高兴不起来，为了她自己的怯懦，竟让自己心爱的儿子挨了冤枉的一巴掌，她可真够意思。

那些年，山里一俟夏深，便三天两头发一次洪水。当洪水的势头消去的时候，山沟里就留下一湾浅浅的、很温柔的水泊，童子们便到水泊里戏一戏，得一种陶然的酣畅。但母亲却不让我去酣畅。她说，山阴里的水会让人落下毛病，远远地躲开才是。她的意志是一把锁，而少年的天性却是一把钥匙，我还是偷偷地跑到水泊里去。但母亲太狡猾，总是适时将我捉住。她很会惩治我，将我岸上的衣裤统统拿在手里，让我远远地跟着她。这给了我极端的羞辱。山里人戏水，均是脱得一丝不挂的，而这时的我，已是进学堂的少年了，光光地在岸上走，惹得心爱的女同学惊惊乍乍。我便感到了一种说不出的尴尬，双手捂在小腹下，泪汩汩地流下来。

进了家门，我终于说，妈，你可真可恶啊。

母亲吃了一惊，便要我饿饭。正不想吃你赏的饭呢，便决然地饿饭。饿饭将我饿迷糊了，羞辱的感觉竟渐渐地淡下去了，妈的，活着真没意思。

母亲给了我一种什么样的人生体验啊！

少时，我有遗尿疾，长到十二岁才止（这在《怕之三昧》那一篇文字中有详细的记述）。老大不小的一介少年，还天天在夜里遗尿，浸在冰凉的梦境中，对自身说来，是极痛苦的一件事。

我渴望一种安慰和爱啊！

但母亲却给了我什么呢？她说，我是被一种魔缠身了，要驱除这无形的魔，须恶治。便在床头备一把荆条。每到夜半，尿刚遗出端倪，母亲便将荆条狠狠地抽在她儿子光光的身上。儿子猝然惊醒，身上的抽痕很肥厚，放射状的疼痛拼命朝外奔攒。看母亲时，她极像赫然立在床头的青颜厉鬼，无一丝温和模样。为了少挨一些这样的荆条，我总是半夜半夜地睁着眼，挨到雄鸡唱晓的那一刻，才无奈地睡下去。少年的夜晚，本属无忧无虑的梦境，却这样漫漫难熬，耿耿难眠，人生来便是受苦的吗？！

我自然知道，这是母爱的一种方式；但她为什么不体恤一下童子的心，施与温柔一些的惩戒呢？现在想来，母亲的爱是从她自己的心理需要出发的，是一种极主观的爱。太主观的爱，是一种施暴，我们的母亲，多么应该从儿女的角度，审视一下自己的爱，爱得融合一些，无私一些，易于接受一些啊！

二

十三岁的一天，老师叫我到她的办公室去一趟。她递给我一个报纸包，说，这是一包剩米饭，扔了可惜，拿去喂鸡吧。回到家，急切地将纸包打开，看到那饭团白白的、糯糯的，像有一种甜蜜的东西在里边颤动。心里很生惊罕，世间竟有这么白的米啊！撮一小撮饭粒闻一闻，很馊，但放到嘴里嚼一嚼，却是甜甜的、黏黏的，而且米粒粘在牙齿尖上不下来。这是一种诱人的异香，惹喉管低鸣不止。这是我平生第一次亲眼见到这种传说中的白色美食啊！

这一包尴尬的米饭，让我尝到了渴望与恐惧交织的那一种滋味。

在我想吞咽它，又惧怕它的时候，看到了母亲盯着饭团的目光。那目光是人在要攫取的时候，那种倏然亮起来的欲望。便心头一震，原来，对米饭的觊觎者，还藏着一个母亲。

“把它扔给鸡婆忒可惜哩，让我把它吃了吧，我的胃皮实。”她终于发表了宣言。

当她把手伸过来的时候，我也抢着大口大口地吞咽。母亲能吃得，儿子为什么不能吃得？！她从反面，催发了我的一种决心。

母亲失声叫着，以她有力的手臂，与我拼抢。因了母子的这种奇特的竞争，馊米饭吃得好有味道啊！奇怪地，这以后，我就再也没有吃过那么好吃的米饭了。

其结局是意料中的，食物中毒。我把肚子拉空后，便昏迷不醒。昏迷中，有一刻极清醒，但身体却了无知觉。我以为这一次肯定要完了，清醒的意识被一团绝望塞满了。睁一睁眼，看见母亲立在身边，她的胃确实结实，她依然健康。她的脸上挂着两串泪，是为她濒死的儿子流的。但我不愿看她那两串泪，觉得有一股假惺惺的味道。眼前又闪回着她跟我抢食馊饭的镜头，我感到一阵恶心。

父亲踅到我身旁，拉一拉我软绵绵的手，嘴角挂一重很深的忧凄。我努力讲出一句话来：这倒好了，免得再听你们吵架了。听了这话，父亲咧嘴哭起来，呜噜呜噜的，像一种动物吃食的那种声音。

从我记事起，便遇到父母失和的无奈。

父亲是个要强的人。结婚当天，便与他的母亲分了家。第二年独自盖了两间房，欠了一笔不小的债。这笔债欠去了他在我母亲心中的地位。她怨父亲便宜了他的父母，理该得到的那一份财产和支持，被父亲不值钱的那一种耿直徒然抛掉了。便每逢年关，孩子生病、添置家什等需要钱的当口，准能看到一幕母亲同父亲吵架的情景。父亲被母亲谩骂的时候，总是沉闷不语，甚至悄悄地流泪。我的感情当然倾斜到父亲这一边，常常心里烦：自己怎么摊上这么一个唠叨不休、不懂体贴人、甚至不讲道理的母亲呢？！

一九七二年腊月的一天深夜，我从梦中惊醒。母亲大声地训斥着父亲，声声急，声声厉，缘由极简单，要过年了，家里无钱买肉。

老太婆有钱，老太婆买了一大扇猪肉呢，你去要哇。母亲说。

怎么成呢？父亲说。

怎么不成？她老不死的能吃上肉，她的孙子为什么就吃不上呢！

怎么张得开口呢？

张得开口得去，张不开口也得去，不说定了，晚上就甭想上炕睡安生！

父亲赤身站在屋地上，脸色苍白，浑身颤抖着，佝偻着。山里夜风硬啊！那个伟岸的父亲怎成了这般模样了呢？父尊的失落使我心中作痛：

我不吃什么肉，吃了就恶心！我大声叫。

不吃也得吃，你有个有骨气的爹，他能不让他的儿子吃肉？母亲把一句讥讽适时地送上来。

沉闷的父亲终于爆发了，他抄起柜橱里的一摞碗，一只接一只地朝母亲砸去。母亲怔了。她根本没想到，温厚的父亲会把这样硬邦邦的东西朝她砸过来。

我当时并不曾想去将父亲拦住，我觉得母亲把父亲欺辱苦了，她应该得到这样的回报。

终于听到一声撕扯什么的声音——破碎的碗碴把母亲的脚面划了且深且长的一道口子，红色的血争相流出来，很快便把她那只瘦瘦的脚淹没了。父亲低低地吼过一声后，便钻到冰冷的被窝里去了；愕然的母亲，站在地上，兀自流血。

这时的我，感到真难过啊。不是心疼母亲的流血，而是怕流血把母亲流死。我撕了一片旧衫子，给她包脚。我一边包，一边流泪。母亲，你为什么不给家人一种安静的日子呢？贫穷的日子不会让人忧愁，亲人间的自残却让人心碎啊！

好容易熬到天亮，红肿着眼睛的父亲从被窝里钻出来。走，咱们到公社去，离球的婚！他给了母亲冷冰冰一个决然的声音。父亲摔门走出去了，母亲惊慌不已：儿子，快去把你爹拽回来。待我穿衣的时候，母亲已等不及，拖着那只肿胀的脚，趔趔趄趄奔出门去了。

父亲在前坚定地走，母亲在后趑趄，我尾在他们身后流泪。一个偏僻的京西山村，竟有如此风景，不是个中人，是想象不到的。

他爸，回吧，回吧，咱再不好，也是你的女人啊！听到母亲的哀求。

这一声哀求，使我的心乱了。我弄不清是母亲可恶，还是父亲可憎，反正，在一个少年的心中，父母不该是这个样子。

三

写到母亲，我不能不写以下这几件事。

母亲的生活习性，简直太随便了。比如，一到夏天，她便整日里袒着上身，上工、串门、做家什均照此办理。

夏日的夜晚，村人在瓜棚豆架下乘凉，母亲袒着上身，坐在杌凳上，手摇芭蕉扇，在男女混杂的小氛围中，颇显自得。

看到那些汉子贪婪的目光，我都替她难为情。我悄悄地提醒她，她竟仰头阔笑起来。你妈就是这副土奶子，还金贵个啥？她说。

再到人群里去的时候，依旧袒得自在，且不紧不慢地在奶子上搓下泥捻子。她知道自己的奶子比旁的女人肥厚，是不是故意卖弄几分风情出来，也未可知。

对此时的母亲，我开始生出几分厌恶。

那时，我渐渐地感到自己是个男子汉了，跟父母睡在一条土炕上，便有些不自在。但农村只有那一条土炕啊。母亲的睡相太恣肆。我心中暗祈：母亲啊，您把自己包裹一下吧，您的儿子已不仅仅是您的儿子了。但母亲全无察觉，山里人俗鄙的生活习惯使她麻痹了。

这一年大旱降临，秋后几无收成。大多人家都亏粮了，粮食再也不好借了，但也有余粮可借的，便是“一人吃饱全家不愁”的光棍、鳏夫。

那天天刚擦黑，母亲便去借粮了。她已瞄准了一个对象，是那个瘸腿的老光棍。

我和父亲眼睛一眨不眨地等她，怎么也等不到她归来的影子。天快亮的时候，母亲回来了，手里提着半口袋玉米。她把口袋扔到地上，倒头便睡了。

她困极了，任父子千呼万唤，都不醒转。我与父亲面面相觑，父亲的嘴角在抽搐。

第二日，便有传言说母亲用什么什么换玉米吃。

我不相信这样的传言。我感到这个世道有几分邪异，便去问母亲。母亲既不摇头，也不点头，只是很茫然地看了我一眼，倒头又睡去了。父亲暴怒了，将可怜的那半袋玉米撒到院子里，饿的鸡婆飞奔过来，簌簌地啄抢那散落到石缝里的玉米。我用棍棒将两只埋头啄食的鸡婆打死了，蹲在地上，一颗一颗地往口袋里捡玉米。

那玉米粒很大很圆，虽未经蒸煮，却已闻到了沁人的香味。

玉米虽无邪味，再看，已不敢正眼看母亲，似感到母亲身上，确有一股不太好闻的气味，遥遥地传出来。

人啊！

那年我考到了山外的重点高中，是年冬日，大雪封了山，公共汽车停运，只有拉私货的汽车敢到山里去冒险。开学了，雪仍未化，急得我痛咒爹娘。母亲打了我一巴掌，号什么号，跟着娘，还愁坐不上车吗？

到了路口，正有一辆车滑下来。母亲远远地站在路中央，一边挥手，一边媚笑。

车终于停住了，司机却大骂不止。

母亲依旧媚笑着，走近那个中年的司机。别生气啊，大兄弟，她一把捉住司机的手，看大兄弟冻的，让嫂子焐焐吧，便把那双拘涩的手拉到胸窝里去了。

瞬间，司机僵硬的脸，豁地柔软了。

我坐上了他的车。靠在车座的背上，一合上眼，便看到了母亲拉进自己胸窝里的那双手。奇怪地，心中全无对母亲的感谢，只感到一种莫名的耻辱。

大学二年级那年，我带回了我的第一个恋人。那个姑娘很美丽、很温柔、很可人，见到母亲第一面，竟能甜甜地叫出母亲。晚上，父母腾出正房到侧屋去住，我亦尾在其后，留姑娘一人在屋里憩息。母亲将我拦住，怎不跟她在一起呢？早晚是一家人，弄哪门子假斯文，斯文虽好，但会把姑娘斯文跑的。不容我申说，便把我推进屋去了。

姑娘正脱去外衣，小小窄窄的胸衣，遮不住她饱满的青春的美丽。我被空前地震慑了。但也感到了一种空前的惭愧，一如我在《蜂擎荆旗》中描绘的那样——当我的手，触到她的胸房的时候，弹性与坚挺，有金子一般的质地，不由得想到，这样的贵重，非瘠薄山地所能孕育，属稀有之财，不到生命攸关时刻，是不能轻易花销的。谦卑的本性，承受不得暴富，我止于吻。之后就毫不犹豫地退了出来，再之后就是心中叹念：母亲怎么能这样？

现在想来，母亲对儿女的情感，乃至生命的状态，有多么大的濡染之力啊。母亲对儿女有一种潜在的、强劲的同化欲望。这种欲望，是通过爱的形式浸淋到儿女的身上的。有多少儿女有自觉的抵御同化的力量呀？所以，如果母亲不是一个正常的、健康的、贤智的母亲，母爱便是一种毒素。我有了这一层切身的体验后，才真正理解了那个著名的民间传说：

儿子在临刑前，狱吏问他还有什么要求。他说，我只想看一眼母亲。母亲问儿子还有什么要说的，儿子说死前多想吃两口母亲的奶，当奶头放到儿子的口中，却被儿子狠狠地咬掉了。

为什么你当初不尽一尽母亲的责任呢？！儿子说。

四

对母亲，虽然有几分怨、几分厌，但终究是埋在心底。母亲是太底层的一个母亲，同所有底层的母亲一样，她把她的一切，甚至来生，均寄托在儿子身上了。她自己也认为自己不是个好母亲，但她却渴望着有一个好儿子，并得到这个好儿子的爱。这是一种脆弱的感情，我不忍心戳破它。母亲头发已花白，目光已有些呆滞，她不会得到更多的什么了。

于是，后来的感情，竟渐渐地发生了变化。

记得我在平原读高中的时候，母亲从一百多里远的老家来看我。下了车，她不认识去学校的路，一公里的路程，竟走了一个多小时。汗水把她那件补丁袖口的旧衫子洇透了。让她擦一擦脸，毛巾从脸上过一过，雪白的毛巾，便如墨染了一般。她蒙了多少风尘啊!

我带母亲去饭店。问她想吃什么，她说，来碗白米饭最好。

饭店快关门了，只剩下两碗冷饭。母亲说，冷饭也好。我去要两个热菜，店里说，掌勺的走了。母亲掀开桌上的一个瓷壶，这不是有酱油么？便将酱油淋到饭上，埋头吞咽。望着红白相杂的一碗冷饭和吃出津津味道的母亲，我心中亦酸涩掺杂：

母亲的儿子，也并没有使他的母亲从馊饭的境地中走出多远啊!

母亲不是也无一声怨吗？！我相信，即便是在她的潜意识中，也不会有怨的一丝影子。于是，油然生出一种惭愧，竟觉得以往对母亲的种种情怨，都来得有些奢侈。

母亲坐在我们宿舍的大通铺上，让我把上衣脱下来，上衣的领子已起了破茬儿。她掀开她的大襟，里边别着大、中、小三根针。她一针一针地缝着，花白的头发浴着学生宿舍那昏黄的灯光。同学们都围拢过来，看着这个母亲抽她母爱的丝。有个小个子同学，竟让泪水在他窄窄的脸上挂满了。我心中极热，倏然生出这么一种感觉：感到母亲在的地方，就是家之所在，即便这个母亲再丑陋，即便这个家再残破，也温厚。眼前的母亲，仿佛就坐在老家的炕头儿上，那一方针线笸箩跟前。

那年休假时，回老家去，正赶上刨地、点种。虽然已多年不下地了，但归家的儿子不是客，就随母亲到堰田上去。堰田离家颇有段路径，便装了干粮和水。堰田很窄，正容我与母亲并排点种。起初还能与母亲保持相同的节奏，越到后来越跟不上母亲的步调了，便被母亲远远地甩在身后。母亲回过头来，看着她气喘吁吁、力不可支的儿子，怜爱地微笑着。在她眼里，她的儿子并不是个壮年人，仍是个弱弱的幼儿，仍需母亲频频地垂顾。

到中午了，我感到极端的疲乏，筋骨似被抽去。母亲将干粮摊在地头，我无一点胃口。这时我总想笑，神经有一种莫名的兴奋。我呵呵地笑起来：看到一只蚂蚁爬进地隙里，呵呵地笑；看到一尾蜣虫在树梢上蠕动，也呵呵地笑。

你是累脱了神经了。她说。

于是，进入膂力强健的壮年，竟感受了疲倦的真滋味：便是神经的极度兴奋，以至于无法自控，无因由地笑而不止。

待我把下巴笑酸了，眼皮重得再也睁不开，我极想睡上一觉。

你在干草上仰一会儿吧，千万别睡着了，四月的风还硬哩。母亲说。

母亲独自点种去了，我在干草上仰着，怕我睡着了，隔一会儿便喊我一声。一种母性的呵护啊！

不老的山谷，一片空茫；荷镐而立的一介农妇，相映之下，几近虚无。

我心头酸重——对母亲，你有什么理由苛求？

五

对母亲与我的关系，作了长时间的冷静的回顾之后，感到以往对母亲的怨尤、厌恶，其实是一种浅薄和无知，这一切，其实亦是生长在主观和自私的土壤上的。

从自己的母亲，感到天下的母亲，均是两面的：有温厚、妩媚、伟大的一面，亦有粗鄙、俗陋和渺小的一面——母亲没有天使般不食人间烟火的母亲。

然而，母亲是文人文章的源泉是无疑的。郭沫若说女性是文化的源泉，那么，母亲便是这种源泉中的源泉，我们必须钦佩和赞美为母亲写出高昂乐章的人！而我这样写了母亲，或许要被那些持为尊者讳理念的人所不齿，但是，我心生暖意，灵魂安妥，因为，这个母亲才是我的“这一个”。

审视世人与母亲的关系，我认为：对母亲，敬慕热爱者，有之，但少；挟恨厌弃者亦有之，更少；众多的是，对母亲抱以真实的理解。而理解能产生一种最美好的东西，便是自觉的尊重。

儿女因敬慕热爱而孝，是可贵的，令人羡慕的。

而真正的孝，可靠的孝，却正是产生于理解中的这一种。因为这种孝道的背后，是儿女们既不迷失自己，又心甘情愿地与母亲契合在一起，爱进肉里。

家居小品

饲 猫

小儿嗜猫，常乞于膝前，爸，给买只猫来。

便嘱妻说，有机会，就给他弄一只吧。妻嫣然，其实同室的 Miss 张那里，正有两只猫崽，没你的话，能带回家来吗?

恍然而悟，妻和小儿是气息相通的，不通的，只有我。

晚间，那猫便带回来了。四寸长的一个茸茸小物，色黄，头玲珑，两只小眼灼灼如炷，叫声尖细，撩人心弦。

切小肠两段，盛入一洁净小碟。猫久久地嗅，却不曾开口，仅咪呜咪呜地叫。以为它腹中充实，需再过些时辰，方可欣然进食，便径自去读书，遗小儿与猫戏。

夜半，被喋喋的尖声扰醒，知那只黄猫在抓寝室的门。下床去，为它寻食碟，却发现，碟就在猫的脚下，那两截小肠却原样依旧。我颇不悦：有美食而不啖，徒扰主人绮梦，真乃畜也。

便将猫及碟俱关于卫生间中，再睡。

早起，打开卫生间门，猫如鼠般窜出，厉叫亦如鼠。小肠仍依旧。

令妻探问 Miss 张。Miss 张白齿一嘻，小黄从小便吃奶油蛋糕，此食彼不食。

便购得一盒蛋糕，切小方投之，猫扑而抢食，啧啧如歌。

便愤然：蛋糕覆以奶油，乃奢侈物，人且吝而不享，区区猫畜竟恣意如此，悖也！

月前，父亲从山里来，偕黑猫一只，曰，送与幼孙乐。

黑猫较黄猫为硕，性却怯，柔若山女。

投以蛋糕不食，复投以小肠，仍不食，仅翻动迷蒙小眼，作无措状。

便悻然：一猫已烦，二猫更忧，死活由之。

过数日，黑猫滴水未进，饿而腰陷，蜷伏门前，无声无息，怜甚。

院角有篾筐一只，装家中垃圾，妻正将隔日饭倒入。不期，黑猫跃然而起，箭般蹿过去，吃不已，且短尾摇曳。

之后，便另设一小碟，剩饭、剩汤置之，黑猫均舔食干净，怡然自得。

晚间，在书房耕读，黑猫悄然入室，爪搔人之脚面，痒而不拒。又攀裤腿而上，于人膝头盘坐，眼光亲和，脸相妖媚。

心里就有些热：我系山人之子，体有山人气味儿，黑猫辨出它的亲人，来叙殷殷的故乡情谊。

于是，便想，若两猫剔除一个，当留下黑猫。黑猫人性，且好养活。

然妻和小儿却愈喜黄猫。

黄猫整日聒噪，且跳扰，蛋糕之消耗便一日多于一日。对妻说，还是将黄猫送人为好。

妻说，不哇，小黄不过吃几块蛋糕而已，若因此送人，既显我家小气，也衬我家寒酸，非上策。

每月便缩食撙节，挤出一些银钱，由妻为黄猫购买定量。

黄猫每欲进食，均尖叫不已，届时，小儿便嚷，爸，给小黄取蛋糕！

妻和小儿将心思皆用于黄猫，而黑猫，从来即被淡忘。

便愤然不平：温顺仁义者反被漠视，聒噪骄奢者却为人喜，于人，为何等逻辑耶！

便嘱妻曰，明日置二笼，一以圈黑猫，一以栅黄猫；黑猫笼中放蛋糕，黄猫笼中放便食，不得有误。

一日，黄猫扯笼而嘶，昂而拒食；黑猫默而趺坐，不睇眼前福泽。

三日，黄猫缘笼而立，口涎滴垂，双目拢合。

七日，黄猫塌身萎卧，黑猫也气息奄奄，然笼中饲物，皆完好依旧。

二猫皆烈，宁死不食。

应妻和小儿之双声哀求，遂将二笼打开。黄猫疾步入黑猫室，黑猫则飞身进黄猫巢。俄顷，笼中之物，便告罄。

黑猫复又攀人膝头，温柔的目光中，透出极端之满足。

便性起，劈头将其掀落，骂，天生贱胚，不足人惜！想到自家的出身，我之泪，竟也潸然。

妻说，猫总归是猫，如此这般，何苦呢？！

我说，不然。

妻转头便走，猝然回头曰：什么事，到你们文人那里，便复杂了。

我一怔，沉吟良久。伊说得也许有道理。

柿 树

庭院建得极齐整了，欣慰之余，尚觉有缺憾。细一思忖，该植一些花或树。

花可随意地种一些，树呢？

父亲说，何不植一株柿树，柿树干净，不招蚁腻。

便想到柿树的四季：春而俊秀，夏而森郁，秋而艳美，冬而挺拔。柿树之美，乃无可挑剔，便颔首云，甚好。

初植两株，意取对称之美。然，刚有芽苞绽出，便被小儿踢球时，折去一株。本想补植一株，但已逢柿树起芽后期，再植，不易活。便豁然对家人说，不对称，也一美也，何必强求呢？！

柿树发育缓慢，但这一株，却长得极勤勉，到今年开春，刚满三年，便已株高丈余，繁枝侧披，呈丈夫气概。喜甚。

喜后忧至：柿树距院门太近，探曳的枝柯，常将低头客的巾帽揭去，颇多不便。

便有迁之必要。

妻说，若迁便早迁，待新芽显露，迁则难活。

冻土刚化，便兴锹镢。将周遭表土剖开，极小心地探摸根际，发现，偌大的一株树，根系却寥寥，仅三段尺长主根，六七条须状附根，令人惊奇。

三人便连根之附土，一齐移至已做好的一方软穴，侍婴般精心。

移罢，灌以沛水，三人调侃曰，未伤君一根须毛，不过于深梦中，助君翻了一个身而已，盼君惬意。

但时已初夏，万木蓊然，柿树却仍不见一丝生机，秃枝削干依旧。

便独忖：对君已尽了十二分情意，尚有何怨?

久不得解，便想到柿树那几条寡贫的根。树大根深，根深叶茂；其根不繁，适应性便差；生机未还，其怨自取。

便心中坦然，听之任之。

已到夏中，仍未发芽，便心中黯然：任一介死株在那里丑陋着，不如植一篷蓬勃的艾草。便对妻说，心意到了，不活作罢，除之。

扳折树枝时，却感到，柿树的枝条，虽干却未枯，韧而不脆，久折不断，手便犹豫了起来。

妻说，也许它还活着，等一等才好。

不等了，它已让人失望得太久了，我愤然说。

妻攀颈作娇媚，莫使气，权当为我不可吗?

时至二伏，云多雨勤，柿树的芽腋，竟有紫芽顶针。

奇哉！多亏了女人那一重天生的妇性。

但顶芽之后，叶片却久久不展开，叶脉抽缩着，作疲软委顿状。便为其心忧，日日树下巡视，乞其容颜速展，生命的秋天将到，青春不便迟疑。

然而树不通人性，兀然羞怯如故，便对妻喊：最看不了的，便是这般，要么就干干脆脆地死，要么就痛痛快快地生，不死不活扰人心烦，斫之！

妻亦放声说：

你们文人便这样，总爱作极端之思。凡事皆有自身的道理，怎就那么放任主观呢。我查过柿树的书，柿树乃娇贵之物，轻易不可移。虽未伤其根，实已伤其气，伤人的心，未必就见到血啊！对于柿树，漫漫长夏，它忍受孤寂，拼命吸吮，疗治内伤，已恪尽本分，于是，它活下来便极不容易了，还作哪般苛求？！

遭妻之抢白，心有不悦，然终不知回辩些什么好，便嗒然无语。

三伏中，酷热难挨，却见那柿树的叶子，已渐肥阔，且叶脉舒展，翠色盎然。

自知柿树于人于己皆无愧，对其喜爱，竟大不如从前。究竟为何，说不出。

总之，对草木投以情智，是一桩劳神的事。

隙 地

庭院除打一大块水泥地外，尚留一方土质的隙地。好处有二：院落若皆灌以水泥，渗透性便差，夏日会奇热，人受不了，留以土地，便无此虞，为好之一；土地打破水泥地之刻板灰沉，既可协调环境，又可莳花弄草，怡人性情，为好之二。

隙地留下之后，自然要植一些细草杂花，然仍余偌大空间，便细虑派何用场为上。

我说植竹最佳，“宁可食无肉，不可居无竹。”受苏老夫子影响，是显然的。妻不以为然，说两竿瘦竹迎风，景象萧瑟。

我说，否，竹蔓衍极快，数竿毛竹，不过三二年便成竹林，届时，秀竹扶疏，月下弄影，美人儿雅趣，岂不浪漫哉！

妻一笑，无美人。

便速答曰，夫人正为一大美人，美目如潭，香靥如花，无人可比矣。

夫人确系一美人，素日伊自家也觉得。我之赞美，便不虚诞，伊便极欣然。允曰，就依你。

找到园工，园工说，时已夏令，植竹不宜，待明年吧。

便极扫人兴味。

又忖数日，妻说，何不搭一棚架，栽两蔓葡萄，到时，银须纤然，果串垂紫，风清气馥，既可美啖，又可赏景，妙不可言。

便拍手称好，夸妻好聪慧。

然棚架搭起来，却远非想的那般容易，得求人定打一些水泥桩，到货栈去买两捆竹竿，先就费不小的一笔钱；待料配齐，栽桩扎搁，功夫颇繁。我乃一介书生，妻乃一个小妇人，可做得来么？于是，未曾动手，心性先怯。再看葡萄幼秧，更是感慨系之：若想令葡萄满架，浓荫匝地，非二三年光景不可得，这是漫长的一个期待啊！

便不可轻易栽葡萄。

于是，面对一块上好的隙地，竟凭生几多愁怍。

隙地啊隙地，到底怎么处置你好呢？！

正此时，父亲从山里来，便将事由讲与他听。

父亲一笑，说，栽两株桃吧，既省事、又好活、又实用。

我一怔，说，栽桃，不是没想过，但成吗？

父亲说，有什么不成，不就是一块空地吗？不浪费掉，栽什么还不都一样。

晚上，睡不着，便想：父亲说得极本质。其实，我们刻意追求一些什么，无非是怕人说俗。我们很注重一些观念，而父亲却绝少顾忌。就让他种他的桃吧。

父亲便栽了两株桃。

有朋自远方来，见了那两株桃，讶然对我说，凸凹先生，作甚弄株俗亵的毛桃，何不植一片修竹或牵一棚藤萝呢？

我欲说还羞。妻却抢答曰：

正是，但老子执意要栽桃，又怎么好违逆呢！

友人便说，也好，也好。

渗水井

庭中设一水管，濯菜盥洗及夏日冲凉皆方便。然，事先未留下水道，用水之后，足下便一片汪洋，久生绿苔，腻滑跌人，且诱生蚊蚋，颇为苦。

便决定，于庭院一隅，凿渗水井一眼。

遂选井位。选来选去，选在东南角。

将庭院周遭介绍如下：

北为吾家三间正堂，西为两间耳配，南为院门短堞，东为邻人西屋后墙。

正堂门前不设井位，乃属自然，西设井位，危及耳房，南设井位，殃及门墙，而院中设井，自找不便，则只有设在东南角，与邻人屋墙相近迩。

挖井在即，我尚犹豫，觉愧对邻人，跟人家打一声招呼为好。

妻说，打什么招呼，不是我们私心，而就属这里土质松软，渗透性好，乃天意。

既为天意，便不必多虑，往下打就是。

打至中半，遇一宿石，施工受阻。本该挪开，但妻却说，事已这般程度，若再作他择，工夫需再费，况确知它处无障碍耳？

伊说得极有道理。坚持一下，成功在即。

便找来钢钎、铁锤，将渗水井生生凿出。

井成心悦，再用水时，便无顾忌，极淋漓极酣快。

然井底坚硬，几不渗透。不久，废水便溢出，重污庭院。

等很久时候，水也仅从井壁渗去一半，再下一半仍不得渗，井之功能便大减。另，那不渗之一半，滞积日久，便生出异味，惹人气喘。

嗒然与妻曰，活该如此，挪吧。

妻脸色肃然，顿足而咒，该死的渗水井。

便挪至正南，与木质院门极近。

这里的土质才真正松软，俄顷，井便挖成。有污水排来，亦是俄顷，水即渗去。若以渗水井自身功能为论，此井乃最佳境界。

初，家人自然是快乐地用了一阵子水，不久，却突然悟到了什么，行径就变了。再冲凉时，多用毛巾擦，少用清水淋；而妻濯菜，亦改往日流水冲涤，而为盆中细揩，洗后，还将污水端出门，泼到街上去。

原本是为了方便一些、自在一些，却反而更拘涩了，心中便梗介不快。

对妻说，水尽管恣情地用，于院墙无大碍。

妻凄然一笑，不，还是注意一些好。

我说，不然，就把渗水井填上。

妻痴痴地盯着原来的那一眼井，久久才说，有一眼总比没一眼好。

于是，渗水井之于妻，成一大尴尬。

疤 松

院内原有一株矮茎松，虽高不盈两米，但树干粗而直，也透着松的那种特有的傲骨。

那冬，请两个裱糊匠来，糊顶棚。浆子刚上去，就冻了，便要在外烧好一些炭子，移屋里烘。

那工匠太疏忽，竟架了大垛的干柴傍那松烧。柴垛还未燃起来，那松却烧得极热烈了，毕剥毕剥地急响着，若炒爆了一炉豆。待我奔出门将火扑灭，树已满身涂炭，仅树的最顶端还有两芽未枯的针叶，于熏黄中，泛着微弱的绿光，如哭过的两只泪眼。

我便嗔那工匠：“干吗不离树远些？”

他嘿然一笑：“矮丑的一株树，成不得气候，莫怪罪。”

这才知晓，树遭没顶，并非绝对的疏忽，包容着几分人的轻贱。然火后的松树，却真的奇丑无比，每看到一眼，就像看到一次死亡的影子，便决定砍去。

斧头砍到那残枝上，竟冒出汩汩的汁液，涩气撩人，如血。我的喉头便有些哽咽，便想：它毕竟也是生命啊！

于是，光洁的庭院，便久久地伫着一棵玄色的残松，使沉暮与不祥久久地弥漫。

一个诗人拜见我，睃几眼那昏靡的怪物，对我说：“留它做甚？你好古怪！”

阳春时节，那烧焦了的枝杈竟纷纷落了，焦黑的干上，环列着一块块疤痕，极刺眼目。不久，那疤痕处竟结了厚厚的胶质，着着浅浅的褐泽，用手抚去，竟极光滑。初夏，那干顶又环生了一遭密密的新枝，青翠若洗。入秋，那松干竟绽开了一道道裂缝，皮质就显得极粗糙，那疤痕的颜色也一天比一天深起来，若经了亘古岁月。

冬雪过，诗人又来，围着那松久久端详，终于发出一声极长的感叹：“苍黑多疤的树干，翠美洇雪的华盖，好一株奇松！”

不久，便在报上读到他咏松的诗篇。诗写得极有气魄，极赞疤松的坚韧。但我并不为之动容，总觉得这是松应尽的本分。

今夏，我常缠绵处，便是疤松荫下。那里我特意放了一块青色的板石，安静地坐稳了心怀，孜孜地读祖父留下的那卷古旧的《周易》。

松下，不时有代谢的松针落下，落在发黄的卷页上。那松针发着醇厚的香味，依如那古老的书香；我便不愿掸落，随性夹进书中；待书读毕，松针也已满卷，好一股意趣！

走出温柔

庭中有两株桃，枝叶纷披，荫了好大一片院子。书读得累时，便瞻一会儿桃树的风景。

一日，对桃树专注得久了，竟窃窃地笑起来，因为从“桃”想到“逃”字，想到逃出庭院。若以庭院喻家庭，便是走出家庭。家庭对人有一种温柔的束缚，便是走出温柔。得到这股启示，更是窃窃笑不止。正被母亲看到，迷惑地问：“笑什么笑？”仍是笑，让母亲兀自去经受她的迷惑。

就说一说母亲。

为接送小儿上学，我把母亲从山里接了出来。母亲不到六十岁，身体尚壮健得很。每日除了接送一下孩子，就是给做一做饭，然后去逛一逛街，不再为炊米虑，也不再为风雨忧，感到很悠闲、很幸福。我每日晚饭后，踱一刻步，便伏在冰凉的书案上，与书页相厮磨，直到夜静虫声巨。逢节假日，邻人扶老携雏到街上蹓，我却仍是昏天黑地地读写，从书房走出时，面色便很苍白。母亲怯怯地看我一会儿，终于说：“我有几句话要对你讲一讲。”我说：“母亲请讲。”她说：“有吃有喝就可以了，还没黑没白地瞎忙乎个啥，累出个好歹，让娘靠个谁？”

这是一种母爱，也是对她自己后半生的担忧，我是该节省自己。但那一句“瞎忙乎”却让我感到“隔”得很，便对她说：“您该做点儿什么就做点儿什么去吧，您老不懂的事多着呢。”不期，她道一声“儿大不由娘”之后，竟抽泣起来。儿子大了，母亲的心便异常脆弱了。

母亲的抽泣，终于发生了效力，在她面前，我到底是把耕读的那一份勤奋收敛了一些，作为孝子，怎忍心让母亲的忧虑凝重起来呢？她头发已渐渐稀疏，而且出现了大片大片的灰白。

还有自家女人。

女人正年轻着，正美丽着。年轻而美丽的女人最惧怕的是孤独，她需要的是月走有影、好花临风的那番境界。你便是那个影子，你便是那一阵子微风，身为人夫，几句好听的款语便了得吗？依然要做一做影子，依然要化作一阵阵微风。然而女人的心是一块干旱而脱水的土地，流云阵雨润湿不了地皮，她需要的是瑞雪常盖、好雨连绵，你必须为自己的女人作久远的温柔。还有一层意思，那便是，你虽是一名追求者，但也是一介俗夫；当夜静灯黄，书页素缟，自家女人浴后悄至，纤手为你斟一杯热茶，抬眼看时，面白唇红，一如聊斋之中那一只狐媚，书生的心便温软如泥，书册便显得异常沉重，便随手掷在一边——说什么“红袖添香夜读书”，乃狗屁不通也。

那一日，女人翩然而至，“看一部电影去吧，叫《爱得死去活来》”。但正赶着一篇约稿，便请母亲陪她去看。不期，竟听到两声哽咽，一下一下撕着门票，泪水同纸屑纷纷下。“你是不是又有别的女人了?!”一个忧伤而坚定的声音。作如何的回答才好呢？我只有愕然。

甭说在市井之上，单就在家庭之中，做男人亦难啊。

于是，由着那两株桃，想到了走出家庭，走出温柔，便是自然的事。

这个问题想了许久，至今终于想出一些脉络，便整理出看吧。我想——

在家庭之中，作为男人不尽孝道，不尽夫道，自然与伦常相悖。但被孝道所沦陷，被夫道所包围，而不能走上社会舞台，也为社会尽一些责任、树立一种社会人格，那也是一种悲哀啊！

孝道虽温厚，但毕竟是个人情感的一种。情感对象很单一，情感内容极单薄。沉浸于孝道中久了，可培植人的敦厚，但绝对形不成大气的性格，更形不成大义的品格。于是，好的母亲，总是将儿女从暖巢中推到风雨中去，让他们远离所谓的孝道，风雨如磐，会造就卓越与杰出。

再说夫道。

夫道虽缠绵，但究竟是小儿女的一种私情。缠绵耗费的精血太多，缠绵其实便是一种腐蚀，是一种昏沉，是一种麻木。人说“恋爱中的人，是愚蠢的”，便是这个道理。走不出闺闱的男人，有几个是大丈夫呢！

想到汪曾祺《八千岁》中的那个卖马人，他与爱人在一起时，恩恩爱爱；要上路时，又分别得潇潇洒洒，毫不拖泥带水，爱得豪迈啊！又想到徐志摩《婴儿》中的那种感觉：“……最锐利，最沉酣的痛感逼成了最锐利最沉酣的快感。”于是，要想爱得痛快淋漓透骨不俗，就要懂得分别，就要保持距离，从太家庭、太个人化的生活中超脱出来，即走出温柔。

说一句不是戏言的戏言，因为燕妮太美丽了，太温柔了，马克思便躲进孤冷的书房，与燕妮虽近在咫尺却忘却，刻苦地写那部辉煌的巨著。他要走出缠绵的腐蚀，把自己化为一个超凡的人，推给人类。他很明智，他是一个榜样。

于是，不仅仅要对母亲讲清楚，对自己的女人讲清楚，重要的是，要真正说服你自己：走出温柔，走出温柔。

现代人，尤其需要这样。

记小儿

一

由于热爱写作的缘故，儿子刚会吐一些单音字，我便常将他抱到我的书房里，让他摩挲纸和笔，翻那些杂志的彩色插页，且一遍又一遍地教他一个字——“书”。

他果然对书产生了兴趣，常把娇嫩的鼻尖在书柜的玻璃上压得扁扁的，盯着那些薄薄厚厚的书脊发呆。过了些日子，一有朋友来，他便从妻的怀中挣出，拉人家进书房。他用小手掌拍拍书柜的玻璃门，大声说：“叔叔，书！叔叔，书！”直到得到响亮的答应，他才松开来人的衣角，站在一边乜乜地笑。每当晚上眠不熟时，忆起小儿对书的兴趣，便感到很惬意，并想：我也许做不成大作家，但儿子却是极有希望的，因为人们常说，伟大的创造，总是后人站在前人的肩膀上成就的。

于是，从那一天起，我一下班便把他挟持到书房里，给他许多他爱吃的食物，让他感受那浓浓的书香，且要他注意我在书房中的举态。他不久便记牢了我如何翻书，如何握笔，如何在不得要领的时候吱地喝一口浓茶。再一有亲朋来，他便演出模仿我的节目，逗起笑声一片。朋友们都知趣，看我有如此可爱的一个娇儿，便每次来时都要买一两本幼儿读物带来。

正当我沉浸在一种良好的感觉之中时，我发现，从幼儿园回到家，儿子不愿随他母亲到街上逛风景，更不乐意小伙伴同他一起玩儿一些玩具，总是在我身边逡巡，极无兴致地骑骑他的三轮童车，习惯地翻翻他的画报，或干脆傍在我胯间看我写字。有一天，我刚把烟蒂扔在地上，他就极快地捡了起来，竟也用那娇嫩的小嘴嘬出浊烟！我极震惊，半天讲不出话来。晚上，我喝着常要喝的两杯酒，他竟也要往他喝水的杯中倒酒液，遭到拒绝，便踢腿大哭，妻只好调些橘汁，骗他作酒。喝时，竟也将杯子颤颤地举起，嚷："爸爸，干杯！"

近日。一家三口在大街上走，妻突然叫："糟了，瞧你的儿子，走路都学你的外八字，好蠢！"一看，果然像极。我便大声训斥："你他妈的走好！"儿子被吓得哇地大哭，哭罢仍固执地学着我走。看来，不好改了。

悲哀之余，我突然想到父亲。父亲为人怯懦，话都没说完整过一次，于是，他时时叮嘱我，要我事事小心，直到我和他一样怯懦了，才止了唠叨。原来，人都希望有衣钵被人继承，这乃人性。对伟人言，这不难达到；凡人却是终生奋斗也未尝如愿。因为人的孕育和造就，必定不是用机器生产零件，它需要的不是模具，而是一把把不规则的刻刀。

二

小儿从幼儿园回来，很少找邻人的童子玩。我觉得这不好，因为久了会孤僻起来，而孤僻的心灵又有几多风采呢？于是，我就主动送他去邻人的童子中去，去觅一些他该觅的情趣。但他仍是不爱玩耍，看到邻人的几上有一本儿童的册页零乱地摊着，他会径直奔过去，把书弄齐整，再一页一页地看下去，兀自地笑，兀自地蹙眉。

这时，邻人正厌着室内那班打闹的童子，便喝道："怎就不出息一番呢，你看人家！"就又对我笑着说："还是您教子有方啊！"

我嘿然苦笑。邻人不知，我正厌弃着小儿这般情状，我多么希望，他也能和其他童子一样翻滚吵闹，弄一些个烟尘出来。

我的颈椎有些增生了，晚间只好躺在枕上读几页书。自然，妻也躺在身边，翻几本轻杂志，如《家庭》《父母必读》《妇女之友》等。其实，她原来不甚爱书，后来她觉得书把我的情感勾去了，把寂寞留给她了，就赌气也读两本，读得上瘾了，寂寞就还给了我。不知从哪天起，小儿把他的两摞读物也搬到床头来，一见到我们仰而读之，他也不声不响地偎在枕畔，亦仰而读之。我离开书页，侧目觑之，我、妻和小儿那三张白净的面孔，竟都被书页遮昏暗了——这是怎样的一幅“倒读图”啊。

后来，我的眼睛就这样弄近视了。检查母子二人的视力，竟依旧如初。但我还是警觉起来，一见到母子倒读，我便低声喝：

“看什么看！”

因为，这是多么令我着迷的两双眼睛啊：

一双，美丽得不能再美丽！

一双，清纯得不能再清纯！

妻白我一眼后，不情愿地把书放下；小儿却依然故我。待把他的书夺过来，他咻然说道：“爸，你怎么这么霸道，就兴你看吗？！”

“会把眼睛看坏。”

“坏了戴眼镜，戴眼镜好看。”

“戴眼镜臭德行。”

“就要臭德行。”

我就没办法了，说一声都甭看了，就将灯关了。灯关了，我还可以静静地构一构思，小儿在那一边却腾腾地踹被子，辗转难眠。我心中暗叹：小小稚童，受大人般煎熬，何苦呢！

那日晚间于饭桌前，妻问小儿：“你最喜欢谁呢？”

小儿断然说道：“我喜欢我爸。我爸读了好多好多的书，叔叔伯伯姐姐阿姨总爱听爸爸说话呢。”

“那你最讨厌谁呢？”

“我最讨厌我老叔。”

“你老叔很有钱，他不是常常给你买好多好多的东西吗？！”

“那也不成，他总是喝酒，总爱说一些难听的脏话。”

这话被正饮酒的老弟听去，脸上煞地极难看起来，手中的酒杯蓦地滞在空中，久久未放下。

第二天，老弟竟不再饮酒了。我曾不止一次地劝过他戒酒，却未见他有丝毫收敛，小儿的几句戏语竟生出了这般奇效。

我极纳罕。

后来，我还是想通了。原来，大人们是很着重自己形象的，在童子的眼中，自己是如何折射的，是很在意的。

于是，成人与童子的关系，就不仅仅是表面的那些。常常，童子与成人会站在同一水平线上。

三

星期天居家唯一乐做的事，系读几本闲书，绵软地躺在床上，恣意地放松自己，有意无意地读几个片段，感受生活的从容与自由。

小儿却不理解你的这番心情，怯怯地移近你的身边："爸，陪我上街吧。"很想冷冷地拒绝，但想到小儿整日里被束缚在教室和课下作业中的情形，便不忍将那个不字说出口。

穿梭在车辆和人群中，我下意识地去拉小儿的手，未想到他竟快捷地躲开了。"拉着爸爸的手，别让车子碰着。"我说。

"不哇，爸爸！我俩都是男子汉，男子汉在路上走，是不该拉拉拽拽的。"

我不禁吃了一惊。这毕竟是出自一个仅有八岁半的小儿之口啊！是何时，男子汉的意识在他小小的心灵中滋生起来的呢？

经过一家报刊亭，买了一张《南方周末》，便信手翻了起来。小儿一把将报纸抢了过去。

"爸爸，逛街就逛街，回家再安心地看报。"

我笑了起来。

"爸，您笑什么？"

"我笑咱家又多了一位管家。"

"管家是什么？"

“管家就是腰里挂着一大串钥匙、脸上很得意的人，他不开门，你就甭想进家。”

“噢，那我们家就没有管家，我、妈妈和您都装着钥匙，随时都可以打开家门。”

“那就把报还给爸爸。”

“不，您管不住自己。”

我们两个就都笑了起来。

继续往前走，他突然问：“爸，您装了多少钱？”“五块钱。”“买报花了五角，还剩四块五，您别再花了。”“为什么？”

“您给自己买了一张报，也该给您的儿子买点小礼物。”

快要到卖玩具的小商城了，我心里便颇费思忖。一年前，和他进了一趟这个玩具城。他看上了一架“巨无霸”组合玩具，死活要买，待他把嗓子都哭哑了，不得不花 120 元买了下来。可玩了不到一个星期，便坏了，该死的假冒产品。

“咱们到猴市去吧，猴子很有意思呢。”

“不，爸爸，到玩具城去吧，我太喜欢那些现代玩具了。”小儿看破了我的心思。

“不去，爸爸没钱给你买那些骗人的玩意儿。”

“爸，我只是看。”

于是只有进那该死的玩具城。

进了玩具城，小儿把报纸还我：“我看玩具，您看报吧。”

于是，他在摊位上看玩具，我在几步之遥处站着看报。

我不时看他一眼。摊位上的儿子，眼神总是那么熠熠闪光，嘴巴微微张着，泄露着压抑不住的渴望。一个摊主问道：“小朋友，买一个电子飞机吧。”小儿摇摇头。他感到难为情，便挪到下一个摊位。

八大版的报纸从头到尾仔细地看完了，那个仅百多米的玩具城还未被小儿看到头。一个满脸胡子的摊主逗弄小儿：“买一台圣斗士吧，你爸是大款。”“不，我爸不是大款，是作家。”小儿认真地说。摊主便放声大笑。我心里很烦。一个矮小的妇人，感于小儿的那份痴迷，“送你一支击水枪吧，小家伙。”小儿摆摆手：“谢谢阿姨，我上二年级了，不玩这个了。”听了小儿的话，我心里更烦。

终于走出玩具城。小儿拽了拽我的衣角，“爸，我管得住我自己了。”

一股血直往我心头冲撞，心热极，喉哽咽。我一把将小儿抱起来：孩子很重了，就要抱不动了。

我想起了小儿的话，问：“儿子，要爸给你买什么小礼物呢？”

“买两本漫画吧。”

便从书摊上买了两本卜劳恩的《父与子》。付款时，正好四块五。

晚上，小儿翻着《父与子》，咯咯地笑个不停；我却歪在沙发里抽闷烟。小儿把白天的事早忘了，我却还久久地回味着那五元钱逛街的经历……

后记 文字与生命结伴而行

一

我经年的散文写作，已形成了“文字思维”——所经历的人事与物象，即便是没有明显的意义，也想用文字的编织，勾画出意义。这是一种本能，在它的推动下，居然就有文章源源不断地写出来，令人惊奇不已。

文字真的是一种性灵，而不是工具，它默默地独处着，等待着“意义”。

文字的等待与作者的等待是相向而行的寻找，一经“路遇”，就结伴而行了，共同完成了“意义”的过程。

路遇，因为不是预先的邀约，便具有宿命色彩，能写出什么样的文章，作者本人也多是难以预料的。

三十年前的一个晚上，在吱吱响的日光灯下枯坐，脑子里突然冒出了“媒婆”这两个字，自己便感到很诧异，因为此时的我，已经有了很优雅的生活，所处的语境是与如此俚俗的字眼不相干的，便想把它们驱赶出去。但是，越是驱赶，越是呈现，弄得你心情烦躁。便只好抻过几张白纸，在纸面上把这两个字写下来。奇怪地，一旦落笔，相关的字词就接踵而来，直至写得筋疲力尽。掷笔回眸，竟是一篇很完整的关于媒婆的文章，且有不可遮掩的“意义”透出纸背。

便不敢再儿戏了，定了一个“媒婆礼赞”的名字，恭恭敬敬地抄录在稿纸上，寄给一家叫《散文》的杂志。一月有余，竟被登在重要的位置上，不久，竟又被著名的选家、著名的选本（选刊）接连地选载与收录。二十一世纪的开元之年，居然被一本叫《二十世纪中国散文经典》的书树为“经典”了。真是始料不及。

有论者说，这篇文章文字典雅老到，非有深厚的生活积累和长期的文字修养而不能为。这个评语把我吓坏了，因为那一年我才二十五岁，弄文字也不过三五年的工夫。真正的原因，是“媒婆”这样的字眼显得老旧，老旧到最后，就“老到”了——是文字驱动的结果，与作者的阅历和修养无关。

还是二十年前的一天晚上，低档的烧酒喝多了，神魂颠倒，愤世嫉俗，不平之气盈满胸臆，便口出悖语，且喋喋不休。酒友被吓坏了，把我推进房间，叮嘱道：“有不平事写在纸上，莫在大庭广众之下胡言乱语。”便把那些放纵的字眼涂鸦在纸上，不期就涂成了一篇《悖语人生》。文章在《青年文学》上发表之后，竟得到一片喝彩，还被选家选进一部先锋散文集，意外地捞了一个“先锋散文家”的名号。

这真是一件哭笑不得的事。素日的我，是循规蹈矩的一个人，笔底的文字也是很本分的成色，与“放浪”是无缘的。是被酒液烧灼了的文字推动着我往前走，稀里糊涂地呈现了“先锋”的意义。那样的文字，既属于我，又不属于我，是命运之赐。

这种情状给了我一个启示：所谓内容决定形式，是偏颇的，文字（语言）本身的存在方式，往往就是内容，就是“意义”。

孙犁早期的文章为何有湖光水泽？因为他使用了与水气有关的字眼。晚年之后，他怕动荡、怕水，便躲进书斋里，整理旧书，对古色古香的文字有感情，下笔为文，便是“芸斋笔记”和“书衣文录”那样冷峭、简朴的文本。俞平伯和废名的散文为何有“涩”味？是因为他们欢喜于用涩味的字词书写。是文字之“涩”，而非内容之“涩”。如果把他们的文字特色解构掉，文章的内容其实是很平白的，甚至是很平庸的。

换个角度看，说到“能写出什么样的文章，作者本人也是难以预料的”，这是强调文字的“天成”和“天赐”的那层意思。其实，对于长年的写作者来说，他们也深知文字对作者的推动作用，为了从“宿命”中挣脱出来，他们自觉地采取了“反抗”的姿态，有意识地选定了一种与自己的身份、影响和年龄、阅历相适应的文字样式，就写那样的文章，就发那样的格致，于是，“风格”就形成了。

所以，所谓“风格”，就是标志着写作者已进入一个与文字和谐相处，有所为、有所不为的写作境界。

从本质上，这体现了对文字的敬畏。

二

之于散文写作，累积下来，已有三百多万字之余。无聊时翻检，多少还有些成就感，感到人生未尝虚度，从心底看得起自己。这一点很重要，人而为人，说到底，还是活给自己的。

反省一下，少时就有写作欲望，崇拜作家并心向往之，对金钱和地位反而看得淡。这影响了自己在“实生活”中的发达与发迹，虽然满肚子诗书，除了一个饱满的面相，被人高看的地方很少。常孤独寂寞得失眠，甚至悄然垂泪。但是从来没有后悔过，因为“活在词语中”，业已成为一种生活方式，有不可剥夺的自足自适，能时常感到自我。人间冷暖，均转化成内心的温暖，悲悯着小我，也悲悯着这个世道。

我是个沉得住气的写作者，写作活动少功名、功利的成分，多是为了表达内心所思所得，娓娓地道出对身外世界的看法。外界的评价很不重要，快意于文字本身。这一点，与孙犁和汪曾祺仿佛。

也是这个原因，我的写作，主观色彩很强，不太愿意作纯客观的叙事，也耻于渲染式的抒情，与流行文字远些。所以，写了这么多年，门前依旧冷清。我常劝慰自己，香火繁盛的庙宇，多是小徒在弄机巧；寂寥的深山中，才有彻悟人拈花而笑的静虚守护。这种守护，才真正属于精神。

这不是在标榜自我文字的品位，而是说，甘于寂寞，不做欺世文章、不说欺人之语，才是真正的“门徒”应该具有的最起码的品格。

我追求文字的“复合”品质，学识、思想和体验，不露声色、自然而然地融会在一起。我觉得，只有学识，流于卖弄；只有思想，失于枯槁；只有体验，败于单薄。三者有机地结合在一起，就丰厚了——前人的经验，主观的思辨，生命的阅历——知性、感性和理性均在，这样的境地才是妙的。其实，天地间的大美，就在于此“三性”的融合与消长，使不同的生命个体都能感受到所能感受到的部分。文章若此，适应了自然的律动，生机就盎然了，对人心的作用——换言之，与心灵遭遇的机会就多了。

此种意识，是我创作的遵循与动力。虽笔力不逮，但从不敢懈怠——苦心经营多年，所得甚少，惭愧不已。

三

长久的散文写作，容易产生一种文字惯性——驾轻就熟、自我复制。所以，另辟蹊径，不断创新，应该是散文家应有的意识。宁可少写，也要“异质”，这是创作的本质要求使然。

综观散文生态，在创新性，或“革命性”上，现在的“新散文”应该引起足够的重视。

从足够丰富的创作实绩来看，“新散文”最突出的一个特点，也可以说是文本上最核心的特点，是它的“融通性”。它至少在三个方面“打通”了写作自身的界限：

（一）打通了直接经验和间接经验的界限，在创作者那里同构成自己的个体经验。（二）打通了现实世界与想象世界（包括下意识及梦幻）的界限，在创作者那里同构成自己的心灵世界。（三）打通了情感语言、抽象语言、机械语言、声像语言等各类语言的界限，在创作者那里都转化成感性语言。具体地，它不仅打通了与小说、诗歌、戏剧、美术、舞蹈和声像等各类艺术品类之间的界限，也打通了文史哲和自然学科的界限，一切都可以成为主观表达的感性材料和心灵语言。

于是，“新散文”写作是“无界限”的写作，一切都是为了表达自己的主观体验或生命体验，努力考量出，精神达到的极限高度，人的感受所能承受的极限空间，也就是人心到底能达到哪里（人心的终极到达）。因为是个无限开放的写作空间，文体本身已经不重要了，能够表达出生命体验的独特和极致（格致）才重要。所以，“新散文”的写作者有强烈的求异意识，与其是一种难度写作，不如说是一种“负重写作”。它可以表达出人心的巨大差异和人性的无限变数，写出精神极品。

我虽然是“新散文”写作的戮力而为者，但是，在表示敬重的同时，我也保持足够的警惕，防止过度书写。因为“新散文”写作者强烈的求异性，使他们与常人（包括传统意义上的写作者）的自然的、平凡的精神生态产生了“隔膜”，他们多少有些“变态”，这种“变态”既成就了他们，又多少给他们留下了隐患——强光之下是阴影，强大背后是难以言说的脆弱。而且，优异精神的最终归宿是衡常人生，即人间性。

也就是说，散文创新，也有个避免矫枉过正的问题——在出奇出新的同时，也要有对平凡人生的照拂，也要有对朴实文字的回望。在这一点上，我努力而为。

二〇一七年二月于北京石板宅